JN305841

憂鬱

元上司の吉島冴子から秘密裏にまわってくるものをはじめ，事件の調査を生活の糧にしているフリーライター・柚木草平。冴子と同窓のエステ・クラブのオーナーからは，義妹に係わる依頼をされるが，その当人が殺されて……。芸能プロダクションの社長からは，失踪した有名女優の捜索依頼を受けるが，柚木は美人マネージャーに振りまわされ……。雑貨店の美人オーナーからは，死んだはずの夫から送られてきた手紙についての調査が迷い込むが……。柚木を憂鬱にさせる，美女から寄せられる依頼の数々。「雨の憂鬱」「風の憂鬱」「光の憂鬱」の三篇を収録した，人気私立探偵シリーズ第三弾。

探偵は今夜も憂鬱

樋　口　有　介

創元推理文庫

THREE DEPRESSION

by

Yusuke Higuchi

1992

目次

探偵は今夜も憂鬱

雨の憂鬱

1

　あと一週間で十月が終わる。だからどうしたということもないが、一週間の時間が過ぎればそれだけ人生も終わりに近づいていく。俺の人生なんかいつ終わっても構わないとは思いながら、生きている間は飯を食ってマンションの部屋代を払い、酒を飲んで馬券を買って、たまには女にだって惚《ほ》れなくてはならない。それにはどうでもいい殺人事件のレポートで原稿料を稼《かせ》ぎ、当面の問題としては一週間後に出版社の石田貢一《いしだこういち》まで届けなくてはならない。警察を辞めてから定収入とは縁がなく、俺にしてもここ当分、石田からまわってくる仕事で食いつなぐしか当てはないのだ。

　俺は原稿用紙の上に鉛筆を放り出し、煙草《たばこ》に火をつけて、椅子の背凭《せもた》れを支えに一つ背伸びをした。窓の外には霧雨がふっていて、四ツ谷《よつや》駅のほうからクルマが渋滞するねばった音が聞こえてくる。マンションの近くをサイレンを鳴らした救急車が走り、夕方のしけっぽい空気が開いている窓から吹き込んでくる。

電話が鳴って、煙草をつぶしながら受話器を取りあげた俺の耳に、吉島冴子《よしじまさえこ》の声が気楽な調子で聞こえてきた。

「こんな時間に部屋にいるということは、例の仕事、まだ片づかないわけね」

「締切りまでには一週間ある。その気になれば母親殺しぐらい一晩で片づくさ」

「その気になれば、でしょう?」

「その気になれば、さ」

「草平《そうへい》さんがその気になればピューリッツァー賞だって取れるわよね」

「君、昼飯に悪いものでも食ったのか」

「昼食《おひる》は食堂のさくらランチ。面倒なことがあって草平さんに電話をしたの」

吉島冴子が『面倒なこと』と言うからには、どうせ殺人《ころし》絡みの話で、しかし原稿の締切りが一週間後にひかえている現状では手放しで有難がる気にもなれない。

「ある意味では個人的なことなんだけど……」と、受話器の中で声を落として、吉島冴子が言った。「高校時代の先輩に妹さんのことで相談を受けたの。立場上わたしが動くわけにはいかないから、草平さんを紹介しておいたわ」

冴子は俺が警視庁の特捜《とくそう》にいたとき上司だった女で、今は本庁にある『都民相談室』室長をやっている。三十歳で警視になっているが、キャリア入庁だから階級に文句を言っても仕方はない。

「君が俺のことを気にかけてくれるのは嬉《うれ》しいけど、今の仕事を今月中に片づけなくてはならない」

「その気になれば一晩で片づくんじゃなかった？」

「それは、まあ、そうだ」

「難しい事件ではないのよ。殺人も絡んでいないの。彼女の義理の妹が悪い男に付きまとわれて、なんとかしてほしいというだけのこと」

「高校の先輩って、女なのか」

「わたしの高校は私立の女子校、覚えていないの？」

「覚えては、いたが」

「彼女の名前は園岡《そのおか》えりといって、演劇部の一年先輩。園岡というのは結婚してからの名前だけどね」

「今更きれいごとを言うつもりはないが、俺の専門は殺人《ころし》だぜ」

「わたしだって草平さんにこんな仕事はまわしたくないわ。でもあなた、今はアルバイトが必要でしょう？」

「俺の人生はぜんぶがアルバイトみたいなもんさ」

「わたしが言ってるのは効率のいいアルバイトのこと」

「効率の、いい？」

「デート資金だって稼がなくちゃね」

「くだらない親族殺人の記事を、書いている」

「筆休めに彼女の話を聞いてくれればいいの。草平さんにとっては楽な仕事だと思うけどな」

「要するに、その女の義理の妹と、悪い男って奴を別れさせろということか」

「相手の男は前にも事件を起こしてるらしい。素人《しろうと》の手に負えないことはたしか。本当ならヤクザ屋さんの仕事でしょうけど、わたしが彼女に、その筋の人間を紹介するわけにはいかないもの」

「俺もヤクザも、人種的には似たようなもんだしな」

「顔のことなんか言ってないわよ。わたしは高校の先輩から相談されたことではあるし、草平さんにも効率のいいアルバイトをさせてあげたいだけ。彼女、原宿《はらじゅく》でエステ・クラブをやってるの。はやっているらしいから、お金はあるはずよ」

金、と聞いて受話器を握った手に力が入るのも情けないが、今の原稿を書きあげたあと、来月の仕事が空白になっている事実は、自慢できる状況ではない。

「プロを紹介するから、最低でも百万はかかると言っておいたわ」

「百万……な」

「最低で、よ」

「それは、まあ、正解だった」

「やる気になった？」

「ちょうど原稿が進まなくて、一息入れたいと思っていた」

「いいタイミングだったでしょう？」

「君のタイミングはいつだって完璧さ」

「この前会ったとき、草平さんのお財布、寂しそうだったものね」

「俺は美意識として、財布の形を崩さないことにしている」

「それにね……」

「なんだ」

「園岡さん、演劇部ではスターだったの。草平さんの労働意欲をかき立てるはずよ。あなたっていい女が絡んだ事件だと、必要以上に張り切るタイプだから」

*

園岡えりが演劇部のスターだったと聞いて、特別に張り切ったわけでもないが、電話を切ってから十分後に俺はもうレインコートを引っかけて部屋を飛び出していた。机にしがみついているだけで原稿が捗《はかど》るわけでもなく、気分転換に園岡えりという女がやっているエステ・クラブを見学してみようと思ったのだ。受けられる仕事なら受けてもいいし、その筋の人間が必要な状況なら、そっちに話をまわしてやればいい。

霧雨の中を俺はJRの四ツ谷駅まで歩き、中央線《ちゅうおうせん》と山手線《やまのてせん》を乗り継いで、原宿に出た。

コスモス・ハウスというエステ・クラブは原宿駅から五分ほど新宿方向に歩いた、明治通りとの交差点の手前側にあった。エステ・クラブだというから、どうせ美顔マッサージや減量コースがあるだけの美容サロンだと思っていたが、バス通りに面した白い五階建てのビルは全階がコスモス・ハウスになっていて、入り口の営業案内を見ると、脱毛や痩身《そうしん》の一般的なエステティックの他に、エアロビクススタジオからスポーツジムまでを備えた総合アスレチック・クラブのようだった。園岡えりが『最低で百万』という条件をかんたんに受け入れたところをみると、この商売が『はやっているらしい』ことも間違いではなさそうだった。

模造レンガの階段を三つあがり、自動ドアから中へ入ると、フロアの一番奥にはカウンターを扇形にわたした受付があり、それ以外のスペースは低いソファをゆったりと配置した、ホテルふうのロビーになっていた。俺は受付には進まず、入り口の横の壁からブック型のパンフレットを抜き出して、ロビーの空《あ》いているソファに腰をおろした。コスモス・ハウスが予想以上に大きいクラブだとなれば園岡えりに会う前に、事業の概略ぐらいは把握しておきたい。

パンフレットを開いてみると、減量、美容、健康とそれぞれにいくつもコースがあり、オリジナルローションを使った痩身美容などは一回のマッサージで三キロも体重が減ると書いてある。一ヵ月のスペシャルコースを受けると、十キロも減量できるようで、最近重くなり始めた下腹を、俺は思わず手でさすっていた。クラブの主旨はたんに痩《や》せたり顔の皺《しわ》を取ったりすることではなく、躰《からだ》と心の総合的な健康が目的なのだという。

パンフレットの内容に、かなり心を動かされて、俺もスポーツジムぐらいは通ってみようかと思い始めたとき、ソファのななめ向かいに座っていた女の子と目が合い、三十八年間の習慣で、つい俺は笑いかけてしまった。女の子はコーデュロイの青いジャケットに、辛子色《からしいろ》のミニスカートをはいていた。

なにか勘違いでもしたのか、女の子が笑い返し、タータンチェックの大きなバッグに腕をまわしながら、膝《ひざ》を揃えて俺のほうへ躰の向きを変えてきた。

「見学は無料ですから、自分の目で確かめたほうがいいですよ」と、丸い大きな目を秘密っぽく見開いて、太めの脚を勢いよく組みながら、女の子が言った。「たまには中年の男の人も通ってきますけどね」

「君はこのクラブの、会員？」

「インストラクターです、エアロビクスの」

「ああ、なるほどな」

「入会するならスポーツジムがいいと思います」

「俺もエアロビクスは、つらいと思っていた」

「わたしのクラスにもおじさんが三人いますけど、はっきり言って、やめてもらいたいですね」

「レオタードってやつが、どうも、似合わない」

「まともなおじさんならそう思いますよ。わたし、お給料をもらってるから文句は言えないけど、おじさんは普通におじさんらしいほうが恰好いいです」

「俺、そんなに、おじさんに見えるか」

「そういう意味じゃなくて、今言ったのは、一般論です」

女の子が口を結んで、目を天井に一巡りさせ、鼻を曲げて生意気な笑い方をした。改めて観察するまでもなく女の子の顔はバランスのとれた卵形で、短くカットされた髪が一層その顔の小ささを際立たせていた。こんな子がインストラクターならエアロビクスに通ってみたくもあったが、自分のレオタード姿を想像して、俺は心から萎縮《いしゅく》した。

女の子がバッグを抱えて立ちあがり、一歩歩いてから、俺の前に止まって、ぺこりと頭を下げた。

「わたし、時間なんです。受付で訊けば詳しく教えてくれますよ。でもやっぱり、入会するのは自分で見てからがいいと思います」

女の子がバッグを担いでフロアを歩いていき、エレベータは使わず、階段をのぼって上の階へ消えていった。俺のほうはソファに座ったまましばらく首筋をさすり、それからパンフレットをポケットに入れて受付のカウンターへ歩いていった。エステ・クラブだからっていい女が多いわけでもないだろうに、ビルへ入って最初に会ったのが今の女の子だということは、天気のわりに今日はたぶん、運勢がいい。

受付で案内された五階の社長室は、南側の窓に東郷《とうごう》神社の森が見える、ベージュ色を基調にした広い清潔な部屋だった。園岡えりがドアの前で迎えてくれ、挨拶《あいさつ》をしてから、俺たちはビロード張りのソファに向かい合って腰をおろした。コスモス・ハウス自体がイメージとはちがっていたのに、園岡えりの容貌は、もっと予想外だった。白いテーラードスーツをさりげなく着こなし、首筋の皮膚も二十代にしか見えないほど繊細で、それでいて二重《ふたえ》の上品な目には相手の気を逸《そ》らさない大人の落ち着きがある。高校時代演劇部のスターだったと聞いてはいたが、まさかこれほどいい女だとは、思ってもいなかった。冴子がもっと親切に解説してくれていれば俺だってもう少し、服装を整えてきたのに。

「お忙しいのに、お手数をかけますわね」と、名刺入れからうす茶の名刺を取り出し、俺の前のテーブルに置いて、園岡えりが言った。

俺も自分の名刺をわたし、ついでに脱いだコートから煙草を取り出して、黙って火をつけた。喫煙の許可を求める礼儀を忘れるほど、たぶん俺は、あがっていたのだ。

なにから話していいか分からなかったが、煙草だけ吸ってるわけにもいかず、半分自棄《やけ》で、俺が言った。

「吉島さんとは高校が一緒だと聞きました……演劇部だったとか」

「彼女のほうが一年後輩ですわ。あのころから頭のいい子でしたけど、まさか、警官になるとはね」

「警官といっても管理職です。わたしのように汚れた仕事をするわけではありません。いわゆる、警察官僚というやつです」

「柚木《ゆずき》さんはどれほど警察に？」

「三年前まで本庁の一課におりました」

「わたくし、警察の機構は分かりませんの。一課というのはどういう仕事をされるのかしら」

「一般的な、あれです……人殺し専門の」

「まあ」

「子供の教育にいい商売ではありません」

「それでお辞めになったわけ？」

「一応、そういうことです」

「分かる気がいたしますわ。大変ですものねえ、ああいうお仕事」

俺が警察を辞めた理由をここで言っても仕方はないし、目の前に座っている男が人間を二人も撃ち殺した実績があると知ったら、この繊細な顎《あご》をした女はひっくり返って、気絶してしまう。

「吉島さんからは、あなたが義理の妹さんのことで、お困りになっていると聞きました」と、やっと本来の用件を思い出し、煙草を消しながら、俺が言った。

「そうなんですの。でもわたくし、今でも迷っています。見ず知らずの方に話していいものか……」

「口外しないという約束ぐらいでは、信用できませんか」

「気を悪くされたら謝ります。でも身内のことですし、吉島さんにもアドバイスがもらえればと思って、それで相談しただけなんですの」

園岡えりがなにを躊躇《ちゅうちょ》しているのか、本心は不透明だったが、週刊誌ネタになるようなスキャンダルを恐れる気持ちは理解できる。エステ・クラブ商売は客にあたえるイメージだって、大事だろう。

「わたしとしては今度の仕事、なかったことにしても構いません」と、ただよってくる香水の匂いを押し返し、ソファに座り直して、俺が言った。「ただ世間には、あなたのような人が係わってはいけない人種もいる。素人には手に負えない事件もあります。わたしに任せるかどうかは別にして、話すだけ話してみたらいかがです。聞くだけで料金を払えとは言いません」

「いえ、料金のことではなくて、今度のことはただの男と女の問題で、わたくしが専門の方にお願いするようなことなのか、それが、分からないだけですの」

「話してくれればその疑問にも答えられると思います。まず、そこから片づけてしまいましょうか」

我ながら、今日に限ってへんにサービス過剰だとは思ったが、俺だって商売を抜きでサービスしたくなることはある。園岡えりが望むなら、こっちから金を払って相談にのってやってもいい。

「自分からお願いしておいて、まだ迷っているのも大人げないですわね。吉島さんとちがって、昔からわたくし、はっきりしない性格なの」

「義理の妹さんということは、ご主人側の？」

「死んだ主人にとって、たった一人の妹ですわ」

「ご主人は亡くなられている？」

「吉島さんからお聞きになっていません？」

「いや、そこまでは……」

「そうでしたの。主人は二年前に心筋梗塞《しんきんこうそく》で死んでおりますの。まだ三十七でしたけど、過労死でした」

「このお仕事も、もともとは、ご主人がされていた？」

「主人が五年前に設立した会社ですわ」

「なるほど、そういうことなら、納得できます」

「………」

「初めから雰囲気がちがうと思っていた」

「どういうことでしょうか」

「これだけのビルを構えて、これだけの仕事をしている女社長というのは、ふつうはもっと怖いおばさんです」

「わたくしが頼りなく見えるということ？」

「残念ながら、大いに、頼りなく見えます」

園岡えりが小さく声を出して笑い、俺も肩の力を抜いて、口の中だけで苦笑した。死んだ園岡えりの旦那には申し訳ないが、これで俺の過剰サービスにも、力が入ってくる。

そのとき、スーツを着た若い女がドアを開け、レモンを添えた紅茶のカップを持って部屋に入ってきた。

二つのカップをテーブルに置いて、頭を下げたその若い女に、園岡えりが言った。

「北村《きたむら》さん。菜保子《なほこ》ちゃんは、会社に戻っている？」

「三十分ほど前に」

「例の企画の進み具合を聞きたいから、ここへ来るように伝えてくれない？　例の企画と言えば分かるはず」

若い女が返事をして部屋を出ていき、それを見送ってから、俺に向き直って園岡えりが口元を微笑《ほほえ》ませた。

「いかがかしら。有能な女事業家らしく、見えませんこと？」

「多少無理があるようですが、努力は評価します」

また園岡えりが微笑み、シャネルのブレスレットウォッチを左手の袖口にのぞかせながら、レモンの輪切りをスプーンで掬《すく》いあげた。

「今妹が参りますけど、柚木さんの素性《すじよう》は知られたくありませんの。死んだ主人のお友達、ということにしていただけます？」

「菜保子さんというのが、義理の妹さんですか」

「短大を出てからここの企画部で働いています。まだ二十三ですけど、仕事はまじめにやってくれます」

ドアが開き、髪をセミロングにした若い女が入ってきて、俺と園岡えりに一度ずつ、うなずくような会釈《えしやく》をした。いくらか目がきつい印象だったが顔立ちは整っていて、グレーのワンピースにクリーム色のジャケットを羽織った躰の線にも、ふつうのＯＬにはない品のようなものが感じられた。

「菜保子ちゃん、こちら、お兄さまのお友達だった、柚木さん」と、ソファから立ちあがり、視線の動きで俺を紹介しながら、園岡えりが言った。「ちょっと失礼しますわね。この仕事だけ片づけてしまいます」

園岡えりと菜保子が並んで壁際のデスクへ歩いていき、俺は煙草に火をつけて、デスクを挟んで小声で話す二人の様子を目の端で観察した。義理の姉妹関係のせいか打ち解けた雰囲気はなく、それでもファッション雑誌のスチール撮《ど》りを見ているような、どちらも目を離すのに苦労するほどいい女だった。街ですれちがったら無条件でふり返ってしまうし、世間には羨《うらや》ましいような女、というのがたまにいるものだが、他の女たちから見ればこの二人は、腹が立つほど羨ましい存在だろう。

園岡えりがなにか言い、菜保子がうなずいて、書類挟みを脇に挟みながらまた俺のほうへ歩いてきた。菜保子は俺の横を通ってそのまま部屋を出ていったが、園岡えりは元のソファに戻り、飲みかけの紅茶に手を伸ばして、カップに軽く口をつけた。

「来年からテレビでコマーシャルを流しますの。いい企画がなくて、困っていますわ」と、カップを下に置き、ショートカットにした前髪を指の先で払いながら、少し首をかしげて、園岡えりが言った。「広告会社で持ってくる企画は、脱毛や痩身ばかりを強調しますの。わたくしとしては総合的な健康産業というイメージをつくりたいのにね」

「その方面で協力できないのが、残念です」

「仕方なく引き継いだ仕事ですけど、やるからには満足のいくところまで充実させてみたいの。わたくしでは無理だと思われます？」

「あなたなら成功します。新しい事業家のタイプとしても、ぜひ頑張っていただきたい」

このまま世間話をつづけて、紅茶を飲みながら園岡えりの顔を眺《なが》めていたかったが、大人の分別としては、やはり当面の問題に話を戻さなくてはならない。いくら俺が女に惚れっぽくても、これでも一応は、プロなのだ。

「妹さんのことですが、あんなに若くて奇麗な子が面倒を抱えているとは、信じられませんね」

「菜保子ちゃん自身が問題を起こしているわけではありませんの。相手のほうが一方的に、ということだと思います」

「吉島さんの電話では、悪い男に付きまとわれている、ということでした」

「はっきりしたことは分かりません。一度菜保子ちゃんと話をしたとき、彼女、へんに意地を張って、そのことには触れるなと言うんです。もともと他人ですし、主人が死んでからは家も別になっていますの。彼女は今、青山《あおやま》のマンションで一人暮らしです」

「あなたが心配する理由は、男の素性が分かっているから、ということですか」

園岡えりが言葉を呑み、口でも乾いたのか、舌の先で唇を濡らしながら深くうなずいた。

「他人《ひと》のことを悪く言うのもいやですし、菜保子ちゃんの私生活にも干渉したくありません。

でも相手の男が人を殺したことがあるというのでは、知らん顔はしていられませんわ。わたくしのこと、お節介だと思われます？」

「いや……」

「義理の妹のことでも、心配するのは当然でしょう」

「それは、当然、心配ですね」

「でも心配するだけで、わたくしにはなにもできません。なにをしたらいいのかさえ分かりません」

「その男が人を殺したことがあるというのは、具体的に、どういうことですか」

「高校生のとき、人を殴《なぐ》って、殺したそうです」

「殴って……」

「菜保子ちゃんとは高校が同級でした」

「高校の同級生、ね」

「刑務所へ入っていて、一年ほど前に出所してきたようです。詳しいことは分かりませんけど」

高校生のとき人を殺して、一年前に出所してきたということは、少年刑務所と一般刑務所を合わせて四、五年で刑期を満了したことになる。仮釈放が付いたとしても男の罪状は殺人ではなく、傷害致死だろう。殺人でも障害致死でも一般の人間にとっては人を殺したことに変わりはなく、園岡えりに男が殺人者に見えたところで、本人の責任ではない。

「そういう事情を、あなたは誰から聞いたんです？　妹さんがあなたに話したわけですか」

「いえ、それは、死んだ主人から。その事件があったあと、五年前に主人が菜保子ちゃんを秩父《ちち》
父《ぶ》の実家から引き取りました」

「ご主人と妹さんの実家は、秩父ですか」

「秩父といっても市ではなく、皆野《みなの》という山の中です。山をいくつか持っていて、今でも主人の父が後妻さんと暮らしていますわ。山の暮らしに慣れた人には、東京は住みにくいようですの」

「五年前に妹さんを引き取って、東京で高校と短大に通わせた……ということは、その男と妹さんはただの同級生ではなかった」

「そういうことでしょうね。どこまでの関係だったかは知りませんけど、田舎《いなか》って今でも近所の目がうるさいらしいですわ。相手の家族も家を引き払って、東京に出てきているようです。主人が生きていたときには、たまにそんなことも話してくれました」

「男の名前はご存じですか」

「苗字《みょうじ》は野田《のだ》だったと思います、下の名前までは分かりません」

「野田という男が一年前に出所してきたことを、あなたはどこで？」

「電話が来ましたの、その野田という人から。笹塚《ささづか》のわたくしの家に電話をかけてきて、菜保子ちゃんを出せって。そのときはもう主人が死んでいましたし、菜保子ちゃんも青山のマンションに移っていました。相手の人はそれを知らなかったようです。野田という名前はわたくし

も覚えていましたから、それでたぶん、高校のときの、その人ではないかと思ったんです」

「野田が現在でも妹さんと関係しているという、証拠は？」

「会社に電話がかかってきますの。わたくしも相手が相手ですから、受付の女の子には野田という名前に注意するよう頼んでいます。今でも月に一度ほど、菜保子ちゃんに電話をかけてくるようです」

「野田という男の住所とか、電話番号とかは……」

「菜保子ちゃんは知っているでしょうけど、お話ししたような事情で、わたくしが訊くわけにはいきません。柚木さん、このこと、専門家の立場からはどう思われます？」

「野田が妹さんとつき合っていたとしても、それ自体が罪になるわけではない」

「ですけど……」

「妹さんが野田との関係に触れたがらないところは、たしかに、いやな気はしますがね」

「わたくしもそう思います。問題がなければ菜保子ちゃんも話してくれるはずです。もしかしたら、わたくしにも言えない事情が、なにかあるような気がするんです」

「妹さんに、縁談でもおありですか」

「お分かりになります？」

「あんな奇麗な女の子を、周りの男が放っておくはずはない」

「ある化粧品会社の社長さんから、ご長男の相手にというお話があります。菜保子ちゃんも最初はのり気だったのに、野田という人からの電話以降、様子が不審《おか》しいんです。主人が生きていれば、なにか方法があるんでしょうけど」

　園岡えりの旦那が生きていたら、どういう方法を見つけるにせよ、俺としては野田の素性が分からないかぎり、とりあえずは打つ手がない。それに結婚話をうまくすすめてくれという話なら、吉島冴子には悪いが、俺の出る幕ではないだろう。

「一般的にいって、こういうことは興信所《こうしんじょ》の仕事です」と、残っていた紅茶を飲み干し、煙草とライターをコートのポケットに戻しながら、俺が言った。「野田という男がどこに住んでいて、どんな仕事をしていて、妹さんと現在どういうつき合いをしているのか、興信所に調べさせたらいかがですか」

「それはできません。菜保子ちゃんの一生がかかっています。主人が生きていたとしても、興信所は使わなかったと思います」

「事実関係をはっきりさせることが、最初の問題だと思いますがね」

「そのことを柚木さんにお願いできませんの？」

「人間を一人捜すぐらいのことで、料金はもらえませんせん」

「でも……」

「あなたも最初にアドバイスがほしいだけとおっしゃった」

「謝りますわ」

「いや、そういう意味では、ないんです」

「たしかにわたくし、最初は迷っていました。でも今は決心しております。今度のこと、どうしても引き受けていただきたいの。吉島さんに言われたお金も用意してあります」

園岡えりが会釈をして立ちあがり、壁際のデスクへ歩いて、中から厚い銀色の封筒を取り出した。

「これは野田という人を見つけて、菜保子ちゃんとの関係を調べていただくだけの料金です」と、戻ってきて封筒をテーブルに置き、指先で静かに押しながら、園岡えりが言った。「調べていただいて、そのあとのことはまた別にお支払いします。それに、失礼ですけど、柚木さんにはこの問題以外でも相談にのっていただける気がするんです」

この問題以外の相談というのがどんなものか、見当もつかなかったが、目の前に置かれた銀色の封筒がもう、俺の目には金色に光っていた。金なんか要らない、と見栄《みえ》を張ったところで見栄では飲み屋のつけは払えない。それにこの問題以外のことでも園岡えりとつき合えるなら、俺は見栄なんかいつでも捨ててやる。

かなり芝居臭かったが、しばらく腕を組み、それから長く息を吐いて、俺はゆっくりと封筒に手を伸ばした。

「分かりました。引き受けましょう。とりあえず事実関係を調べて、あとの処理はそのときにまた考えます」

「わたくし、肩の荷がおりた気がしますわ」と、俺の顔を見つめながら、口元を静かに微笑ませて、園岡えりが言った。「吉島さんにはいい方を紹介していただきました」

「あなた以上に、わたしのほうがそう思っています」

立ちあがって、封筒をレインコートの内ポケットにしまい、やはり立ちあがった園岡えりに、俺は軽く会釈をした。

「なにか分かったら連絡します。一度警察と係わった人間が隠れていられるほど、日本の国は広くありません」

「この時間はわたくし、ほとんど会社におります」

「もったいない気もしますがね」

「は？」

「特別に意味はありません」

ドアのほうへ歩き、送ろうとする園岡えりを目で制して、ふと、俺はそのことを思い出した。

「一つ訊きたいことがありました」

「どんなことでしょう」

「一ヵ月で十キロの減量コースってやつ、あれ、本当なんでしょうかね」

「正直に申しあげて、人によりけりですわね」

「人によりけり、ですか」

「人生のすべてを任せてくだされば、責任をもって、十キロの体重を減らして差しあげますけど」

「人生のすべてを他人に任せる覚悟があれば、十キロぐらいの体重は減らせるか。わたしも暇《ひま》をみて、是非一度、あなたに人生のすべてを任せてみたいもんです」

＊

暗くなった空からは相変わらず霧のような雨がふりつづく。ふだんの年のこの季節がどんなものだったか、覚えてもいないが、今年はこんな天気がもう一週間もつづいている。そういえば夏も冷夏だったはずで、地球規模での天候異変が始まったともいう。俺が天気に文句を言っても仕方ないし、地球の環境問題を心配しても意味はない。しかし季節や天気が曖昧《あいまい》だと、どうも人間の価値観までがいい加減になる。いい加減な価値観といい加減なプライドを抱えて、愚痴《ぐち》を言いながら、それでも俺は気楽に生きていく。

雨の中を原宿の駅まで戻り、山手線の内回りで俺は有楽町《ゆうらくちょう》に出た。銀座《ぎんざ》のバーで吉島冴子と待ち合わせをしていたのだ。

ナンバー10には冴子が先に来ていて、カウンターのまん中で、ママの葉子《ようこ》を相手にいつものとおりドライマティーニをすすっていた。喫茶店代わりに使えるほど安い店ではないが、昔、葉子とヤクザとのトラブルを片づけてやった義理で勘定はあるとき払いの催促なし、ということになっている。

「まったくねえ、お金さえあれば柚木さんもいい男なのにねえ」と、冴子のとなりに座った俺にコースターとグラスを出しながら、葉子が言った。

「俺に金があったら人間がいや味になる」

「いや味でもいいから、わたしはお金のある男が好きだわよ」

「また若い男にでも騙《だま》されたか」

「大きなお世話よ。冴子さんとね、柚木さんみたいな男は女の罰が当たって、地獄に落ちればいいのにって話してたの」

バーボンの水割りができあがり、冴子のグラスに軽く自分のグラスを打ちつけて、俺が言った。

「例の仕事、引き受けてはきたけど、なんとなく気がすすまない」

「珍しいわね、草平さんにしては」と、目の端を皮肉っぽく笑わせ、マティーニのグラスをゆっくり口に運びながら、冴子が言った。「園岡さんは草平さんのやる気を刺激したでしょう」

「事件自体への興味は別のことさ」

「物足りない仕事だということは、最初に言ったはずだわ」

「君が俺の財布を心配してくれる、そのことには感謝してるんだ。ただ、どうもな、前科ものを一人見つけるだけで百万ももらうのは、気が引ける」

「その潔癖主義、相変わらず治らないのね。お金のためと割り切ればいいのに」

「割り切ってはいるさ。前金ももらってきたし」

一杯めの水割りを飲み干し、葉子に追加をつくらせながらポケットから煙草を取り出して、俺は火をつけた。

「園岡えりの旦那が死んでいること、電話で言わなかったよな」

「そうだったかしら」

「どっちでもいいけど、旦那という男に会ったことは？」

「そこまで親しくなかったの。高校を出てからは演劇部の同窓会で会うぐらい。個人的につき合ってたわけではないのよ」

「いい女同士に友情が生まれないのは、普遍的な真理ってことか」

「それ、褒《ほ》めてるわけ？」

「思ったことを素直に言っただけさ」

「草平さんが素直になるのは、女の人に対してだけですものね」

「俺は、すべての物事を、客観的に判断しようと努力している」

「姿勢だけは評価してあげるわ。でもその客観性と園岡さんの亡くなったご主人と、どういう関係があるの」

「関係はない。ただ……」

「個人的な興味？」

「それだけでもない。彼女の今度の問題には、どうも役者が一人欠けてる気がする。欠けているのはたぶん、死んだ亭主だろう」

吉島冴子がマティーニのグラスを取りあげ、一口飲んで、グラスを透《す》かしながら小さくため息をついた。

「わたしも詳しくは知らないけど、いい噂《うわさ》は聞かなかったわね。彼女、大学のときからイベントコンパニオンのようなことをやっていて、そのときに知り合ったらしい。大学を出てすぐ結婚したんだけど、相手は青年実業家という噂だったわ。ただそのあとの噂では、いわゆるマルチ商法のようなことをやったり、不動産のブローカーをやったりする人だったらしいの。堅気《かたぎ》の実業家ではなかったみたい」

「一山当てようというタイプだったわけか」

「そういうことでしょうね」

「そして最後にはエステ・クラブで、本当に一山当てた」

「彼女もそれなりに苦労はしたわけよ」

「苦労したようには見えないが」

「電話で言わなかった？」

「彼女の苦労をか」

「そうじゃなくて、演劇部ではスターだったこと」

「それは、聞いては、いた」

「ただ奇麗だったから、というだけではないの。芝居がうまかったのよ。ハムレットから楢山《ならやま》節考《ぶしこう》まで、どんな役でもそつなくこなしたわ」

「つまり……」

「つまりは、そういうことよ」

冴子の言いたいことは、園岡えりは悲劇のヒロインから汚れ役までをこなす演技力があって、だから当然、俺に苦労の跡を見せないぐらいの演技はかんたんにできる、ということなのだろう。しかし園岡えりのあの品のいい頼りなさが本当にただの演技だったら、世間の誰に見抜けるのか。

「自分の女を見る目に対して、自信がなくなった」と、丸椅子に座り直して水割りをすすり、新しい煙草に火をつけながら、俺が言った。

「そのうち草平さんにも分かるわよ。この世に女は女の数だけいるものなの」

「女の数だけ女が、な」

「誤解しないでね、彼女の悪口ではないの。人は見かけによらないし、人によって価値観もいろいろだと言ってるだけ」

「価値観は、まあ、そうだな。だけどやっぱり、俺には分からない」

「なにが？」

「君が言うように、彼女にそれだけの演技力があって、あれだけの美人なら女優にだってなれたはずだ」

「草平さんのその純情なところ、わたし、好きなのよね」

「俺が……」

「園岡さんぐらいの美人でそつなく芝居ができる女優が、日本に何人いると思う？　女優として成功する条件は顔や演技力ではないの。説明のつかない、なにか存在感みたいなもの、悪く言うともっと下品な迫力みたいなもの。そういうものがなくては、あの世界では成功しないの」

「暴力団の幹部みたいだ」

「たとえはともかく、そういうものなのよ。だから自分の資質が分かるぐらいには、園岡さんも頭がよかったということね」

「君みたいになんでも分析できたら、世界も単純だろうにな」

俺が煙草をつぶした灰皿を葉子が取りかえ、自分でも水割りをつくって、カウンターの向こうから軽くグラスを重ねてきた。

「柚木さんて、女好きのくせに、女の本質を知らないのよね」と、流し目で俺と冴子の顔を見比べながら、ちょっと下唇を曲げて、葉子が言った。「顔の奇麗な女が心まで奇麗なら、わたしなんか今ごろ観音様になってるわ」

「俺にはそのままでも観音様に思える」

「つけを催促しないバーのママは、柚木さんにとってはみんな観音様ね」

「今日は、なにか、日が悪いのかな」

「奥さんのことをはっきりさせないから、周りの人間が苛立《いらだ》つのよ」

「それは、俺一人が気合いを入れたって、どうなるもんでもない」

俺はなんの脈絡もなく、コスモス・ハウスのロビーで会ったインストラクターの女の子の顔を思い出したが、あのときはたしか、今日は日がいいと勝手に納得した。会っている女が変わるたびによくなったり悪くなったり、俺の運勢なんて、所詮《しょせん》はそんなものか。

「まあ、とにかく、引き受けた仕事だけはやってみるさ」と、空のグラスを葉子の前に滑らせ、頬杖《ほおづえ》をついて棚の酒瓶を眺めている冴子に、俺が言った。「君、手を貸してくれるか」

「最初からそのつもりでいるわよ」と、眉の端を持ちあげて、諦《あきら》めたように笑いながら、冴子が言った。

「礼儀として訊いてみた」

「園岡さんの妹に付きまとってる男を、調べるのよね」

「その……」

「わたしだって警官なのよ。草平さんがどこから手をつけるかぐらい、分かってるわ」

「男というのは高校時代の同級生で、五年ほど前に人を殺しているらしい。菜保子という義理の妹は園岡さんに、事情を話さないそうだ」

「その女の子に直接訊くわけにはいかないの」

「妹がトラブルに巻き込まれてるとしたら、こちらの手の内は明かさないほうがいい。男の姓は野田、事件は五年前に埼玉県の秩父で起こっている。一年ほど前に出所してるらしいが、住所が分からない。埼玉県警か警察庁のコンピュータに当たってみてくれないか」

「野田という男の、名前のほうは？」

「分からない。野田の家族は事件のあとで東京に出てきてるらしいから、刑務所の面会記録には東京の住所が残ってるはずだ。それに仮出所期間が終わっていなければ、県警にも現住所は登録されている。そのへんのところを、よろしく頼む」

冴子がハンドバッグから出した手帳にメモを取ってから、また手帳をハンドバッグに戻して、マティーニのグラスを葉子に手渡した。

「草平さん、明日は部屋にいる?」

「雑誌の原稿もあるしな」

「正午《ひる》までには連絡できると思うわ。園岡さんと特別に仲がよかったわけではないけど、悪かったわけでもない。彼女が本当に困ってるなら、手を貸したいわ」

「人は見かけによらない、な」

「なんのこと?」

「一見冷たそうに見えても、君の心はクリスマスプレゼントの手袋みたいに温かい」

「草平さん」

「うん?」

「とぼけた顔をして、どこからそんな台詞《せりふ》を出してくるのよ」

「朝から晩まで俺は君のことを考えている」

「同じ台詞を他の女に使わなければ、あなたもいい男なのにね」

「ねえ、柚木さん……」と、グラスの氷をごろんと鳴らして、カウンターの中から、呆《あき》れたように葉子が顔を突き出した。「お店の勘定さえ払ってくれれば、あなたって本当にいい男なのにねえ」

なにか言い返そうと思ったが、言葉が見つからず、俺は園岡えりから受け取った封筒を、仕方なくレインコートのポケットから抜き出した。別れて暮らしている女房ともいつかは結論を出さなくてはならないし、同様に飲み屋のつけだって、いつかは払わなくてはならないのだ。

「草平さん」

「うん?」

「今夜のディナー、決めている?」

「いや……」

「わたし、レザンジュのフランス料理がいいな。懐《ふところ》も温かそうだし、お勘定はもちろん草平さんもちということで、ね」

2

どうってこともないが、今日も雨がふっている。新宿御苑《ぎょえん》も赤坂離宮《あかさかりきゅう》の森も窓の遠くに曇って見え、雨宿りの雀たちが向かい家の軒下に声もなく集まっている。カラスだけが灰色の空を飛んでいき、雨の匂いのする空気が外濠《そとぼり》公園の方向からクルマの騒音と電車の震動を運んでくる。

ベッドから起き出してはみたものの、仕事机に向かう気にならず、コーヒーを飲みながら、俺はもう三回も洗濯機を回していた。一週間も雨がつづいて洗濯物が溜まっていることも理由だが、なんのことはない、洗濯こそが、俺の唯一の趣味なのだ。

三回めの洗濯を済ませ、部屋中の壁と天井にハンガーと物干しサークルをぶら下げ終わったとき、電話が鳴って、出てみると、相手は吉島冴子だった。昨夜は正午までに電話をすると言ったが、壁の時計は一時半になっていた。

「昨夜《ゆうべ》はご馳走さま。草平さんにアルバイトをまわしたの、やっぱり正解だったわ」

「君のためなら俺はアルバイトで銀行強盗もする」

「天気のわりには機嫌がいいみたい」

「洗濯物を片づけて、もう一度結婚生活にも耐えられそうな気分だ」

冴子が軽く笑って言葉を切り、気分を変えるように、受話器の中で一つ咳払《せきばら》いをした。

「昨日の件、遅くなったけど、報告しておくわ。野田の名前はコウジ。さんずいに告げるの浩《こう》につかさどるの司《じ》。去年まで前橋刑務所に服役していて、八月に仮出所をしているわ。埼玉県警に届けられている現住所は葛飾《かつしか》区の西新小岩《にししんこいわ》。番地まで言う？」

「一応、頼む」

「西新小岩四丁目十二番地の六。この住所は刑務所へ面会に来た両親の住所としても登録されてるから、出所後は両親の家に同居ということね。野田浩司の現在の仕事はスナック勤務だけど、勤めているキャビンというスナックは浩司のお姉さんがやっているの。だからこれは、もしかしたら書類だけのことかも知れない」

「キャビンというスナックの場所は、分かるか」

「錦糸町《きんしちょう》になってる。錦糸二丁目というから、駅のそばでしょうね」

「これで野田浩司の一人ぐらい、いつでも死刑にできるわけだ。野田が五年前に起こした事件のほうは、どうなのかな」

「そこまでは調べられなかったわ。時間があればなんとかなると思うけど」

「まあ、それぐらいは自分でやるが」

「野田が服役していた罪状は傷害と傷害致死よ。五年の実刑判決だったところを、四年で仮出所したことになるわね」

「それだけ分かればじゅうぶんだ。あとの調べは俺がやる。あまり派手に動くと、警視庁《かいしちょう》の中で君の立場がまずくなる」

「気を使ってもらって、お礼を言わなくちゃね」

「俺はいつだって君に気を使ってる。不毛な人生において、君だけが俺の生甲斐《いきがい》だ」

「草平さん」

「なんだ?」

「酔っ払っているみたいね」

「君の声を聞いて神経が緊張したんだろう」

「とにかくなにか分かったら、連絡をしてね。園岡さんのことはわたしも気になるの」

それから二言三言、習慣になっている冗談を言い合い、電話を切って、俺は部屋のまん中で大きく背伸びをした。雑誌用の原稿は昨日から進んでいないが、そんなものは一晩徹夜すればなんとかなる。野田の名前や住所が具体的になって、物足りなかった俺の闘争心にも、やっと気合いが入ってきた。

俺は『ジャーナリズム年鑑』で『埼玉新報』という地方紙の住所を調べ、着がえと戸締まりをして、外に出た。部屋を出る前にエアコンを除湿にセットしたのは、帰ってくるまでにそれで洗濯物を乾かしてやろうという、生活の知恵だった。

＊

埼玉新報が入っているビルはＪＲの浦和《うらわ》駅から十分ほど県庁の方向へ歩いた、仲町《なかまち》という官庁街にあった。雨で湿っているせいか、鼠色《ねずみいろ》の汚いビルで、その二階と三階が埼玉新報だった。首都圏から離れている地域では、地方紙でも中央紙に対抗するだけの発行部数と政治力を築けることもあるが、埼玉あたりではタウン紙的な役割でしか生き残れない。その代わり県内の出来事ならどんな細かい情報でも押さえていて、たとえばなんとか村のどこの農家で豚が牛の子供を育てているとか、なんとか郡の誰さんの家では子供のお年玉に耕運機《こううんき》を贈ったとか、そんなような情報が紙面一杯にぎっちり詰め込まれている。それをどうでもいいと言ってしまえば、どうでもいいのだが、新聞に載った自分の豚の記事を生涯の宝物として取っておく人間だって、この世にはちゃんと存在する。

俺の訪ねた編集部は、三階にあって、記者が出払っている乱雑なオフィスに俺を迎えてくれたのは、とっくに五十を過ぎた感じの、頭の禿《は》げたおじさんだった。名刺をわたして用件を言うと、おじさんも〈埼玉新報編集長　瀬戸常夫《せとつねお》〉という名刺をわたしてくれ、空いている椅子に手真似《てまね》で俺を座らせた。

「五年前というと、かなり前の話ですなあ」と、暑くもないのにハンカチで額の汗を拭《ふ》きながら、回転椅子を軋《きし》らせて、瀬戸常夫が言った。「そういやそんな事件が、あったですなあ」

「事件を担当した記者の方は、まだ新聞社におられますか」と、レインコートを着たまま、ポケットから煙草を取り出して、俺が言った。

「そりゃあおりますがな。うちの社で殺人《ころし》を扱える記者は一人しかいませんわ」

「待たせてもらえますかね」

「そんなことは構いませんが、待つ必要もないと思いますよ」

瀬戸常夫が自分のデスクから腰をあげ、汚いカーテンで仕切ってある物置のようなところへ入っていき、しばらくして、B４判のぶ厚い本を持って戻ってきた。

「これがその年の縮刷版ですわ。秩父の事件ですと、県北というページですなあ」

瀬戸常夫がその縮刷版を悠長にめくり始め、俺は煙草を吸いながら、十ほどの机が窮屈そうに詰め込まれた狭いオフィスを、改めて眺めまわした。黒板や予定表やなにかのメモ用紙がすべての壁を埋め尽くし、それぞれの机にも書類や雑誌が競争のように積みあげられている。下の階の人数まで含めて、総勢でも三十人ぐらいの所帯らしかった。

「ああ、ありましたなあ」と、顔をあげ、立ちあがって、ページを開いたまま瀬戸常夫が縮刷版を俺のところへ運んできた。「思い出しました。そういや、この見出しもあたしが付けたんですわ」

瀬戸常夫が押さえているページには縮小された小さい文字で、〈高校生、真昼の決闘〉という見出しがあり、あとには山林の写真をつけた記事がページの五分の一ほどつづいていた。

細かい文字を追っていくと、事件が起きたのは五年前の九月十六日で、秩父市郊外の山林で高校生三人が乱闘し、一人が脳挫傷《のうざしょう》で死亡、一人が顎の骨を折る重傷を負ったという。死んだ生徒の名前は矢島義光《やじまよしみつ》、重傷を負ったほうは黒沢研次《くろさわけんじ》、加害者の名前は未成年であるため、少年Aとなっていた。この少年Aが野田浩司であることは間違いないが、三人が乱闘した原因は、少年Aの同級生である女子高校生だという。記事にはそれ以上の内容はなく、女子高校生のなにが乱闘の原因だったかは書かれていなかった。前後の経緯《いきさつ》からして、『女子高校生』が園岡菜保子であることも、間違いはない。

コピーを取るまでもなかったので、俺は必要な部分だけを手帳にメモし、縮刷版を瀬戸常夫に返して、また、新しい煙草に火をつけた。

「もっと具体的な状況を聞きたいですね。やはり記事を書いた記者の方を待たせてもらいます」

「その必要はないと言いましたがね」と、自分の席には戻らず、すぐそばの椅子に座り、やはり煙草に火をつけて、瀬戸常夫が言った。「うちの社に殺人を扱える記者は一人しかいません。

つまり、このあたしということですなあ」

瀬戸常夫が長く煙を吐き、赤ら顔を人なつこそうに歪《ゆが》めて、禿げあがった額に浮いた汗をハンカチでていねいに拭き取った。殺人を扱える記者は一人しかいないと断言するわりには、感動するほどの文章でもない。

「どうも、背景をわざと曖昧にしてあるように見えますが」と、旨《うま》そうに煙草を吸う瀬戸常夫の顔を、しばらく観察してから、俺が言った。「現地での取材も瀬戸さんがされたんでしょう？」

「そりゃあんた、秩父あたりでは大事件でしたからなあ、あたしもあっちの警察に三日ほど泊まり込みましたよ」

「記事では喧嘩《けんか》の原因がはっきりしませんね」

「いろいろとねえ、なんせ加害者も被害者も未成年なもんで、そのへんの制約があったんですわ。それに秩父あたりの農家にはけっこううちの新聞が入っておるんで、いわゆる地域感情というやつも考慮せにゃいかんし」

「当時の取材資料のようなものは、残っていますか」

「そんなもの残っちゃおりませんが、思い出せることはお話しできますよ。見かけによらず、あたしは記憶力がいいほうなんでね」

煙草を灰皿でつぶし、手帳にメモの用意をしながら、一つうなずいて、俺が言った。

「で、この、喧嘩の原因というのは？」

「よくありがちな、あれですわ。その死んだ矢島義光ってのが、加害者の彼女である女生徒にちょっかいを出したんですなあ。記事にはできませんでしたが、まあ、強姦ってやつです」

「矢島義光と黒沢研次の、二人で？」

「黒沢ってのは矢島の子分みたいなもんで、矢島の乱暴を手伝っただけですわ。二人とも近所では有名な不良ということでした。もっとも強姦のほうは実証もされなかったし、女の子も証言をしなかったようでしたがね」

「加害者は野田浩司、女生徒は園岡菜保子。それで間違いありませんね」

「よくお調べですなあ。いやね、名前のほうまでは覚えておりませんが、二人ともたしか、そういう苗字でした。野田の家は秩父の市内で野田薬局というのをやっておって、女の子のほうは皆野でも有名な山持ちの娘でしたわ」

「野田浩司の評判はどんなものでした？」

「こいつがまあ、ちょっと派手な子供でね、アマチュアボクシングではいいところまで行ったようです。バンタム級で、国体にも出たということでした」

なるほど、野田浩司がどうやって二人の不良を相手にしたのか、そこが不思議だったが、ボクシングで国体に出たというならこの結果も納得できる。ボクシングの心得がある者が本気で人間を殴ったら、打ちどころによっては相手を殺してしまうことも、ある。

「矢島と黒沢は、高《たか》をくくっていたんですなあ。自分たちは喧嘩慣れしてるし、野田がいくらボクシングが強くても、二人でかかれば負けないとでも思ったんでしょうよ。不良の頭の程度なんて、そんなものですわ」

「裁判は、当然、非公開だったわけでしょう?」

「そのようでしたなあ。あれ以上記事になりそうもないんで、あたしもフォローはしませんでしたが」

「顎の骨を折られた黒沢研次という男が、その後どうしているかは、分かりませんか」

「そこまでは分かりませんなあ。たしか大滝村《おおたきむら》の、百姓の次男坊だったと思いますがね」

五年前の事件の構図が分かり、事件に登場した人物の名前も人間関係も分かって、とりあえず瀬戸常夫から引き出す情報はなくなった。問題は五年前のこの事件を引きずって、野田浩司と園岡菜保子が現在どういう関係になっているのか、ということだ。出所した野田浩司と園岡菜保子が五年前の恋愛関係に戻っているだけなら、園岡えりが心配する必要もないし、俺の出る幕もない。

立ちあがって、手帳をレインコートのポケットにしまい、瀬戸常夫に礼を言って、俺は埼玉新報を出た。雨は相変わらずふっていたが傘を差すほどでもなく、途中の蕎麦《そば》屋でてんぷら蕎麦を食って、浦和駅に戻ったときは、もう夕方の五時になっていた。

＊

このまま錦糸町のキャビンというスナックへまわってみようか、そうも思ったが、時間的に中途半端で、俺は一度自分の部屋に戻ってから時間をみて出直すことにした。飲み屋へ行くにはそれに相応《ふさわ》しい時間があるし、雑誌の原稿だって進めなくてはならない。アルバイトで私立探偵の真似事をやってはいても本業はあくまで、刑事事件専門のライターなのだ。

部屋へ着いたのは六時。洗濯物が乾いていることを確かめ、始末に取りかかったとき、チャイムが鳴って出てみると、訪ねてきたのは顎の関節が外れるほど意外な人間だった。警察を辞めてから三年、当時の同僚が訪ねてくることはなく、俺のほうでも呼び出したり、会いに行ったりはしなかった。

「お久しぶりですなあ、柚木さん」

細い目を精一杯見開いて、半分以上白くなった角刈りの頭をすくめてみせたのは、三年前まで俺の部下だった警視庁捜査一課の山川六助《やまかわろくすけ》だった。部下といっても歳は俺より遙《はる》かに上、記憶が正しければそろそろ定年に近いはずだった。山川は知らない若い刑事を一人つれていて、つまりこの訪問は、山川の私用ではないということだ。最近レポートの中で警察批判をやってしまったから、お偉方《えらがた》の意向を受けて苦情でも言いに来たのか。

「たまたまそばを通りかかったわけでもなさそうだ。とにかく、入ってください」

二人の刑事を部屋にあげてソファに座らせ、洗濯物を片づけてから、インスタントのコーヒーを二つつくって俺もソファに腰をおろした。

「こっちは今年杉並《すぎなみ》署からまわってきた鳥井《とりい》くんでして、まあ、世代の交代要員ってやつです」

「山川さん、定年はいつでしたっけね」

「来年の春ですよ。そろそろ次の就職先を決めにゃならんのですが、警備会社やパチンコ屋というのも、いまいち気がすすみませんでなあ」

「山川さんぐらいのベテランなら、仕事はいくらでもあるでしょう」

「そう願いたいもんです。警備や公安関係なら天下《あまくだ》り先もあるんですが、殺人《ころし》専門っていうのは、どうも割が悪くてね。柚木さんがあのとき見切りをつけたのは、正解だったかも知れませんなあ」

「で、わざわざ見えられたご用は、例の、わたしの記事のことですか」

「いやいや。あの記事はあたしも読ませていただきまして、内心は喜んでおるぐらいです。そういうことじゃなくて、まあ、今日の用件は純粋な商売です」

山川と若い刑事が二人揃ってコーヒーをすすり、カップを置いて、それから山川のほうだけ、ちょっと上着の肩を突き出した。

「単刀直入にお訊きしますが、柚木さん、園岡えりという女性とは、どういうご関係なんです?」

「園岡……」

「ご存じではあるわけでしょう?」

「もちろん、知っては、います」

「率直にお聞かせ願えませんかね」

「山川さん」

「いえね、相手が柚木さんだから下手《へた》な駆け引きはしませんが、実は、園岡えりが殺されたんですよ」

煙草に伸ばそうとしていた俺の手が無意識に止まり、俺は腕を組んで、ソファの背凭れに深く沈み込んだ。殺したの殺されたのなんて話題には煙草の灰が膝に落ちたほどにも驚かないが、しかしあの園岡えりが殺されたというのは、いったい、どういうことか。

「山川さんが冗談を言いに来たとは思わないが、どうも、話が、ピンときませんね」

「ごもっともですが、あたしにしても定年を前にして柚木さんに、人生相談をしたいわけではないんです。どうですか、園岡えりとの関係を、かんたんに話してはもらえませんか」

「かんたんにといっても……」

正直に話せば、俺と吉島冴子の関係も話さなくてはならないし、それでは警視庁での冴子の立場が苦しくなる。問題が大きくなれば大阪の地方検察庁に出向している冴子の亭主にも、俺たちの関係は知られてしまう。山川がなにを摑《つか》んでいるにせよ、今日ここへ来たのは、俺が園岡えりにわたした名刺が原因だろう。

「わたしも山川さんを相手に駆け引きはしません。かんたんに言うと園岡さんに、妹さんのことで仕事を頼まれたと、そういうことです」

「妹のこと、ですか」

「死んだ旦那の妹で、正確には義理の妹ですがね、その妹に悪い虫が付いたようで事実関係を調べてほしい、という依頼でした」

「柚木さんは今、そういうお仕事もされておられる」

「アルバイトですよ。雑誌の取材で園岡さんと知り合った。話のついでに、ちょっと調べてみてくれ、ということになったわけです。妹にはいいところから縁談があるようで、園岡さんとしても妹の素行が心配になったんでしょうね」

「なるほど。ジャーナリストというのも、いろんな仕事をせにゃいかんわけですなあ。それで、調査のほうは、どこまで進んでおるんです？」

「園岡さんから頼まれたのが昨日の夕方、まだ手を付けていないんです。彼女が死んだとなると仕事自体がキャンセルでしょうね」

「その『悪い虫』の件、警察のほうで調べにゃいかんですかな。名前は、分かっておるんですか」

「野田なんとかいうようです。妹には気づかれないように調べてくれということで、彼女に尾行でもかけようと思っていたところです」

「野田なんとか、ねえ」

「園岡さんが殺されたと言われても、どうにも信じられない。具体的な状況は、どういうことなんです？」

「今朝の十時に発見されて、まだ初動捜査が始まったばかりなんですよ。詳しいことはなにも分かっておりません。被害者の自宅テーブルに柚木さんの名刺が置かれていて、それで、こうやって伺ったわけです」

「殺されたのは自宅ですか」

「笹塚の中野《なかの》通り近くにある3ＬＤＫの自宅マンションです。発見者はその時間に帰宅した、被害者の母親なんですがね」

「朝の十時に、母親が、帰宅?」

「被害者の亭主が死んで以来、母親が同居してたらしいんですが、たまたま前の日は中野にある兄夫婦の家に泊まったということです。兄夫婦の家というのが被害者の実家でもあるんですな」

「子供はどうしていたんです?」

「園岡えりに子供はおりませんよ。生まなかったのか、生まれなかったのかは知りませんがね。柚木さん、ご存じなかったんですか」

「そういうことを訊くほど親しくはなかった」

二年前に亭主が死んで、子供がいなければ籍を抜いていると思ったのは、たんなる俺の思い込みだった。子供がいなくても籍を抜かない女はいるし、死んだ亭主が忘れられなければ、姓もそのままにしておきたいと思うだろう。

「殺された、その、状況なんですが……」と、園岡えりの死にいくらか実感が湧いてきて、煙草に火をつけながら、俺が言った。「死因なんかは、分かってるんでしょう?」

「まだ司法解剖をやっておる最中です。あたしの見たところでは鈍器《どんき》による撲殺《ぼくさつ》ですな。凶器はまだ発見されておりません」

「室内に争った形跡は？」

「それも見当たらんのです。不意を突かれたか、まあ、顔見知りの犯行といった線でしょう」

「犯人はどうやって中へ入ったんですかね」

「窓から侵入した形跡はありません。被害者が自分でドアを開けて犯人を迎え入れたようです。母親が帰宅したとき、ドアに鍵は掛かっていなかったと証言しています」

「室内が物色《ぶっしょく》された様子は、当然、ない？」

「そういうことですな。つまり、物取りの犯行とは考えられんわけです」

「死亡推定時刻は？」

「解剖が済みませんとはっきりは言えませんが、死後硬直の程度から見て昨夜の十二時から、前後の一、二時間でしょう。初動捜査班が全力をあげて、付近の聞き込みをやっておるところです。ただ……」

コーヒーをすすり、ちらっと若い刑事の顔を見てから、俺の吸っている煙草に目を細めて、山川が息苦しそうなため息をついた。

「凶器と思える鈍器は発見されておらんのですが、どうも、腑《ふ》に落ちんことがあるんです」

「よかったら、煙草、どうです？」

「は……いえ、生意気に禁煙をやっておりましてな、やっと二ヵ月たったところです。で、その腑に落ちんというのは、被害者が鈍器で殴られた場所なんですよ。柚木さんに講釈は要らんでしょうが、ふつうはうしろから殴りかかれば後頭部、前からなら額か、側頭部でもかなり上の部分になるはずです。ところがこの被害者、顎をやられておるんですな。打撲痕《だぼくこん》は素手《すで》で殴られたものとは思えませんし、柚木さんなら、どうお考えでしょうかね」

「顎をやられて、しかし打撲痕は、素手のものではない」

「犯人が背の低い奴で、下から凶器を振りあげた、ということでしょうかなあ」

「現場を見ないと、なんとも言えませんね。それにわたしは現役ではない。推理も捜査も山川さんにお任せします」

「そりゃまあ、そうですな。昔の癖でつい柚木さんにお訊きしてしまった」

山川六助が煙草に未練が残っている顔でコーヒーを飲み干し、若い刑事に合図をして、背中を丸めながら腰をあげた。

「お忙しいところをお邪魔しました。柚木さんとしては、園岡えりに恨みをもってたような人物なんか、お心当たりはないでしょうな」

「思い付きませんね。そこまで親しい関係ではありませんでした」

「そうでしょうな。ところで、例の、あれなんですが……」

「昨夜のアリバイですか」

「いや、まことに、恐縮です」

「十一時まで銀座のレザンジュというレストランにいて、それからここへ帰ってきて、一人で寝ていました。電話もかかってこなかったからアリバイは成り立ちませんね」

「犯行時間が午後の十一時なら立派なアリバイになりますよ。十二時だとしても銀座から笹塚までは、ちょいときついでしょう。まあ、柚木さんを疑ってるわけではないんですがね。とにかくもう少し捜査を進めてみませんと、はっきりしたことは分からんということです。で、そのレストランには、お一人で？」

「最近つき合い始めた若い女の子と一緒でした。レストランで裏が取れなかったら白状しますが、今のところは勘弁してもらいたいですね」

「そういうことなら、そうしておきましょうか。どっちみち柚木さんが犯人だったら、あたしに捕まるはずはないですしな。それに今度の事件は顔見知りの犯行です。こういう事件《やま》はだいたい二、三日で解決するもんですよ。それもまあ、柚木さんに講釈することではなかったか……」


二人の刑事が帰ったあとコーヒーのカップを片づけ、冷蔵庫から缶ビールを出してきて、俺はソファに脚を投げ出してひっくり返った。山川たちの前では神経を緊張させていたが、一人になってビールを飲み始めると園岡えりの死が圧倒的な現実感で覆い被《かぶ》さってくる。人が死ぬことぐらい、珍しくはない。殺人事件だって年間で千件以上も起こっている。警官の時代もフリーライターになってからも、俺は人生のほとんどを人殺しと一緒に過ごしてきた。園岡えりの死だけが特別であるはずもないのに園岡えりの死だけが、やはり特別に俺の気分をやるせなくさせる。女に一目惚れをするほど純情ではないと思いながら、俺は昨日、園岡えりに一目惚れをした。事件がどういう方向に進むにしてももう少し早く仕事に取りかかっていたら、もう一週間園岡えりに会うのが早かったら、もしかしたら今度の事件は防げたかも知れない。ながいしや物取りの犯行でないことがはっきりしている以上、私生活か仕事上のトラブルが原因であることに間違いない。今の時点で結論を出すわけにもいかないが、園岡えりに依頼された調査の内容が事件のどこかに関係している気がしてならない。五年前に矢島義光という不良が殴り殺され、黒沢研次が顎の骨を折られ、そして昨夜、園岡えりが顎を殴られて殺された。この三人には背景に共通項があって、その共通項は野田浩司が結んでいる。常識から言っても経験から言っても、こんな事件がただの偶然であるはずはないのだ。

電話が鳴ったが、相手は予想どおり吉島冴子で、声に交じっている雑音からすると電話をかけている場所は警視庁の中ではなさそうだった。

「大変なことになってしまったわね。草平さん、知っている?」

「今一課の山川がやって来た。俺の名刺が彼女の部屋にあったらしい」

「園岡さんから相談を受けたときから、いやな予感はしていたの。でもまさか、こんなことになるとまでは思わなかった」

「人は見かけによらないという、あのことか」

「そうかも知れないけど、はっきりと、どこがどういうふうに不審《おか》しいとか、そういうことではないの」

「事件が片づけばはっきりするさ」

「草平さんは山川さんに、どこまで喋《しゃべ》ったの?」

「君のことは除いて、彼女から頼まれた仕事の内容は話してやった。全部とぼけるとかえって怪しまれる」

「わたしたちのこと、隠しきれると思う?」

「隠してみるさ。山川も言ってたが、こういう事件は意外に早く片づくもんだ。俺にも心当たりはある。犯人さえあがれば俺と君とのことは関係ない。ただ、念のため、事件が片づくまで連絡はよこさないほうがいい。この電話、外からか?」

「駅の公衆電話」

「それがいい。俺も当分、警視庁《かいしや》には電話をしないことにする」

「彼が大阪から帰ってきて、二、三日東京にいるの。だから……」

「分かった。家にも電話はしない。とにかく事件が片づくまで君は動かないほうがいい。あとの始末は俺がやる。俺がやらなかったら警察がやるし、どっちみち、一週間とはかからない。これぐらいのことはいくらでも経験してきた」

「草平さん、無理はしないでね」

「無理って?」

「あなた、本気になるとけっこう無茶をする性格だから。いざとなったらわたしたちの関係がバレることとぐらい、覚悟しているわ」

「つまらない覚悟はしなくていいんだ。君を女性初の警視総監にするのが、俺の昔からの夢なんだから」

「草平さん……」

「なんだよ」

「昨夜言ったこと、取り消そうかな」

「昨夜言った、なに？」

「他の女の人にきょろきょろしなければ、本当にいい男だと言ったこと。少しぐらいきょろきょろしても、許してあげなくちゃね」

「分かってないんだな」

「そう？」

「君に会ったときから俺は君以外の女のことなんか、考えたこともない。朝から晩まで、ずっと君のことだけを考えている。俺の人生は君のためだけにあるんだ。誓ってもいい。俺が他の女にきょろきょろするように見えるのは、たんに、俺のそういう目つきなんだ」

どうでもいいが、しかし我ながらなんという、いい加減な性格なのか。

電話を切ってソファまで戻り、ビールの残りを飲み干して、俺はまた脚を投げ出してひっくり返った。閉じた目の内側に園岡えりの笑顔が浮かびあがって、一瞬、胸が苦しくなる。どうでもいいがこういういい加減な性格を引きずって、我ながら、よくもまあ三十八年も生きてきたものだ。俺の目に涙が滲《にじ》んできたがその涙の意味を、今は分析する気にもならなかった。

3

雨粒が落ちてこないだけまし、という重く曇った空を、汚い色の鳩《はと》が群れをつくって飛んでいく。高い木もない殺風景な寺の境内《けいだい》に、喪服の団体が四、五人ずつかたまって焼香が始まる時間を待っている。この二日間新聞の都内版にはすべて目を通していたが、園岡えりの葬儀に関する告知はどの新聞にも載らなかった。俺が葬式の場所を知ったのはコスモス・ハウスに問い合わせたからで、中野の伝通寺《でんつうじ》という寺に集《つど》った少ない参列者は、園岡えりの死に方を憚《はばか》った身内の都合なのだろう。

俺は本堂から離れた石灯籠《いしどうろう》の脇に立ち、もう三十分も前から、集まってくる参列者の顔を注意して眺めていた。知っている人間がいるはずもないが、被害者の葬式には事件解決の緒《いとぐち》が隠されていることも、なくはない。刑事だったころの癖が抜けないというよりも、これは園岡えりに対する個人的な礼儀なのだ。個人的な思い入れとして俺は、事件の結末を見届けたい。

肩を叩《たた》かれ、振りむくと、背中を丸めた山川六助が立っていて、鈍い色に光らせた細い目で下から俺の顔を覗き込んできた。

「考えることは同じですなあ。葬儀の参列者に犯人を捜せというのは、捜査のイロハですからなあ」

「犯人捜しは山川さんに任せていますよ。わたしは生前の縁で、焼香をしたいと思っただけです」

「結果は同じでしょう。まあ、警察を出し抜くことだけは勘弁してもらいたいですな。定年を前に、あたしの経歴に傷をつけんでくださいよ」

山川の口ぶりは皮肉を言っている雰囲気ではなく、捜査が順調に進んでいることとの自信が表れてのものだった。

「犯人像が浮かんでいるようですね」と、境内を見回しながら煙草に火をつけて、俺が言った。

「絞り込まれてはきましたが、もう一息といったところですかなあ」

「犯行に使われた凶器は、発見されたんですか」

「そいつがなかなか、見つからんのです。凶器の種類も特定できん状況ですよ」

「司法解剖のほうは?」

「だいたいは一昨日《おととい》お話ししたとおりです。胃の内容物から、死亡時刻は三日前の深夜十一時以前と断定されました。被害者は午後の八時に会社の人間とイタリア料理を食べていまして、そこから割り出したんですな。午後の十一時前後ということですから、柚木さんのアリバイも成立したわけです」

「直接の、死因は?」

「顎を鈍器で殴打《おうだ》されたことによる頸椎《けいつい》の骨折ですが、肋骨《ろっこつ》も二本折れていました。よっぽど被害者を憎んでいたか、犯人が錯乱をしていたか、どちらかでしょうなあ」

「現場付近で目撃者は出ていますか」

「ちらほらと、といったところです。夜中の十一時といっても笹塚ですから、人が誰も通らんということはないわけです」

「目撃者が、いる?」

「あくまでもマンションの、現場付近での話ですよ。犯行を直接目撃した人間はおりません。そんなのがいたら犯人はもう捕まっています」

「山川さんの勘でも、怨恨《えんこん》の線ですかね」

「なんとも申しあげられませんが、柚木さんの考えているとおりで、正解ということにしておきましょうか」

「葬式に来ている連中は、どういう顔ぶれなんです?」

「身内と、会社の主だったところと、あとは故人の親しかった関係者だけということらしいですな。喪主は母親の西条《さいじょう》とよ子です。理屈から言えば園岡の家から葬式を出すところでしょうが、なんせ先方は秩父の山の中ですから。それで故人の実家からということになったようです」

「彼女の死んだ亭主の父親というのは、どの男ですか」

「父親は来ておらんようです。参列者名簿でも園岡家の人間は菜保子一人でした。籍は抜いてないといっても、園岡の家とは縁が薄かったんでしょうなあ」

そのとき、四谷《よつや》のマンションにもやって来た鳥井とかいう若い刑事が小走りに近づいてきて、俺に背中を向けて山川になにか耳打ちをした。

山川の丸い背中が伸びあがり、湿度の高い空気の中で、角刈りの半白の頭がゆっくりと門のほうへかたむいた。小さくてよく聞こえなかったが、口の中で山川は「ほうほう」とうなずいているようだった。

「いや、急用ができましてな、あたしはちょいと失礼します」と、俺の顔と、もう歩き出した鳥井刑事のうしろ姿を見比べながら、山川が言った。「瓢箪《ひょうたん》から駒《こま》というやつですよ。柚木さんのほうは、まあ、ゆっくり焼香でもしていってください」

「山川さん」

「はあ?」

「なにが分かったんです?」

歩いていた二、三歩の距離を満足そうな顔で戻ってきて、細い目を見開きながら、山川がにやっと笑った。

「最初に申しあげたとおり、こういう事件は案外かんたんに片づくもんですな。鑑識のほうから、指紋についての報告が入りましたよ」

「それで?」

「一つ、妙な人間の指紋が出てきたそうです。お分かりですかな」

「野田……ですか」

「さすがは柚木さんだ。もっともあたしのほうも、園岡菜保子から事情を聞いて野田に目星をつけてはいたんですがね。これで九分九厘事件は解決です。所轄《しょかつ》の連中が野田の身柄を拘束したそうですよ。ま、いろいろと、お騒がせをいたしました」

山川が歳のわりには身軽に歩いていき、その姿が門の外に消えるまで見送ってから俺は地面に煙草を捨て、靴の底で強く踏みつぶした。野田浩司が事件に関係していることは予想していたが、指紋まで残しているとは、思ってもいなかった。人間を一人殺したにしてはあまりにも初歩的なミス、しかし初歩的なミスをするからこそ、警察だって犯人を割り出せる。野田の取り調べが始まれば動機も事実関係も、どうせすぐに判明する。それがどんなものであるにせよ、園岡菜保子との間にトラブルがあったことは想像できる。園岡えりはそのトラブルに、ただ巻き込まれただけなのか。しかし顔見知りでもない野田浩司を、夜の十一時になぜ自宅へ入れたのか。菜保子のほうは警察に事情を話したというが、野田浩司について、いったいどんな事情を話したのか。

葬儀が始まり、境内に散っていた参列者が本堂の前に列をつくり始めて、俺も石灯籠から離れて焼香の列に紛《まぎ》れ込んだ。部外者ではあっても焼香をするかしないかは、気持ちの問題なのだ。

そのうち順番がきて、安置された園岡えりの柩《ひつぎ》と顔写真に合掌をし、焼香を済ませてから、俺は本堂に並んだ遺族の列に園岡菜保子の姿を探してみた。菜保子は喪服のワンピースに丈《たけ》の短いジャケットを着て、喪主らしい女のとなりに正座をしていた。髪をアップにした卵形の顔は不謹慎を承知で言えば、ため息が出るほど奇麗だった。顔を伏せているせいか、三日前のように目のきつい印象も感じられなかった。こんなに若くてこんなに奇麗な女の子が、これからはコスモス・ハウスのオーナーなのだ。

焼香の列から離れて本堂の石段をくだったとき、前を歩いていた女が突然ふり返り、びっくりしたように目を見開いて俺の顔をのぞき込んだ。そんなに真剣な目で見つめられても、とっさには、女の顔を思い出すこともできなかった。

「やっぱり、そうですよねえ」

「ん……」

「三日前にコスモス・ハウスのロビーで会った人ですよね」

ショートの髪の下に小さく納まっている人なつこい顔は、コスモス・ハウスでエアロビクスのインストラクターをやっているとかいう、あの肉感的な脚の女の子だった。髪型も表情も三日前のままだったが黒い喪服が女の子に、別人のような印象を与えていた。

「ああ、あのときの、君か」

「思い出しました?」

「思い出した。エアロビクスをするおじさんは死刑にするべきだと言った、あの子だ」

「そこまで言いませんでしたよ」

「口では言わなくても目はそう言っていた」

「運動にも歳に相応しい方法があるって、そう言っただけです」

言い方はどうでも、要するに女の子は、人間には分相応な生き方しか似合わないという、非常に悪魔的な真理を言っている。

「君がここにいるのは、当然だったな」

「そうでもないです。わたしは社長に義理があるだけです。他のアルバイトは来ていません」

「君、アルバイトなのか」

「契約社員ですけど、アルバイトみたいなもんです。お客さんはどうしてお葬式に来たんですか」

「いろいろ、都合だ」

「へんですねえ、三日前入会したばかりの人が、社長のお葬式に見えるなんて」

「やっぱり、へんか?」

「へんですよ。本当は、会員の人じゃないんでしょう」

「三日前は用があってクラブへ行った」

「わたしもあとで考えて、おかしいと思いました。お客さんみたいな人がエステに通うはず、ないですものね」

「雑誌の仕事で園岡さんにインタビューをしたんだ」

「へーえ」

「まさか、こんなことになるとはな」

「わたし、梅村美希《うめむらみき》です」

「ん?」

「わたしの名前です」

「俺は、柚木だ」

「梅と柚で、相性がいいじゃないですか」

「考え方の問題だろうな」

「社長にはどんなことをインタビューしたんですか」

「業界全般の見通しや、コスモス・ハウスの展望なんかをな……みんな無駄になってしまった」

「そうですね。なにもかも、みんな無駄になりましたね」

梅村美希という女の子がショートカットの前髪を指の先で払い、二、三歩先に歩いてから、立ち止まって肩ごと俺のほうをふり返った。最後の台詞と、ふり返ったときの表情が、なんとなく俺の気分に引っかかった。

「君、社員たちと食事にでも行くのか」

「こんな服を着てぞろぞろレストランへ行くなんて、趣味じゃないです」

「死刑はご免だけどな」

「なんですか」

「君を昼飯に誘いたいけど、死刑だけは勘弁してくれってことさ」

梅村美希が口を開けて笑ったが、それは葬式にも梅村美希が着ている喪服にも、困るほど似合わない笑い方だった。失礼と言えば失礼、しかしその笑顔を不愉快に感じられないところが、俺の困った、病気なのだ。

＊

中野駅の近くまで歩き、俺たちが入ったのは、中野ブロードウェイを脇道に入ったところにある造作の新しい鰻屋《うなぎや》だった。昼飯時を過ぎていて客は少なく、俺たちは衝立《ついたて》で仕切られた座敷に靴を脱いであがり込んだ。俺が頼んだのはビールとかば焼き、梅村美希のほうはしっかり特上のうな重を注文した。

「君が寺で言った社長への義理、あれは、どういうことなんだ」と、やって来たビールを二つのコップに注ぎ、とりあえずコップを合わせてから、俺が言った。「アルバイトだったら、葬式に来るほどの義理はないだろう」

「仕事のことではないんです。芝居のほうです」と、気楽にビールを飲み干し、ほっと息を吹いて、梅村美希が答えた。「わたし、劇団に入っていて、社長はいつもチケットをまとめ買いしてくれました。昔は自分でも芝居をしていたことがあったそうです」

「君、本職は、役者なのか」

「小さい劇団ですけどね。一応新劇です」

「見かけによらないな」

「そうですか」

「新劇の役者って、もっと暗い連中かと思っていた」

「わたしだってじゅうぶん暗いですよ。自分で自分の暗さがいやになることがあります」

「人生ってのは難しいもんだな」

「柚木さんは雑誌の記者ですか」

「フリーのな」

「そうですよね、堅気には見えませんからね」

ビールを飲み干し、自分でコップに注ぎ足してから、ネクタイを弛《ゆる》めて俺が言った。

「園岡さんが殺されたことで、なにか引っかかることがあるのか」

「別になにも、引っかかりません」

「そうかな。俺には、そうは見えない」

「これでコスモス・ハウスも終わりかなあって、そう思っただけです」

「終わり?」

「どっちでもいいです。わたし、もう、辞めることにしました」

「おじさんを相手にエアロビクスは教えられないか」

「そういうことじゃなくて、あの会社、わたしには向かないんです。社長にチケットを引き受けてもらえるのは嬉しかったけど、経営方針自体は前からおかしいと思ってました」

俺が注ぎ足してやったビールを、今度は静かに半分ほど飲み、首をかしげて梅村美希が眉《まゆ》をひそめた。

「世話になってたくせに、死んだあとで悪口を言うの、いやな性格ですよね」

「君は客観的にものを見ているだけさ」

「本当にそう思います？」

「そう思う。三日前俺に、『自分の目で確かめてから入会しろ』と言ったのは、そういう意味だった」

「はい……」

「コスモス・ハウスの経営方針というのは、どういうことだ」

「それは、その、無理やり必要もないトレーニング機械や、高い化粧品を買わせたり、それからマルチ商法みたいに会員を集めたり……あの社長がそんなことをするなんて、最初は信じられませんでした」

「マルチ商法、か」

「会員がどんどん下の会員を集めていって、段階があがると幹部会員になってマージンが出るんです。そういうのってマルチ商法と同じでしょう？　同じやり方で皺取りクリームや痩せ薬を売るんです」

似たような話は美容薬や化粧品に関して聞いたことはあるが、コスモス・ハウスがそんなことをやっていたとは、すぐには信じたくない気分だった。コスモス・ハウスがやっていたということはあの園岡えりがやっていた、ということではないか。

「君はコスモス・ハウスに、どれぐらい勧めている？」

「二年とちょっと」

「君が入ったときから同じ商売のやり方か」

「わたしが入る少し前に社長がかわって、それで始めたそうです」

吉島冴子は、園岡えりの死んだ亭主は不動産ブローカーやマルチ商法をやっていた男だと言っていた。園岡えりがマルチのやり方を知っていたことは、じゅうぶん考えられる。二年前といえば亭主にかわって園岡えりが社長になったころ、つまりそのマルチまがいの商売は、園岡えり自身が始めたことになる。信じたくはなかったがそれなら梅村美希が俺に嘘を言う必要だって、どこにもないのだ。

「いやな話でしょう？　でも社長がこんなことになって、わたし、誰かに喋りたかったんです。どうして柚木さんに喋るのかは、自分でも分かりませんけど」

「今のこと、警察には言ったのか」

「言いませんよ。社長が殺されたこととは関係ありませんから」

「関係がなければ、たしかに、俺もそのほうがいい」

かば焼きと特上うな重ができあがり、梅村美希がお辞儀をして箸を取りあげて、俺のほうは酔いが顔に出るのを承知でビールを追加した。女が女の数だけいることぐらい俺だって生まれたときから知っているが、園岡えりの実像に関しては、まだ信じる気にならなかった。

「君がさっき言った、コスモス・ハウスもこれで終わりかというのは、社長が死んだから、という意味か」

「あれは、別に、意味はないです。誰かが社長になって、これからも同じやり方をするかも知れません。でもスタッフの中には社長を個人的に崇拝してた人もいますから、今までどおりにはいかないと思います」

「次の社長には義理の妹の、菜保子さんがなるんだろう」

「さあ」

「ちがうのか」

「知りませんよ。経営の内容について、わたしなんかが知るはずはないです。でも、ちょっと前から、へんな噂はあります」

「へんな噂?」

「倒産するとか、吸収されるとか。本当のことは分かりません。でもわたし、一ヵ月ぐらい前、いやなものを見てしまいました。吸収されるという噂は本当かも知れない」

「いやなものというのは園岡社長に関して、か」

梅村美希が口を動かしたままこっくんとうなずき、湯呑《ゆのみ》の茶をすすって、肩で小さくため息をついた。

「こんなこと、言っていいのかな」

「言っていいさ。よかったらうな重をおかわりしてもいい」

「二十三ですよ」

「ん?」

「わたしの歳です」

「だから？」

「からかうような言い方はやめてください」

「そんなつもりでは、なかった」

「どっちでもいいですけど、社長のこと、雑誌に書くんですか」

「俺はスキャンダルネタは扱わない。とりあえず信用してくれ」

また湯呑を取りあげ、丸い癖のない目で俺の顔を見つめたまま、鼻の穴をふくらませて、梅村美希が茶をすすった。

「わたし、この前、見ちゃったんです」

「見たのは分かってる」

「三山《みつやま》スポーツの社長と園岡社長が一緒のところをです」

「大手スポーツ用品メーカーの？」

「腕を組んでいました」

「それは、園岡さんも独身だし……」

「三山社長は結婚しています」

「そういうことも、たまには、ある」

「歳は六十五です」

「六十五？」

「たまには、そういうこともあるんですか」

「そういうことも、なくはないだろうな」

「夜中の一時に赤坂のクラブから腕を組んで出てきました」

「商談か、なにか……」

「夜中の一時ですよ。もちろん三山スポーツはうちにアスレチック機械やユニフォームを入れてますけど、そこの社長とうちの社長が、どうして腕を組んでお酒を飲むんですか。コスモス・ハウスを吸収するのは三山スポーツだって、そういう噂です」

「あの三山スポーツが、コスモス・ハウスを、か」

「うちを系列の子会社にして三山スポーツのイメージ宣伝に使うそうです。園岡社長はコスモス・ハウスを売り渡し、三山スポーツのイベント担当重役に納まる予定でした」

「噂では、な」

「噂では、です。でもあんなところを見たら、誰だって本当だと思うじゃないですか」

「その噂は菜保子さんも知っている？」

「会社の人はみんな知っていますよ。三山スポーツの子会社になったほうがいいと言う人もいます」

「コスモス・ハウスも内部では、揉《も》めてたということか」

その噂が事実かどうか、調べれば分かることではある。しかし園岡えりはあの社長室で、コスモス・ハウスを満足のいくところまで充実させたい、と言ったのではなかったか。そのためにテレビコマーシャルの企画を進めていると、真剣な表情で、たしかにそう言ったはずだ。俺が会った園岡えりのすべてが演技だったとすれば、今度の事件は最初からストーリーそのものを、組み立て直さなくてはならない。色仕掛けで大手企業の社長に取り入り、亭主の遺産を売り渡してでも自分がその企業の重役に納まろうと画策するほどの女が、妹の男関係ぐらいのことであれほど動揺するはずはない。三日前の時点で、園岡えりはいったい俺に、どんな役割を振ろうとしていたのか。不愉快な渦《うず》が見えるような気はしても、それでもまだ園岡えりの笑顔しか思い浮かべられない俺の頭は、自慢ではないが、よっぽど女に甘くできている。

「柚木さん」

「うん?」

「どうかしました?」

「いや。君がなぜ夜中の一時に赤坂へ行ったのか、それを訊きたいと思った」

「アルバイトですよ」

「ふーん」

「週に二日、スナックでアルバイトをしています」

「そりゃ、大変だ」

「芝居はお金がかかるんです。でもわたし、汚いお金は稼いでいません。自分がしたことの正当な代価だけを受け取りたいんです」

「あまり難しく考えることは、ない」

「いやなんです。他人《ひと》を騙したり、楽をしてお金を稼いだりすること」

「俺も、一応は、賛成だ」

「さっき言ったこと、本当ですか」

「さっき言った、なに？」

「うな重のおかわりのこと」

「ああ、もちろん、本当だ」

「それじゃわたし、遠慮なくおかわりさせてもらいます。朝からなにも食べていなかったんです」


梅村美希が勝手にうなずいて店のおばさんに追加を注文し、俺はビールを飲み干して、煙草に火をつけた。三年間ずっと吉島冴子に惚れていて、三日前は園岡えりに一目惚れをして、そして今は、いろんなアルバイトをやっているこの梅村美希の顔を、ずいぶん奇麗な女の子だなと感心しながら眺めている。ナンバー10の葉子が、俺みたいな男は女の罰が当たって地獄へ落ちればいい、と言っていたが、もしかしたら本当に地獄へ落ちるかもしれないと、俺は少し心配した。病気だから仕方がないのだと言い訳をしても地獄では誰も、俺の理屈なんか聞いてくれないだろう。

しかし、どうでもいいが、東京って街はどうしてこういい女が多いのか。いい女が多すぎるこの東京自体が、俺にとっては地獄なのだ。

4

濡れたアスファルトを、タイヤに雨を引きずらせてクルマが往《ゆ》き来する。天気は朝からふったりやんだり、車道も脇道も家々の屋根も飽きるほど濡れていて、自転車通学の女子高校生もみんな紺色《こんいろ》の雨合羽《あまガッパ》を着込んでいる。ところどころに稲刈りの済んだ田圃《たんぼ》が茶色く顔をのぞかせ、農家の裏手には葉の落ちた柿の木が鮮やかな実をつけている。天気がよければ両神《りょうかみ》や三峰《みつみね》の山も見えるらしいが、今はただ灰色の風景がクルマの前に低く広がってくる。

俺は西武《せいぶ》秩父の駅前でレンタカーを借り、地図を頼りに、国道一四〇号線を長瀞《ながとろ》方面に走っていた。親鼻《おやはな》という場所から左へ入っていけばそのあたりに園岡菜保子の父親が住んでいる、皆野町があるはずだった。

地図のとおり〈おやはな〉の道路標識が見え始め、左に曲がる側道《そばみち》があって、俺はその山道を皆野町方向に入っていった。そのころは雨もやんでいたが道の両側に被さる杉の林はたっぷり湿っていて、空気には枯れ草と青い木の匂いが濃く混じっていた。嘘みたいな話だが東京からたった二時間で、こんな山奥にまで来ることができる。

途中の自動車修理工場で場所を聞き、そこから十分で、俺は園岡の家に到着した。

＊

どこに通じるのか、地図にも載っていない山道の途中にある農家造りの家はトタン屋根が雨で黒く濡れていて、土を露出させた広い前庭には小型の耕運機がビニールを被せてとめてあった。大宮《おおみや》や浦和が埼玉ならここも埼玉、日航機《にっこうき》が墜落した御巣鷹山《おすたかやま》も低い山を一つ挟んでいるだけだった。

庭に面した雨戸も入り口のガラス戸もすべて開け放してあり、俺はそのガラス戸の中に向かって大きく声をかけた。暗い土間におりてきたのは平べったい顔をした、人間の燻製《くんせい》のような小さい年寄りだった。いくらか腰が曲がっていて歳も分かりづらかったが、この女が園岡えりの言っていた後妻さんらしかった。

「東京から来た柚木といって、週刊誌の記者なんだけどね、旦那さんに訊きたいことがあるんだ」と、一つ愛想笑いをつくってから、名刺をわたして、俺が言った。「旦那さん、いるかな」

「とうちゃんは東京へ行ってるけんど」と、名刺と俺の顔を見比べながら、困ったように目を細めて、女が答えた。「週刊誌の記者ってことは、例の、あれかね」

「例のあれ《い》なんだ。旦那さんはいつ帰ってくる？」

「いつになるかさあ。あと四、五日は向こうにいるかさあ」

「あと四、五日……東京というのは、娘さんのところ？」

「なんだか知らねえけんど、いろいろ用があるんだってさあ」

「俺も園岡さんの葬式に出たけど、旦那さんは見かけなかった」

「そりゃそうだいね。とうちゃんがあんな女の葬式に出るわきゃないがね」

「あんな女、ねえ」

「菜保子が心配で東京へ行っただけさ。あんな女、死んでくれてとうちゃんもせいせいしただろうよ」

「わざわざ東京から来たんだ。あんな女のこと、おばさん、聞かせてくれないか」

女が顔の皺をのんびりと動かし、また名刺に目を細めて、曲がった腰を伸ばしながら鼻を鳴らした。

「昨夜《ゆうべ》とうちゃんから電話があって、犯人ってのが捕まったそうだいねえ。あたしゃどうでもいいけど、せっかく東京から来たんだ、庭のほうへでもまわりないね。からっ茶でもいれてやるべえよ」

女がうなずきながら土間の奥へ入っていき、俺は言われたとおり庭にまわって、雨戸を開け放してある広縁側のまん中に腰をおろした。霧がかかって風景はよく見えなかったが、植林された杉山が敷地のかなり近くまで迫っているようだった。

女が家の中から盆にのせた湯呑を持ってきて俺のうしろに正座をし、背中を丸めて、ちらっと灰色の空をのぞきあげた。

「天気がはっきりしないやねえ。これじゃコンニャク玉も腐っちまうかさあ」

「お宅、かなりの山持ちなんだってね」と、湯呑を取りあげて一口すすり、煙草に火をつけて、俺が言った。「東京の近くにこんな場所があるとは、思わなかった」

「ただ田舎ってだけさ。若い衆はみんな東京へ出ちまうし、山なんぞいくらあっても仕方ないがね」

「さっきの話では旦那さんと殺されたえりさん、仲がよくなかったらしいね」

「東京もんの考えることは、あたしらには分からねえさあ。調子だけはいいけどやることは泥棒猫だがね。とうちゃんが怒るんだって無理ねえと思うよ」

「彼女が生きているとき、なにかあったわけだ？」

「そりゃあさ、死んだ徳雄《とくお》さんの嫁御《よめご》だから、悪くなんか言いたかないさね。だけど正直、あそこまで欲が深い女だとは思わなかったよ。徳雄さんが死んだとたん、一切がっさい財産を独り占めにしちまった。あたしも五十年がとこ生きてるけんど、そんな話、聞いたこともなかったがね」

話の筋からすると、徳雄さんというのが園岡えりの死んだ亭主で、信じたくはなかったが、このおばさんの歳が五十ということらしかった。それにしても園岡えりを泥棒猫とまで呼ばなくてはならない、どんな事情があるのか。

「財産の一切がっさいというのは、現金とか、家とか？」

「保険金も会社も、そっくりさ。いくら嫁だからって、そういう理屈はねえと思わないかい？東京のマンションだって会社をつくるときの金だって、とうちゃんが山を売って出したんだよ。

ぜんぶ返せとは言わねえけんど、徳雄さんが死んだら家《うち》のほうへそれなりの挨拶は入れるもんだよ。それをあの女、当たり前のような顔で独り占めしちまったがね。東京ってところは、恐ろしいやいねえ」

感情的な問題はともかく、死んだ亭主の財産を園岡えりが一人で引き継ぐことに、民法上の問題はない。夫婦の間に子供がいなければ財産のすべては、配偶者のものになる。姉弟や親の相続権は法律上はあくまでも二次的なものなのだ。もちろんそういう理屈をこのおばさんに言っても、意味はないだろうが。

「マンションや保険金はともかく、会社のことはどうなのかな。株式会社になっているんだろう」

「難しいことは、あたしには分からないがねえ」

「徳雄さんが会社をつくるとき、おばさんや旦那さんも役員になってるはずだけどな」

「そうなんだってねえ。お盆に菜保子が帰ってきたとき、そんなようなことを言ってたっけが。とうちゃんやあたしが、あのコスモなんとかってとこの重役なんだってさあ。書類の上ではそういうことになってるらしいね」

「書類の上で、な。そのことについてえりさんが生きてるとき、なにか言ってきたことは?」

「どうだかねえ。半年ぐらい前、ドライブの途中だとか言ってあの女が突然、顔を見せたことがあったっけか。それで会社の経営権がどうとか言い出して、とうちゃんが怒っちまってさあ。そりゃそうだいねえ。徳雄さんが死んでからこっち、うんでもすんでもなかったやつを、突然やって来て金のことを言うんだから。とうちゃんがそんとき追い返して、それからはもう、電話もかけてこなかったねえ」

「菜保子さんも会社の役員になってるんだろうか」

「あの女が死んだ記事を書こうってのに、会社のことなんか関係ないだろうがね」

「いろんな角度から事件を分析しているわけさ。人間が一人殺されるってのは、大変なことなんだよ」

「そんなもんかねえ。犯人も捕まったっていうし、それでいいんじゃないかさあ」

「おばさんはこの家の後妻さんなんだってね」

「へええ、誰に聞いたんだいね」

「こっちも商売さ。この家に来てから、どれぐらい？」

「はあもう、二十年がとこたつかねえ。死んだせっちゃんとは従姉妹《いとこ》だったんさ。せっちゃんが死んで、菜保子がまだ赤子《あか》でさあ。とうちゃんも一人じゃ無理だんべえからって、親戚口で嫁に来たんさ」

「そのとき徳雄さんはもう東京へ？」

「あの男も若いころはさあ、ずいぶんいい加減なことをやってたがねえ。とうちゃんも苦労したんだよ。山も半分以上は徳雄さんのために売っちまって、今度の会社でやっと落ち着いたと思ったらぽっくりいっちまった。運の悪い男だったがね」

「徳雄さんが会社をつくったちょうど五年前、菜保子さんの事件が起きたことになるのかな」

「あんた……」

「いや、たまたま、そういう話が耳に入ってね。今度捕まった野田という男が、五年前の事件にも関係してたらしいんだ。因縁ってやつなのかな」

「その話はしたくないね。みんな終わったことだ。そんなことを言うんならあたしはもう喋らないよ。あんときは不良同士が喧嘩して、たまたま一人が死んだだけのことさ。園岡の家にも菜保子にも、なんの関係もないことなんだ」

俺はぬるくなった茶を飲み干し、霧が巻いている遠くの山に目をやってから、黄色い菊が花を付けている庭の隅に、ゆっくりと視線を戻した。

「菜保子さんに、縁談があるんだってね」

「どこで調べてきたのか知らねえけんど、週刊誌の記者ってのも、忙しい商売だいねえ」

「相手は化粧品会社の、社長の息子だって？」

「菜保子っくれえ器量がよけりゃ、そういう話だってあるがね」

「彼女はのり気なのかな」

「どうだかねえ。お盆にもその話が出たけんど、菜保子は仕事をつづけるとか言ってたねえ。家に納まるような子じゃないからさあ」

「今度のことで会社にも責任が出てきたし、な。菜保子さんが社長になるんだろう？」

「当然だがね。徳雄さんが死んだときだって、順序からいけば会社は菜保子のものだったんだ。ただ歳が若いからってあの女に丸め込まれてさ。気がついたときにはいいようにされていた。

結局あの女、欲をかきすぎたんだよ」

「菜保子さんがお盆に帰ってきたとき、会社を売るような話は？」

「売るって、どういうことかさあ」

「経営権の問題だよ。他の会社の、子会社にするようなこと」

「そんな話があるわけないがね。誰かそんなことを言ってるんかい」

「噂が、ちょっとさ」

「あの女ならともかく、菜保子が徳雄さんの会社を人手に渡すわきゃあねえよ。徳雄さんは自分の子供みたいに菜保子を可愛がって、菜保子もよくなついていたっけが。はあ菜保子は、中学んときから一人で徳雄さん家《ち》へ遊びに行ってた。兄妹《きょうだい》で仲がいいのは当たり前だけんど、歳が離れてたせいか、あの兄妹は特別に仲がよかったがね」

「死んだえりさんが会社を人手にわたすようなことを言い出したら、菜保子さんは怒ったろうね」

「そりゃあそうさ。そんなことを言う奴がいたら……あんた、なにが言いたいんかね」

「いや、噂があるから、訊いてみただけだよ。もちろん今度の事件とはなにも関係ないけどさ」

おばさんが急須《きゅうす》に湯を足そうとするのを断って、俺は腰をあげ、新しい煙草に火をつけた。今度の事件には最初から役者が一人欠けていたのだ。案の定それは菜保子の兄の徳雄だったが、たとえ徳雄が生きていても園岡えりに幸せな人生が待っていたとは、なぜか思えなかった。

「だけど、おばさん、静かで本当に、いいところだな」と、向かいの山と菊の咲いている広い庭を改めて見回し、雨の匂いを胸の奥深く吸い込みながら、俺が言った。「俺も歳を取ったらこんな田舎で、のんびり暮らしたいもんだ」

「東京もんはみんなそう言うさ。だけどはあ二、三日も暮らしたら逃げて帰るのが落ちだがね。徳雄さんも菜保子も、帰ってきても二日とはいなかったよ」

「そんなもんかな」

「若い衆にとっちゃ面白いことなんぞ、なにもないところさね」

「面白いことなんか、東京にもどこにも、なにもないんだけどね。東京にあるのはなにか面白いことがあるような、錯覚だけさ」

雨がふりだしておばさんが庭に向かって舌打ちをやり、俺は礼を言って、軒下からカローラがとまっている門の前まで大股《おおまた》に走っていった。『こんな田舎でのんびり暮らしたい』と言った自分の台詞が、本心だったろうかと、走りながらふと俺は考えた。気持ちのある部分では本心に違いないが、しかし俺はどうせ女に惚れたり振られたりしながら、死ぬまで東京で暮らすのだ。

＊

国道一四〇号線を秩父市方向へ戻り、そのまま市街地を通り抜けると風景はまた一気に深い山村になる。市中とその周辺だけ都会を真似た雰囲気をつくっていても、市街地から十分クルマを走らせただけで景色はもう絵に描いたような田舎になる。こんな風景の中から菜保子のような女が生まれてしまうのも不思議だが、考えてみれば東京という街はその不思議の寄せ集めなのだ。俺の目が自然にきょろきょろしてしまうのは、冴子になんと非難されようと、俺の責任ではない。

荒川村《あらかわむら》を通り越して大滝村に入り、郵便局で黒沢研次の家を訊いて俺は塩沢《しおざわ》という集落にあるその家までクルマを走らせた。郵便局の職員は、黒沢研次はまだ塩沢の実家にいて、兄と一緒に農業をやっていると教えてくれた。黒沢研次の歳も菜保子と同じ二十三のはず、今も村にとどまっているのはそれなりに思想があるのか、都会に出る気力がないのか、どちらかだ。

黒沢研次の家は菜保子の実家よりはだいぶ小さい農家造りで、研次は近くの山で杉の下枝刈りをしているということだった。俺は家にいた三十ぐらいの女に場所を訊き、塩沢の集落からまた十分ほど山道にクルマを走らせた。雨はあがっていたが道のぬかるみは壮絶で、借りてきた白いカローラは泥がはねてラリーカーのようだった。クルマを返す前にガソリンを入れながら、洗車ぐらいしてやらなくてはなるまい。

教えられたとおり、十分ほど走ると山道に小型のライトバンがとまっていて、俺はそのうしろにクルマをとめ、杉山に入る脇道の付近に人の気配を探してみた。近くでなにかの物音は聞こえていたが、それが風の音なのか雨が木の枝を伝わる音なのかは、判断できなかった。殺されて、こんなところに埋められたら、警察犬を使っても発見は無理だろう。

俺はクルマに戻ってクラクションを鳴らし、少し間をおいて、また五度ほど、しつこくクラクションを鳴らしてみた。煙草に火をつけて待っているとまっ暗な杉山の中に音がして、雨合羽を着た若い男が大鎌《おおがま》を肩に姿を現した。男は文字が入った鍔《つば》つきの帽子をあみだに被り、頭にはパンチパーマをかけていた。

「お宅に寄ったらここだと言われてね。君、黒沢研次くんだろう」

うなずきながら近寄ってきて、首にかけたタオルで顔の汗を拭きながら、黒沢研次が帽子の庇《ひさし》を上に突きあげた。歳のわりには脂《あぶら》のうすい顔で、腫《は》れぼったい小さい目にも精気のようなものは感じられなかった。大鎌は担いでいるがそれを俺に向かって振り回すほど、凶暴な性格でもなさそうだ。

「柚木といって、東京で週刊誌の記者をしている。五年前の事件で君に訊きたいことがあるんだ」

黒沢研次が腫れぼったい目を見開き、口を曲げて、風邪でもひいているように、何度か小さい咳をした。

「なんでえ、俺はまた、警察の人かと思ったよ」

「警察に厄介になるようなこと、しているのか」

「してねえよ。してねえから、ちょっとびびったんさ」

「見たところまじめに働いているようじゃないか」

「田舎じゃこれぐれえしか仕事はねえからよ。東京に出たって、トラックの運転手かパチンコ屋の店員ぐれえなもんだろうけど」

「地道に働いてればそのうちいいこともある」

「どうだかな。いい目見る奴は、生まれつきいい目見るようにできてるんじゃねえの。俺なんか一生、杉の下枝でも刈って終わるんさ。人生なんてそんなもんよ」

この黒沢研次に人生についての講義なんかしてもらいたくなかったが、相手が鎌を持っているうちは、無理やり怒らせる必要もない。

「五年前のことなんだけどな、ちょっと、詳しく聞きたいんだ」

「あんなこと今ごろ聞いて、週刊誌にでも書くわけかい」

「内容によりけりさ。園岡菜保子が今はやりのエステティック・クラブの社長になるんだ。二十三の若さでそれもあれだけの美人だしな、書き方によっては面白い記事になる」

「菜保子が、エスタレック・クラブの……か」

黒沢研次が鎌を肩からおろして道端の切り株に座り込み、雨合羽の下から煙草を取り出して、赤い使い捨てのライターで火をつけた。

「いい目を見る奴は、どこまでもいい目を見るんだよなあ。あいつは子供んときから、ずっといい目を見てやがった」

俺もどこかに腰をおろしたかったが切り株も道端の草も濡れていて、仕方なく、立ったまま、また新しい煙草に火をつけた。

「君たちと事件を起こして当時の彼氏も刑務所に入った。菜保子もいい目だけを見ていたわけじゃない」

「どうだかよ。彼氏ったって、野田のほうが惚れてただけさ。菜保子自身はなんとも思ってなかったんべえよ」

「それでも実家にはいられなくなった」

「近所がうるさかっただけよ。あいつ、自分が恰好悪いのがいやだったんさ。東京に逃げ出せて、本当は嬉しかったんじゃねえの？　俺なんか逃げたくたって、どこへも逃げられなかった」

「野田は、当時、一方的に彼女に惚れていたのか」

「そりゃそうよ。菜保子に惚れてたのは野田だけじゃねえぜ。菜保子は中学んときから可愛くて有名だった。それに毎週東京へ出ていて、着るもんでも持つもんでも、この辺の奴らとはまるでちがってた。ああいう女、俺だったら最初から相手にしねえのによ。よせばいいのに、よっちゃんも菜保子に惚れちまって、それで、あんなことになっちまったんさ」

　よっちゃん、というのが矢島義光のことで、あんなこと、というのがその死であることは、今更俺が念を押す必要もない。女の子が一人、この風土に似合わないほどの姿形だったというだけで、いったい何人の男が人生を狂わせたのか。

「事件の起こりは矢島が彼女を強姦したことだったよな」と、濡れた草の上に煙草を捨て、足元の枯れ草を靴の先で払いながら、俺が言った。

「強姦なんかしちゃいねえよ。そりゃあよ、よっちゃんはやるつもりだったがよ。でもできなかったんさ。皆野の山で菜保子の帰りを待ち伏せしてて、藪《やぶ》ん中に連れ込んだけど、いざとなったらよっちゃんのなにが立たねえの。本気で惚れてると、そんなもんかも知れねえよな。俺は最初っからよすべえって言ってたんさ。だけどよっちゃんがさ、やっちまえば女は喋らねえって、そう言うからよ。俺だったらああいう女、最初っから手なんか出さねえのにな」

「結局、それで、喋られたわけか」

「野田に言い付けやがったんさ。野田の奴、ボクシングができるからって幅きかせてやがって、よっちゃんも前から面白くなかったんだ。こっちは二人だし、チェーンもブラック・ジャックも用意していた。だから負けるはずはねえと思ったんだけど、野田も本気だったんだいなあ。やってみたらまるで敵《かな》わねえの。俺も顎の骨を折られて、よっちゃんなんか無茶くちゃ殴られて、気がついたときには死んじまってたんさ」

「野田も彼女には本気で惚れていたんだな」

「そうだんべなあ。あいつ、頭に血がのぼりやすい野郎で、よっちゃんが倒れたあとでも無茶くちゃ殴りやがるの。俺なんか怖くてよう、菜保子にやめさせろって言ったんだけど、菜保子の奴、平気な顔して見ていやがるの」

「彼女もその場所にいたのか」

「そうよ。杉の木に寄りかかって、にやにや笑いながら見ていやがった。俺、なんか、恐ろしくてよう。よっちゃんが死んだからって言うわけでもねえけど、もう、これから先はおとなしく生きべえって思ったいなあ」

暗い杉山の中で三人の高校生が乱闘している光景と、それをうす笑いを浮かべて見物している菜保子の顔が目に浮かび、俺自身、背中に寒気がする思いだった。女が残酷な生き物であることは承知していてもその場面に菜保子の整った顔を当てはめると、胃の中が苦くなるほどいやな気分だった。その顔を園岡えりに入れかえても、女が残酷な生き物である理屈は、残念ながら変わらない。

「おとなしく生きるのは、正解かも知れないな」と、靴底にこびりついた土を草でこすり、クルマのほうへ歩きながら、俺が言った。「静かに、おとなしく、狭い世界でじっと生きるのが、人生の極意かも知れない」

「だけどよう、やっぱし不公平じゃねえのかなあ。こんな山ん中で、なんで俺が一人杉の枝を刈らなくちゃいけねえのかなあ」

「さあ、な。人間は誰でも、自分に合った生き方を選ぶもんさ。そういうふうにできてるんじゃないのか」

自分で言ってみたが、それが答えになっていないことぐらい、俺自身が一番よく分かっていた。こんな山の中で黒沢研次は、なぜ一人で杉の枝を刈らなくてはいけないのか。東京のあんな狭いマンションで女房子供と別れて、俺はなぜ一人で暮らさなくてはならないのか、それが分かれば俺は明日からでも、新興宗教を始めてやる。

「柚木さんっていったっけ」

「うん?」

「あの人に会うこと、あるのかい」

「あの人って」

「ほれ、菜保子の義理の姉さんとかいう、あのとんでもねえ奇麗な人」

「園岡えり?」

「そう、そんな名前だった」

「園岡えりを知っているのか」

「半年っくれえ前、あんたと同じで、俺に五年前のことを詳しく訊いていったよ」

「半年前に園岡えりが、か」

「奇麗な人だったいなあ。東京にはああいう女が、たくさんいるんだんべなあ。言ってもしょうがねえけどよ、世の中やっぱし、不公平だいなあ」

5

西武秩父駅五時四十分発のぼり特急池袋《いけぶくろ》行きレッドアロー号の発車までには、まだ二十分の時間がある。

俺は駅の売店で千円のテレホンカードを買い、公衆電話まで歩いて、思い出したくもない東京のその番号をプッシュした。三年もたてば忘れてよさそうなものなのに、悲しい習性で俺の指は警視庁刑事部捜査一課の直通番号を、しっかりと覚えていた。

電話に出た山川六助は気配が伝わってくるほど大げさに声をひそめたが、山川にしても立場上、俺からの電話が嬉しいはずはない。

「野田浩司が自白をしたか、それが訊きたいんですがね」

「まあ、ねえ、全面解決したわけじゃないんで、なんとも申しあげられませんなあ」

「吐いたかどうかだけ聞かせてくれませんか。山川さんに迷惑はかけませんよ」

「柚木さんのことだからあたしが喋らなくても、どこかで調べるんでしょうが……一応、自白は時間の問題、ということにしておきましょうかね」

「要するに全面自供はしていない、ということですね」

「刑務所の飯を食ってきた奴ですから素人のようには吐きませんよ。ただ事件当夜、笹塚のマンションへ行ったことだけは認めました。目撃者がいますからね、やっこさんもしらいを切り通すわけにはいかなかった」

「マンションへはなにをしに行ったと自供してます？」

「菜保子との交際を邪魔するなと、被害者に掛け合いに行ったそうです」

「結果は？」

「被害者も納得したんで、そのまま帰ってきたと言っておりますな。ですがねえ、そのまま帰ってきて人間が一人死ぬはずはないでしょう。奴の犯行に決まってますよ。柚木さん、奴が五年前に起こした傷害致死事件の凶器、ご存じでしたか」

「いや、そこまでは……」

「それがなんとね、拳《こぶし》なんですよ。奴はボクシングの心得があったんですなあ。ボクサーの拳ってのは立派な凶器です。今度の事件で凶器が特定できなかった理由も、それで説明がつきますよ。最初の日にあたしが感じた疑問も謎が解けました。覚えておいででしょう？　犯人はなぜ鈍器を上から振りおろさなかったのか。ねえ、ボクサーなら当然、腕を水平に振って相手の顎を殴りつけるじゃないですか。当夜犯行時刻に現場付近での目撃者もおります。指紋も出たし犯行の手口も割れている。それに菜保子との交際を断られてかっときたという、明確な動機もあります。たとえ自供が取れなくても、送検すれば有罪は間違いないところでしょう」

「本当にそういうことなら、いいんですがね」

「ほーう。柚木さん、なにか……」

「いや。優秀な弁護士なら、物証の弱い点を突いてくるでしょう」

「だからこっちも、できれば自白を取ろうと頑張っておるわけですよ。柚木さんはお嫌いだったが、自白尊重主義は長い間の習慣なんです」

「野田と菜保子は現時点で、どういうつき合いだと言ってました？」

「被害者が反対しているからという理由で、菜保子は深い関係になりたがらなかったそうです。そのことは園岡菜保子からも事情聴取してありますよ。つまり野田は、園岡えりさえいなければ菜保子と結婚できると、そんなふうに思ったんでしょうなあ。殺人《ころし》なんて単純なことをする奴の頭は、もともとが単純にできてるもんですよ」

「山川さん」

「なんです？」

「大きなお世話ですが、野田浩司がなぜあの日を選んで笹塚のマンションへ出かけたのか、もう一度洗ってみたらどうです？」

「なぜあの日を？」

「定年を前にさよならホームランが打てるかも知れない」

「柚木さん……」

「怖いですよねえ」

「はあ？」

「女のことです」

「女？」

「こっちの話ですがね。そんな怖い女になぜ男は、惚れてしまうのか。男というのはつくづく不幸な生き物です」

「あの、ちょっと……」

「野田には菜保子からの差し入れだと言って、天丼でも食わせてやってください。それで奴の不幸が変わるわけでも、ないだろうが」

＊

雨にうんざりしているのか今度の事件にうんざりしているのか、それとも俺自身の人生にうんざりしているのか、自分でもよく分からない。背中が突っ張って膝に力が入らないほど疲れていたが、それでも俺は歩道の雨を蹴飛ばし、引き受けた仕事を終わらせるために原宿からの道を歩いてきた。クルマのヘッドライトが雨の粒を金色に光らせ、ショーウインドーから流れ出す照明が歩道の雨を贅沢《ぜいたく》な色に染めあげる。秩父の山にふる雨も都会の喧噪《けんそう》にふる雨も、しかし雨はやはり、俺の気持ちを滅入《めい》らせる。

コスモス・ハウスの前まで来て五階のフロアに明かりがついていることを確かめ、受付は通らずに、俺はエレベータで社長室へあがっていった。四日前、ドアの前で俺を迎えてくれたのは白いテーラードスーツを着た園岡えりだった。園岡えりははにかんだような顔で微笑みかけ、黒目の大きい澄んだ目で、じっと俺の顔を見つめたものだ。あのときの真剣な目にいくらかでも誠意を見た気がするのは、まだ俺が園岡えりに未練を感じている証拠なのだろう。

ドアをノックし、中から返事があって、俺はへんに懐かしいその社長室に、複雑な気分で入っていった。園岡えりのかわりにデスクの向こうから立ちあがったのは、パステルグリーンのパンツスーツを着た園岡菜保子だった。葬式ではアップにしていた髪は肩までのセミロングに戻っていて、化粧でも変えたのか、青白かった頬には若さを感じさせる健康的な赤味が差していた。こんな女の子が、あの秩父の山の中で、どんな価値観を育てながら大人になってきたのか。

「電話で訊いたら君が会社に出てると言われて、寄ってみた」と、部屋のまん中に立ったまま、菜保子がデスクの前から歩いてくるのを待って、俺が言った。「四日前に君とはこの部屋で会っている」

仕草で俺にソファをすすめ、自分でも腰をおろして、菜保子が頬にかかった髪を手でふり払った。

「義姉《あね》の葬儀にも来ていただきましたわ。昨日は、ありがとうございました」

「昨日葬儀が終わったばかりで、もう仕事をしているわけか」

「目を通さなくてはいけない書類がたくさんありますの。それに仕事をしていたほうが気が紛れるんです」

「故人の家族はよくそう言う。仕事をしているついでに、俺の仕事にもつき合ってもらえるかな」

「柚木さんの、お仕事？」

「えりさんからある調査を依頼された。俺が兄さんの友達でないことは、もう知っているよな」

菜保子が返事をせずに腕を組み、ソファに背中をあずけて、切れ長の光の強い目でまっすぐ俺の顔を見つめてきた。俺の名前が簡単に口から出たのは、菜保子の頭の中でこの名前が馴染《なじ》んでいる、ということだろう。園岡えりは俺の名刺を自宅に持ち帰っている。家にまで持って帰って俺の名刺なんかを、誰に見せたのだ。

「君はえりさんから、俺のことをどう聞いている？」

「ただ兄のお友達だと紹介されただけですけど」

「元警官で私立探偵のアルバイトをやっている、とは聞かなかったか」

「いえ……」

「まあ、いいさ。君がえりさんの仕事を引き継ぐらしいから、調査報告も君にしてやろうと思う。君にとっては迷惑かも知れないが」

レインコートに煙草を探し、取り出して火をつけてから、煙を窓のほうに吹いて、俺が言った。

「えりさん殺しの容疑で、野田浩司が逮捕されたことは知ってるはずだ。四日前、俺はえりさんから、君と野田の関係を調べるように依頼された。野田に前科があることを心配して、できれば君と野田を別れさせたいということだった。純粋にえりさんが君のことを心配しているんだと、あのときは、そう思った」

園岡菜保子が腕を組んだまま声も出さず、表情も変えなかったので、煙草をつぶして俺がつづけた。

「ただ、どうもな、あとから考えると不審《おか》しいことがいくつかある。四日前、俺がこの部屋にいるとき、えりさんはわざわざ君をここへ呼びつけた。調査の必要上君の顔を確認させるためだろうと思っていたが、そうではなかった。あれは君に俺の存在を知らせることが目的だった。元警官で、雑誌に記事を書いている男が本格的に君の過去を調査し始めたと、そのことを君に見せつけようとした。えりさんが何故そんなことをしたのかも、俺に言わせたいか」

やはり腕を組んだまま、眉を少し寄せただけで、相変わらず菜保子は黙って俺の膝のあたりを眺めつづけていた。

「えりさんはこの会社を三山スポーツに売って、自分は本社のイベント担当重役に納まるつもりだった。君の兄さんにもこの会社にもこの仕事にも、愛着はなかった。しかし会社を三山スポーツへ売るには経営権の問題がある。調べてはいないが、えりさんには代表権がなかったんじゃないか？　代表権はたぶん、君の親父さんが持っていると思う。そこでえりさんは君に圧力をかけた。君の持ち株も手放させ、代表権も手に入れようとした。ちょうど野田浩司が刑務所から出てきて君に接触を始めた。君だって五年前の君とはちがう。スキャンダルになれば秩父から逃げ出したようには逃げられない。えりさんは俺なんかに調査させるまでもなく、五年前のことは自分で調べていた。ただそれでも君は会社を手放すことに同意しなかった。えりさんとちがって君にはこの会社に愛着があった。スキャンダルも起こしたくないし、会社も手放したくない。えりさんが俺を雇っていよいよ本気だということが分かり、君は決心した。五年前と同じように、野田浩司を使うことにした」

菜保子が咳払いをして立ちあがり、俺の顔を横目で見ながら、デスクへ歩いてその向こう側に腰をおろした。窓ガラスに雨がぶつかってかすかな音を響かせていたが、白いブラインドが雨も夜景も、きっぱりと遮《さえぎ》っていた。

「もしかしたら、君にとっては予定の行動だったのかも知れない」と、うんざりしながら、それでも仕方なくまた煙草に火をつけて、俺が言った。「俺なんかが現れなくても、君は、いつかはやるつもりだった。だからこそ野田を掌《てのひら》の中で遊ばせていた。えりさんも野田を利用して君も野田を利用した。どっちが勝ってどっちが負けたのか、なんとも、俺には判断はしきれない」

「おっしゃることが、なにもかも、まるで分からないわ」と、パンツスーツの脚を組み、顎を少しだけ突き出して、菜保子が言った。「柚木さん、もしかして、わたしが野田に義姉を殺させたと言ってるの？」

「可能性はじゅうぶんある。五年前、君は野田浩司に矢島義光を殺させている。もっともあのときは、結果的に矢島が死んでしまっただけだろうが」

「あのときだって、わたしは罪にならなかったわ。今度のことも、義姉がわたしたちを邪魔していると野田には言ったけど、それがなにかの罪になるの？　野田が勝手に、自分でやっただけでしょう」

「えりさんを殺せなんて、もちろん、君は野田に言ってない。そんなことを言えば野田が捕まったとき、殺人教唆《きょうさ》で同罪になってしまう」

「分かってるじゃないの。警察でも野田が犯人だと言ってるし、間接的にいくらかわたしに責任があったとしても、事件そのものには関係ないでしょう。だからって週刊誌には、書かれたくないけど」

「俺が書かなくても日本中の週刊誌が放っておかないさ。一つの殺人《ころし》に君たちほどの美人が二人も絡む事件は、めったにない」

「その言い方、気にいらないわ」

「俺はわざと君を怒らせている。自分が一人で怒っても馬鹿みたいだからな」

「あなたの喋り方は気にいらないけど、つづけてわたしのために働くというのなら、それなりの報酬は払いますわ。義姉が約束していたよりも多い金額を、ね」

「俺の能力を見込んでか。それとも、口止めで？」

「口止めをする必要なんか、どこにもないでしょう？　わたしは週刊誌に、面白《おもしろ》可笑《おか》しく書かれたくないだけよ。だからコスモス・ハウスを守るためのビジネスとして、柚木さんが調べた五年前のことは正当な値段で引き取ります」

「五年前の事件はただで売ってもいいけど、四日前の事件は、売るわけにはいかない」

「そんなこと、まだ言ってるの？」

「いくらでも言うさ。俺も最初は、君に唆《そそのか》された野田が単独でやった犯行だと思った。殺人教唆の証拠が見つからない場合は君が無罪になるのも、仕方ないと思った。でも、なにかが、どうも不審《おか》しいんだよな。いろんなことの辻褄《つじつま》が、やっぱり合わない。いくら傷害致死でも野田は四年間刑務所に入っていた。仮釈放中でもあるし、今度殺人で有罪になれば二十年以上の実刑は間違いない。そんな奴が殺人現場に指紋なんか、残していくだろうか」

「野田は、でも、気が立つと前後の見境《みさかい》がなくなる性格なのよ。今度のことだって、計画的にやったわけではないでしょう？」

「それが計画的だった、だから辻褄が合わない」

「辻褄が合わないと思っているのは、柚木さん一人だけだわ」

「残念ながら、そうでもないんだ。野田がなぜあの日を選んで笹塚のマンションへ出かけたのか、そろそろ警察も疑い始めている」

園岡菜保子が椅子を軋らせて立ちあがり、デスクを半分回って、その場所に腕を組んで立ちどまった。

「それがどうしたっていうのよ。頭に血がのぼれば、野田はいつだって人ぐらい殴るわよ。特別にあの日を選んで義姉を殴ったわけではないわ」

「特別にあの日を選んだんだ。その理由は、あの日に限ってえりさんの母親が実家へ帰っていたからさ。野田は、あの日えりさんが一人でマンションにいることを、誰に聞いたんだろうな。えりさんは母親のことを誰に話したんだろう。えりさんがそんなことまで話す人間は、君一人しかいない」

「でも、それは……」

「君はあの日、えりさんが一人でマンションにいることを知っていた。君にはもう、あの日しかなかった。俺が調べまわる前に決着をつけなくてはならなかった。野田に一言言えば、奴がマンションに怒鳴り込むことは分かっていた。そして君は、予定どおりに行動した」

「そんなこと、なんの証拠にもならないわ。あの日たしかに、野田には義姉が一人でいることは教えたけど、殺せなんて一言も言ってない」

「君は野田に、えりさんを殺せとは言わなかった。野田もえりさんを殺さなかった。えりさんを殺したのは、君だ」

「馬鹿なこと……妄想で、勝手なことを言わないでよ。あの女に一目惚れして、頭がおかしくなったんじゃない？」

「君は自分から兄さんを奪ったえりさんに、潜在的な殺意を抱きつづけていた」

「そんな……」

「えりさんの殺し方には、はっきりとした悪意がある。ただ殺すだけなら、肋骨を折るほど殴らなくてもよかったはずだ。野田がマンションから出ていくのを待って、入れちがいに君が部屋へ入った」

「そんな作り話、誰も信じないわ」

「野田はプロの殺し屋じゃないんだ。スリや空き巣狙いは何度でも同じ手口を使うが、素人が人を殺すとき、二度も同じ手口は使わないさ。この事件の関係者で野田以外にあの殺し方を知っていたのは、君だけだ」

「妄想よ。ただの言いがかりよ。証拠を見せてよ」

「証拠はない。俺には証拠を集める義務もない。ただ野田があの日の経緯を警察で喋れば、連中は必死になって証拠を集め始める。君にはアリバイもないはずだし、動機の大きさも野田とは比べものにならない。二、三日うちには逮捕状を持って警察がやって来る。今のうちに自首するか、警察から逃げきる手段を考えるか、そんなこと、君が好きなほうを選べばいい」

「わたしは、悪いことなんか、なにもしていないわ」

「俺もできれば、そうあってほしいと思う」

「警察になんか……」

「なあ、ブラック・ジャックは、どこに始末したんだ?」

「ブラック・ジャック?」

「君がえりさんを殴った凶器さ。布や革の袋に小石を詰めて振り回すやつ。最近は見かけないから忘れてたけど、田舎の不良はまだあんなものを使うんだよな。五年間、君は、しっかりブラック・ジャックの使い方を覚えていた」

立ちあがって、レインコートの襟《えり》を直し、切れ長の目を見開いて俺の顔を見つめている菜保子に、俺は、軽く会釈をした。赤味が差していたはずの頰も白くなって、暑くもないのに、菜保子の額と首筋にはうすく汗が滲んでいた。

「親父さん、早く秩父へ帰したほうがいいな」と、ドアへ向かって歩きながら、頭の中で深呼吸をして、俺が言った。「また山を一つ売ることになるだろうが、世の中には最初から山なんか持っていない人間のほうが、ずっと多い」

俺がドアを開け、外に出て、うしろ手にそのドアを閉めるまで、菜保子は社長室のデスクの横に立ったまま、最後まで一度も口は開かなかった。なにを考えているのか、どっちみち俺に女の考えていることなんか、分かるはずはない。

廊下をエレベータに向かいながら、不思議に俺はもう、園岡えりに未練を感じていなかった。

＊

事件に片がついたことの記念でもあるのか、雨が音をたててふり始めている。雨の音は一階のロビーまで聞こえていて、帰りそびれた客がソファに散らばって外の雨を眺めている。レインコートを着ていても傘はなく、原宿の駅まで歩けば俺は頭から、ずぶ濡れになる。

「柚木さん……」

自動ドアの内側に立ったまま迷っていた俺に声をかけたのは、デニムのミニスカートに黄色いレインシューズを履いた、梅村美希だった。昨日の喪服姿にもへんな色気はあったが、ショートカットの髪とその長い肉感的な脚には、やはりミニスカートのほうが似合っている。

「よく会いますねえ。まだ事件の取材ですか」

「取材が終わったことを確かめに来た。君の仕事は、終わったのか」

「終わりましたよ。それに今、事務局に辞表も出してきました。退職金はもらえないけど、人間は毎日を気持ちよく生きることが大切です。明日からまたアルバイト探しです」

「君、歳は、いくつだっけな」

「二十三です。どうしてですか」

「女の数だけ女はいるもんだと、確認し直した」

「へんですねえ。なんか、疲れていません？」

「歳のせいかな。雨が躰にこたえる」

「柚木さん、いくつですか」

「三十八」

「あ……」

「なんだ？」

「昨日は鰻、ご馳走さまでした」

「君が有名になったら色紙《しきし》にサインをくれ」

「三十八ですか」

「うん？」

「大人なんですね」

「好きで歳をとったわけじゃない」

「でも、大人のわりに不良っぽいところ、なかなかいいですよ」

「そう、か」

「傘、ないみたいですね」

「ハンフリー・ボガートは傘なんか差さなかった」

「フットボール選手ですか」

「うん？」

「なんとかボガート」

「アメリカの俳優だけど、君の世代には関係ないんだろうな」

梅村美希が足をすすめて自動ドアを開け、赤い傘を開きながら雨の中に歩き出した。俺もつられて外に出てみたが、雨は粒が見えるほど強く、傘を差さずに歩くには相当な覚悟が必要だった。

「来てくださいよ」と、雨の中で躰ごとふり返り、広げた傘を大げさに揺すりながら、梅村美希が言った。

「どこへ、だ?」

「傘の中です。決まってるじゃないですか」

「ああ、決まってるか」

近づいていった俺に傘をわたし、肩で俺の躰を前に押し出しながら、梅村美希が呆気《あっけ》なく手を俺の腕に絡ませた。

「へーえ。このコート、ダンヒルじゃないですか」

「金めのものはこれしか持ってない」

「時計はスウォッチですよね」

「君なあ、相手の男をいつもそうやって、値踏みするのか」

「今回は特別です。わたし、三十八の男の人とつき合うの、初めてですから」

「俺も二十三の女の子と一本の傘で歩くのは、初めてだ」

「傘はふだんでも差さないと言ったじゃないですか」

「あれは、一種の、レトリックだ」

「さっきはわたしもレトリックしました」

「ふーん」

「わたしだって役者志望です。ハンフリー・ボガートぐらい知ってますよ。柚木さんが恰好つけるから、からかっただけです」

クルマが歩道側に幅寄せしてとまり、それを避けるように梅村美希が俺の腕を引っ張って、なんのつもりでか、軽くスキップを踏んだ。

「雨って、けっこういいですよね」

「好みの問題だな」

「埃《ほこり》も排気ガスも洗い流してくれて、雨の日は東京も空気が美味《おい》しいです。柚木さん、夕飯食べましたか」

「食ってない」

「近くに美味しいステーキ屋があるんです。そんなに高くないです。お金がなかったら、ワリカンでもいいです」

「俺の原稿料を聞いたら高くて、君は腰を抜かす」

「本当ですか」

「ワインだって奢《おご》れると思う」

「わたし、今朝起きたときから、今日はいいことがあるような気がしていました。こういうふうに雨がふる日って、きっといいことがあるんです」

梅村美希がまたスキップを踏み、躰が傘からはみ出して、俺の頭に信じられないほどの雨がふりかかった。もうすぐ十一月で昼間はあんな霧雨さえ冷たく思えたのに、今ふっているこの強い雨を心地よく感じるのは、いったい、どういうことだろう。

梅村美希の黄色いレインシューズが俺の目の中で、気持ちよさそうに歩道の雨を踏んでいく。園岡えりや吉島冴子や園岡菜保子の顔が俺の頭から溶けるように、雨の中に流れ出す。流れ出していく女たちに罪の意識を感じながらそれでも俺は、鮮やかに動く黄色いレインシューズに、年甲斐もなく胸のときめきを覚える。

女の罰が当たって、やはり俺は、地獄に落ちるのだろうか。

風の憂鬱

1

「待たせましたかな。店の場所が分からなくて、ずいぶん探してしまった」

その男は五十ぐらいの歳で、黒ずんだ皮膚に短く刈った髪をポマードで撫《な》でつけ、うすい胸と尖《とが》った肩を茶色いツイードのジャケットに包んでいた。明日がクリスマスイブだという夜に、額と鼻の頭に脂《あぶら》っぽい汗を滲《にじ》ませている。

「銀座のナンバー10で二、三度お目にかかったことがある。覚えておいでしょう？」

男の押しつけがましい喋《しゃべ》り方に肝臓のあたりが不愉快な反応をしたが、子供じゃあるまいし、俺は黙ってうなずいた。男が会ったことがあると言うなら、会ったことがあるのだろう。俺に恨みをもっていて懐《ふところ》に刃物でも忍ばせているというなら、それも仕方はない。俺はもうかなり酔っ払っていたし、議論も喧嘩《けんか》も世間話も、人生をかけてまでやりたくない。あと一時間で時計の針は一時間ぶん進み、その瞬間から世間はクリスマスイブになって、それからまた二十四時間で日本中がクリスマスになる。クリスマスになったからってもちろん、サンタクロースが俺に幸せを運んでくるわけでもないだろうが。

「本当に、ずいぶん探したんですわ」と、男がハンカチで額の汗を拭《ふ》き、俺の顔を確認するように、一つうむとうなずいた。「わたし、ふだんは荒木町《あらきちょう》に縁がないもんでしてね。三十分ほど近くをうろうろしてしまった」

それが約束の時間に一時間も遅れたことの言い訳にしても、男の口からはまだ、俺が納得するような謝罪の言葉は出ていない。俺が今この店で飲んでいる理由は、それまでいた新宿の飲み屋にナンバー10の葉子から電話が入って、「今夜中にどうしても柚木さんに会いたいという男がいる」と言ってきたからにすぎない。自分のマンションに近いこの店を指定し、それからもう一時間以上、俺は飲みたくもない水割りを一人で喉《のど》に流している。

「折り入って、柚木さんにお願いしたいことがありましてね」と、カウンターの他の客を憚《はばか》るように、ちらっと店の中を見回して、男が言った。「つまり、柚木さんを見込んで、どうしても引き受けてもらいたい仕事があるわけですよ」

俺のところへ仕事を持ってくる人間なんて、どうせヤクザか人殺しかその関係者に決まっている。そういう人間もそういう仕事も、常識があればだいたいは世間を憚る。

俺は目で店の隅のボックス席を男に示し、自分のグラスを取りあげてカウンターからそこに場所を移動させた。男も俺の向かいの席に座り、女主人が新しいグラスを置いていくまで、ハンカチを使いながら黙って店の様子を眺《なが》めていた。

「柚木さんが以前警視庁にお勤めだったことは、ナンバー10のママから伺いましたよ」

ハンカチを上着のポケットにしまい、かわりに名刺を取り出して、俺にわたしながら、男が秘密っぽい目つきで頬《ほお》を歪《ゆが》めた。

男からわたされた名刺には〈スイング・ジャパン　社長　久保田輝彦《くぼたてるひこ》〉と書いてあった。俺はスイング・ジャパンにも久保田輝彦にも記憶はなかったが、飲み屋のカウンターで二、三度となり合わせただけの人間なんて、覚えていろというほうが無理な話だ。ただ記憶ということで言えば、俺にもこの久保田輝彦という男の顔には、たしかに見覚えはあった。

「実はわたし、いわゆる芸能プロというのをやってまして……沢井英美《さわいえみ》という女優は、ご存じですかな」

俺がいくら芸能界の事情に暗くても、もちろん沢井英美の名前は知っている。十年ほど前アイドル歌手としてデビューし、今は映画やテレビドラマで主役級の活躍をしている女優だ。アイドルのころは若いくせに目に妙な翳《かげ》があって、その翳がほかのアイドルたちとはちがう独特の存在感をつくり出していた。恥ずかしながらそのころ俺も一枚だけ、沢井英美のアルバムを買った過去がある。

「お分かりでしょうが、うちの事務所で沢井英美のマネジメントをやってまして、お願いというのはその沢井英美のことなんですわ」

「クリスマスのプレゼントにしては、ちょっと高価すぎるな」

「は？」

「新作映画でわたしに沢井英美の相手役をやれとか、ね」

まさか、というように鼻を曲げて笑い、また店の中を眺めまわして、久保田輝彦が深く身をのり出した。

「お話しする前に、このことはぜったい他言されないと約束していただきたい」

「沢井英美が飼っている猫が、犬の子供でも産みましたか」

「わたしは冗談を聞きに伺ったんじゃないんですよ」

「お互い様です。あなたもわたしが他人の秘密を漏《も》らす人間だと思うなら、最初から仕事の話はしないほうがいい」

「いや、そういう意味ではなくて……」

「どうしても今夜中に会いたいと言ってきたのは、あなたのほうだ。わたしは逆にクリスマスイブなんかの前の日に、仕事をする気分にはならない」

「いや、その、なにしろ、事が事なもんで、わたしも気が動転しておるんです。失礼はいくらでもお詫《わ》びします。目をつぶって、どうかこの仕事を引き受けていただきたい」

俺にしたって無理に相手の神経を逆撫でしたいとは思わない。しかしなんとしても、この男の第一印象が気に食わないのだ。それとも芸能界という言葉に俺の人生観が、無自覚な拒否反応でも起こすのか。

「くどいようですが……」と、また身をのり出し、口を俺にだけ見える角度に向けて、久保田が言った。「とにかくこのことは、ぜったい口外されんように。実は、沢井英美が、消えてしまいよったんですわ」

一瞬、俺にはその言葉の意味が理解できなかったが、理解できたところで好意的な反応はしなかったろう。俺の専門はあくまでも人殺しであって、奇術や魔法に縁はない。

「要するに久保田さんは、沢井英美が失踪《しっそう》したと言ってるわけですか」

「最初からそう言っておるんです」

「しかし、それがわたしの仕事と、どういう関係が?」

「ですから柚木さんは以前刑事をやっていらして、今でも個人的に、その、私立探偵のようなことをしておられると……」

「ナンバー10の葉子がどう言ったか知らないが、わたしの専門は刑事事件です。家出人捜しに興味はない」

「ただの家出人捜しとはちがうんです。いなくなったのは、あの沢井英美なんです」

「あの沢井英美でもこの美空ひばりでも、わたしにとっては同じことです。家出人なら警察に捜索願いを出せばいい」

もちろん俺にだって、久保田輝彦が警察に捜索願いを出したくない事情は、分かる。捜索願いを出せばマスコミにも勘づかれるだろうし、公開捜査になれば日本中の交番に顔写真入りの手配書がまわされる。結果がどうであれ、沢井英美の女優人生に終止符が打たれる可能性にも、覚悟が必要になる。

それにこれは、俺自身が一番よく知っていることだが、家出人の捜索願いは年間でも九万件以上警察に提出される。警察がやることはコンピュータのリストに家出人の名前を登録するだけで、捜査らしいことはなにもおこなわない。たとえ公開捜査になって触れ書きが交番にまわったとしても、そんなものは交番に届いたとたん、一直線でごみ箱行きになる。誘拐かその他の事件絡みでないかぎり、家出人に関して警察は無視を決めてしまう。

「それにしても、やはりわたしの出番ではなさそうだ」と、水割りのグラスを空《あ》け、そのグラスに自分で氷とウィスキーを足しながら、俺が言った。「家出人捜しは興信所《こうしんじょ》が専門です。あっちはそういう仕事に慣れている」

「興信所を使えれば最初から苦労はないんですわ」

「向こうはプロですよ。大きいところを使えば組織的にも動いてくれる」

「それが困るんです。係わる人間が増えれば増えるほど、このことが外部に漏れる可能性も大きい。わたしはなんとしても内密に処理をしたい。沢井英美の女優生命がかかっておると同時に、スイング・ジャパンの存亡もかかっておるんです。彼女も会社もわたしが自分の手で育てあげた。その両方が今わたしの手から消えようとしている。わたしはなんとしても沢井英美を連れ戻したい、それも外部には、一切知られずに」

たかが女一人いなくなったぐらいで、まるでこの世の終わりみたいな言い種《ぐさ》だ。しかし考えてみれば沢井英美はたしかに、普通の女ではない。有名な女優であるということはそれに相応《ふさわ》しい金も動かしているわけで、その額は俺の腰が抜けるぐらいの大金なのだろう。

「お礼はじゅうぶん差しあげます」と、狭い額に皺《しわ》を寄せ、また俺のほうへ身を屈《かが》めて、久保田が言った。「金に糸目は付けない。小切手でも現金でもおっしゃるとおりの額をお支払いします」

金の話が出た瞬間、久保田に対する敵意が萎《な》えてしまうのも情けないが、懐が寂しいという現実は人間に対する好き嫌いだけでは、処理できない。この正月には娘をスキーに連れていく約束になっていて、軍資金としてもまとまった金はほしい。別れて暮らしている娘を年に一度スキーに連れていくというのに、あまりしみったれた真似《まね》はしたくない。

「興信所では浮気の調査に一日十万円も取るそうです。料金はその倍お払いします」

「わたしは、引き受けるとは言ってない」

「いえ、是非とも引き受けてください。お願いできるのは柚木さんしかおらんのです。わたしと沢井英美を助けると思って、どうしても引き受けていただきたい」

俺がほしいのは金だけで、久保田の感謝の言葉なんか、聞きたくもない。そうは思いながら、それにしてもどこか、沢井英美の失踪には引っかかるものがある。久保田の雰囲気にも気に食わないものがあるし、それに本当は俺自身、沢井英美のアルバムを買ってしまった過去に義理を感じている部分も、なくはなかった。

「とりあえず、それでは、具体的な状況を聞きましょうか」と、煙草《たばこ》に火をつけ、煙を長くテーブルの上に吹いて、俺が言った。「あなたの話を聞いていると、誘拐とかなにかの事件に巻き込まれたとか、そういうことではなさそうだ」

「そういうことではないんです。いや、たぶん、そういうことではないはずです」

「いわゆる失踪ですか」

「専門的にどう言うのか、ちょっと、わたしには分からんのです。とにかく消えてしまいよったんです。一昨日《おととい》の昼、マネージャーが彼女をマンションへ迎えに行ってみると、もうおらんかったと言うんです。一昨日は来春に出す新曲の打ち合わせをやることになっておりましてね、そっちのほうは急病ということで誤魔化《ごまか》したんですが、そんな誤魔化しはいつまでもつづけられるもんじゃない。幸いこの業界も暮《く》れと正月は暇《ひま》になりますから、急病と正月休みということでしばらくはなんとかなるとしても、せいぜい松の内までです。その間に沢井英美に出てきてもらわんと、スイング・ジャパンは空中分解ですわ」

「マンションの部屋は、どんな様子でした？」

「わたしは直接は見ておらんのです。一昨日から穴をあけた仕事のやり繰りで飛びまわっておる次第で……ただマネージャーに言わせると、衣類や化粧道具や小物や、そういった身のまわりの物がスーツケースと一緒に消えておるらしいんですわ。部屋も散らかってはいなかったということです」

「つまり誘拐されたわけでも、誰かに無理やり連れ出されたわけでもない。理由はともかく、沢井英美は自分の意志でどこかに姿をくらました」

「そういうことに、なるんでしょうなあ」

「久保田さんにも沢井英美が姿を消した心当たりは、おありになる？」

「いやいや……」

久保田がグラスの氷を強く鳴らし、それをくっと呷《あお》って、肩で一つ息をついた。

「そういうことですと、まったく心当たりはないんですわ。ご承知のように映画やテレビの仕事も順調ですし、CDも年に二枚は出しております。それにコンサートやディナーショーも……」

「私生活はどうです？　特に男関係は」

「それは……」と、ネクタイの結び目の上で喉仏《のどぼとけ》を動かし、グラスを宙に浮かせたまま、久保田が言った。「本来ならそういうことは口が裂けても言えんのですが、柚木さんを信用して申しあげると、まあ、おることはおったようです」

「名前は？」

「清野忠之《きよのただゆき》。極東テレビのプロデューサーですわ」

「そのプロデューサーは当然、妻子持ちで」

「そういうことです。ですが柚木さん、この二人の関係はいわゆる大人の関係というやつで、仕事に支障をきたすとか人生を棒にふるとか、そういったことはなかったはずですよ。最近はわたし、沢井英美の私生活には干渉しないようにしておったんですが、この世界では珍しく身持ちは堅い女でした。男が理由で今度の問題を起こしたとは考えられんのです」

「以前にも二、三日、ふらっと姿を消したようなことは？」

「とんでもない。沢井英美がそういう女だったら、わたしだってこれほど慌《あわ》てたりはいたしません」

「あなた個人との関係はどうです？　彼女が独立したがっていたとか、ギャラに不満をもっていたとか」

「なんというか、その、この世界ではギャラの問題は一種のつきものなんですわ。なかったとは言いません。ですが沢井英美とわたしは彼女がデビューする前からの関係でして、最後はいつもお互いが納得する数字で合意していましたよ。それに本来うちは沢井英美の個人プロダクションのようなものですから、彼女がわざわざ独立しなくてはならん理由はなかったはずです」

久保田の話を聞いていると、沢井英美は仕事も順調で男関係にもトラブルはなく、金銭面や事務所との関係でも特別な問題は抱えていなかったことになる。誘拐や拉致《らち》事件ならともかく、そんな人間が前触れもなく突然姿を消すはずはないわけで、要するに久保田がどこかで嘘をついているか、あるいは久保田の知らない部分で沢井英美が人生になんらかの問題を抱えていたかの、どちらかだろう。

「沢井英美の家族は、どういうことになっています?」

「白金《しろかね》のマンションで一人暮らしでした」

「両親とか兄弟は?」

「父親は甲府で料理屋だか食堂だかをやっておるらしいんですが、詳しいことは知らんのです。母親は彼女が子供のときに死んでいます。兄貴というのもおったんですが、これももう死んでいます。家庭環境という意味では恵まれておらん子でしたね」

「沢井英美がマンションから姿を消したあと、彼女が行きそうな場所は当たってみたんですね」

「そりゃもちろん、この二日間必死で捜しまわりました。それでいよいよ、こいつはただ事ではないと思ったわけです。さっきも言ったように、調査料に糸目は付けません。是非とも沢井英美を捜し出して、今度のことがどういう意味なのか、それをはっきりさせていただきたい」

俺の頭に、スキースーツを着てゲレンデを滑りおりる娘の生意気な顔が浮かんで、仕方なく俺は決心した。それに芸能界ではないが、俺がやっている雑誌の仕事も暮と正月は休みに入る。俺自身が暇ではないかといえばそれはもう、ぜったいに暇なのだ。

「沢井英美の失踪を知ってる人間は、どれぐらいいます？」と、また自分で水割りをつくり、それを口に運びながら、俺が言った。

「わたしと事務所の人間の何人かと、それと極東テレビの清野さんだけですわ」

「甲府の父親というのは？」

「問い合わせてはみましたが、それは他の口実をつくってです。なんせ……」

「沢井英美というのは、本名ですか」

「本名は沢井英美《ひでみ》なんです。デビューのとき読み方だけ英美《えみ》に変えたんですわ。特別に理由があったわけじゃないですがね」

「人捜しはわたしの専門ではないし、結果がどうなるかは分からないが、とりあえずやってみましょうか」

「ありがたい。いや、是非ともそう願いたい。わたしはスケジュールの調整やテレビ局への言い訳まわりで、手が離せんのです。柚木さんにはマネージャーの若宮《わかみや》を全面的に協力させます」

「とにかく、明日会社のほうへ伺います。それから、料金のことですが……」

俺はまた水割りを一口呷り、新しい煙草に火をつけて、その煙をふーっと久保田の腹に吹きつけた。

「一週間で百万ということにしてください。前金で経費は込み。仕事が早く片づいても沢井英美が自分から姿を現しても、もらった金は返さない。請求書も領収書も出せない。一週間動いて結果が出なかったときは、またそのときに考える……そういうことで、よろしいでしょうか？」

2

毎日毎日ちゃんと朝がやって来るというのも、考えてみれば妙なものだ。目が覚めて便所へ行き、コーヒーをいれてテレビをつけ、ソファにひっくり返ってその日最初の煙草に火をつける。テレビではモーニングショーだかアフタヌーンショーだかをやっていて、なんとかという女優に子供が生まれたとか、なんとかというコメディアンが原宿にキャラクターグッズの店を開いたとか、人類にとって有益とも思えない話題を延々と流しつづけている。

最初の煙草を吸い終わり、コーヒーカップが空になるころになって、そういえば今日も自分が生きていたということを、仕方なく思い出す。そして生きていることに対する義務のようなものもあるのかと思い出しはするが、だからって今更神様や日本政府に感謝する気にもならない。こういう日がだらだらとつづいていき、そのうち老人ホームのベッドで、起きあがれもせず、便所へも行けず、煙草も吸えずコーヒーも飲めずという朝がやって来る。そのことに覚悟ができているわけでもなく、その日のために準備をしているわけでもない。それでも朝というのは、妙なものだ。俺みたいな人間にも人生を一変させるような面白いことが起こるかもしれないと、二日酔いの頭に、ふと思わせたりする。

俺が革のハーフコートを引っかけて四谷のマンションを出たのは、ふつうの人間はけっして朝とは言わない、十一時を過ぎた時間だった。

*

芸能プロの事務所が青山や六本木《ろっぽんぎ》に多い理由は、たんにそこが新大久保《しんおおくぼ》や赤羽《あかばね》ではいけないという、それだけのことだろう。芸能人が新大久保に住んでいるという話は聞かないし、そのオフィスが赤羽にあるという話も、やはり聞いたことはない。スイング・ジャパンが入っている新南青山ビルもご多分にもれず青山墓地の森が近くに見える、外苑《がいえん》西通りの坂の途中にあった。事務所はビルの四階にあって、しかも四階のフロア全体がスイング・ジャパンになっていた。なるほど沢井英美クラスのタレントを一人抱えていればこれぐらいの場所にこれぐらいの事務所は、構えられる。

受付らしいものはなかったが、俺はエレベータの出入り口に近い部屋のドアを開け、雑然と机が並んでいるだだっ広いフロアへ入って、近くの机に座っているジーンズの男に声をかけた。

「沢井英美さんのことでおたくの社長に仕事を頼まれている。マネージャーの若宮さんにお目にかかりたい」

口の中でなにか返事をし、俺が聞き返す前に席を立って、男が細いジーンズの腰をくねらすように別のドアへ歩いていった。ドアを開け、中に声をかけてから戻ってきて、今度は黙って俺をそのドアへ促した。男が最初から最後まで無表情だった理由は、沢井英美の件で緊張していたからではなく、最近はやりの、たんにそういう性格ということらしかった。

ドアに〈社長室〉とプレートがついた部屋の中にいたのは、昨夜《ゆうべ》荒木町の飲み屋で会った久保田輝彦ではなく、髪を短く耳のうしろに掻《か》きあげて黒縁の眼鏡をかけた、若い女だった。女はたいして広くはない殺風景な部屋のソファに座って、直前まで膝《ひざ》の上のファッション雑誌を読んでいたらしかった。

「若宮さんという、沢井英美のマネージャーに会うことになっている」と、コートを肩に引っかけたまま、ソファの前まで歩いて、俺が言った。

「わたしが若宮です」と、無表情に立ちあがり、テーブル越しに名刺を差し出しながら、女が言った。「柚木さんですね。社長に言われて、朝からお待ちしていました」

女がわたしてくれた名刺には、〈スイング・ジャパン企画部　若宮由布子《ゆふこ》〉と書いてあった。沢井英美のマネージャーが男である必要はどこにもない事実を、俺は改めて認識した。沢井英美のマネージャーは男である必要もなく、社会に恨みをもっているような中年女である必要も、たしかに、どこにもない。しかしこの若宮由布子と沢井英美が並んでいたとき、知らない人間はどうやって女優とマネージャーを区別するのだろう。

「社長からは私立探偵の方が見えると聞いていました」と、元のソファに座って、俺がわたしたフリーライターの名刺と俺の顔を見比べながら、若宮由布子が言った。

「アルバイトでたまにそういうこともやっている。君はアルバイトじゃないんだろう？」

「は？」

「君はアルバイトで、沢井英美のマネージャーをしているのかってことさ」

若宮由布子が黒目がちな目を硬く笑わせ、口を尖らせて、ひっそりと息をついた。

「柚木さんのほうは、どうなんですか」

「俺のなに？」

「どちらがアルバイトなんです？　私立探偵ですか、それともフリーライター？」

「両方ともアルバイトみたいなもんさ。人生そのものがアルバイトだと思うこともある」

俺は脱いだコートのポケットから煙草を取り出し、火をつけてから、とり澄まして背筋を伸ばしている若宮由布子の顔を、改めて観察した。眼鏡が似合っているかいないかは別にして、そんなものでは誤魔化せないほど、とんでもなく整った顔立ちをしている。子供っぽい表情の中にも傲慢《ごうまん》な落ち着きが感じられ、マネージャーなんかより自分がタレントになったほうが似合いそうな娘だが、若宮由布子にも若宮由布子の、なにか難しい人生観があるのだろう。

「俺が久保田さんに頼まれた仕事は、君、知っているよな」と、腕を伸ばしてガラスの灰皿に煙草の灰を落としながら、俺が言った。

「そのためにわたしは朝から待っていたんです。お金も用意してあります」

「久保田さんに話を聞いたかぎりでは、彼女は自分から姿を消したとしか思えない。君に心当たりは？」

「ありません」

「強請《ゆす》られていたとか、脅迫されていたとか、しつこく付きまとっていた男がいたとか、それともなにかの事件に巻き込まれていたとか……」

「わたしがどうして、そんなことを？」

「女優とマネージャーは公私ともに、一心同体の部分があるだろう」

「女優やマネージャーによりけりです。わたしと英美さんは仕事と私生活を区別していました」

「沢井英美のマネージャーは、どれぐらい？」

「三年です」

「三年も一緒に仕事をしていて、沢井英美の私生活を、まったく知らないのか」

「まったく知らないことはありませんけど、でも親友だったわけではありません。わたしの仕事はあくまでも『女優・沢井英美』のマネジメントです」

「自分の担当している女優が失踪した割には、困っているふうにも見えない」

「それは……」

若宮由布子が肩の位置をずらし、髪を耳のうしろに掻きあげて、形のいい鼻の穴を強情そうにふくらませた。

「それは、わたし、もともと感情が表に出にくい、そういう性格なんです」

そのときノックの音がして、髪を茶色に染めた厚化粧の女が、ドアの隙間《すきま》から無愛想に顔をのぞかせた。

「由布子さん、あおいちゃんから電話が入ってるけど……」

若宮由布子がその女にうなずいてから、軽く咳払《せきばら》いをし、腰をあげながら俺のほうに眼鏡を光らせた。

「すぐ戻りますけど、コーヒーでも飲みますか」

「いや」

「紅茶かなにか」

「なにも要らない。君さえよければすぐに出かけたい」

「すぐに?」

「沢井英美のマンションにさ」

口の中で「ああ」とだけ言い、会釈《えしやく》をして、あとは怒ったような顔で若宮由布子が外のフロ

ア へ出ていった。ずいぶん奇麗な娘なのに表情にも身のこなしにも、残念なほど色気がない。躰《からだ》のまん中に一本硬い棒でも入っている感じで、奇麗な中学生がそのまま十年歳をとればこんな女になるのかも知れないが、そのくせちゃんと頭はよさそうだから、それはもう、ただそういう性格なのだろう。もちろん俺がそんなことを残念に思ったところで、俺にも若宮由布子にも、意味はなかったが。

＊

若宮由布子が新南青山ビルの前にまわしてきたクルマは、ブルーグレーのメタリック塗装をしたBMWだった。俺は女房や子供と別れて暮らすようになってから、自分ではクルマを運転しなくなった。自分で乗りまわしていたころでさえせいぜい国産の一五〇〇cc、基本的にクルマなんか動けばいいという思想があっても、そういう思想はだいたいのところ、負け惜しみでしかない。

由布子はその左ハンドルのクルマを無表情に操り、外苑西通りをまっすぐ南へくだって、聖《せい》心《しん》女子大学が近くにある住宅街の中のマンションまで俺を連れていった。途中で喋ったことは、BMWは会社のクルマで沢井英美が仕事用に使っていること。沢井英美自身はクルマを運転しないこと。沢井英美が姿を消した二十一日以降、マンションには若宮由布子が泊まり込んでいることの、三つだけ。由布子自身は三軒茶屋《さんげんぢゃや》のワンルームマンションで一人暮らしだという。

玄関前の駐車場にクルマを置き、管理人室の前を通ってあがっていった部屋は、エレベータから一番遠い五階の角部屋だった。玄関もエレベータも内廊下も、俺のマンションとは比べるのも恥ずかしいぐらい立派な造りだが、人生のあり方自体がちがうわけで、そんなものは比べてみても最初から、意味はない。

若宮由布子が自分の持っていた鍵でドアを開け、中へ入ってみるとそこは広い沓脱《くつぬぎ》になっていて、沓脱から鉤形《かぎがた》につづいている廊下の先が十畳ほどの洋間だった。脚の短い大型のソファやマホガニーのサイドボードが置かれていたから、この部屋が居間という部分なのだろう。部屋の西側の壁には木のドアがあって、その向こうが寝室になっているらしい。俺の部屋とはすべてが比べものにならず、だからってすべてのものが、気絶するほど豪華なわけでもない。逆にあれだけの女優にしては質素すぎるかと思われるほど、家具にも調度にも大した金はかかっていなかった。

「どうも、実感がわかないな」と、しばらく部屋の中を見回してから、ぼんやりした顔で壁に寄りかかっている由布子に、俺が言った。「あの沢井英美の部屋に立っているのに、脚が震えない。告白すると俺、昔一枚だけ彼女のアルバムを買ったことがある」

由布子が口の中でくすっと笑い、壁から背中を離して、首をかしげながら台所の向こうへ歩いていった。

「コーヒーをいれます。どうぞ、ソファに座ってください」

俺は言われるままコートを脱いでビロード張りのソファに座り、することもないので、仕方なく煙草に火をつけた。前のテーブルにはガラスの灰皿が置かれていたが、吸殻はたまっていなかった。

「君は今、この部屋に泊まってるんだよな」と、灰皿を手前に引き寄せながら、台所の由布子に、俺が訊いた。

ふり返って、眼鏡ごと、由布子がこっくんとうなずいた。

「もし沢井英美が君のマンションに連絡を入れたら、どうするんだ？」

「留守番電話がセットしてあります」

「しかしここに泊まっていたら、留守番電話は聞けないだろう？」

「メッセージは外から聞けます。留守番電話はそういうふうにできています」

ふと思い出し、煙草の火を消して、俺はサイドボードの横の電話まで歩いていった。

「沢井英美がいなくなったのは三日前の昼だよな」

「それはわたしがこのマンションに来た時間です。英美さんがいつからいなくなったのかは知りません」

「君が最後に沢井英美と会ったのは？」

「前の日の、夜の十時ごろです。わたしが英美さんをマンションまで送ってきました」

「そのとき君は部屋へ入ったのか」

「玄関の前で英美さんをクルマからおろして、わたしはそのまま帰りました」

「つまり沢井英美が姿を消したのは、二十日の夜十時から二十一日の昼までの、十四時間の間というわけだ」

俺はそこで台所をふり返ってみたが、若宮由布子の姿は見えず、かわりに衝立《ついたて》からはコーヒーの香ばしい匂いが流れ出していた。

電話機は思ったとおり、いろんなボタンが前面にごちゃごちゃ並んだ、いわゆる多機能電話というやつだった。俺の電話とは色も形もちがっていたが、使用表示を見たかぎり機能自体に変わりはなさそうだった。留守番機能のボタンにはそれが現在セットされていることを示す、小さい赤いランプがついていた。

俺は留守番機能を解除し、テープを十秒ほど巻き戻して、吹き込まれている最近の伝言に耳を澄ましてみた。入っていたのは若い女の声で、自分の名前を言ってから、暇なときにまた電話をするというだけの内容だった。俺はそれからテープをスタートの位置にまで巻き戻し、再生ボタンを押して元のソファに戻っていった。

「君が三日前にこの部屋へ来たときも、電話は留守にセットされていたのか」と、台所からコーヒーカップを二つ持ってきた若宮由布子に、俺が訊いた。

「確かめなかったけど、わたし自身は電話の操作はしていません」

俺が電話機を見たときは留守番機能がセットされていたから、そのセットは沢井英美自身がしたことになる。なにかの理由でこれから姿を隠そうとする人間が、わざわざ電話を留守になんかセットするものだろうか。

「極東テレビの清野というプロデューサー以外で、沢井英美と親しかった人間は？」

「歌手の、あの朝岡里子《あさおかさとこ》か」

「朝岡里子です」

「知らないんですか」

「朝岡里子ぐらい知ってるさ」

「芸能界では英美さんと朝岡里子は親友として有名です」

「俺の人生はそういう情報に、縁がない」

「英美さんと朝岡里子は年齢も同じで、デビューの年も同じでした。英美さんが歌謡大賞の新人賞を取って、朝岡里子がレコード大賞の新人賞を取って、それ以来二人は最大のライバルであり、私生活ではもっとも仲のいい友達……一応、そういうことになっています」

「一応、な」

「少なくとも、もっとも仲の悪いライバルではありませんでした。ただこの世界、知り合いはみんな親友ということにしておかないと、生きていけない部分はあります」

電話のテープから声が流れていた時間は、きっかり十分間。なかには二、三人俺でも知っている歌手だか役者だかの名前もあったが、しかしどの伝言も「あとでまたかけ直す」か「暇なときに電話をくれ」程度の内容で、今回の失踪事件につながるメッセージとは思えなかった。

「君がここに泊まっていた三日の間、沢井英美に電話は？」と、テープをまた最初まで巻き戻し、念のために留守番機能にセットし直してから、ソファに戻って、俺が言った。

「わたしがいる間はかかってきませんでした」

「沢井英美というのは人づき合いのいい女ではなかったらしいな」

「そうでもありません。ふつうの用事はぜんぶ会社を通します。ですからここの電話番号を知っているのは、本当に限られた人たちだけだと思います」

「君なあ、その喋り方、なんとかならないのか」

「わたしの喋り方の、なんですか」

「だからその、なんていうか、邪魔な野良猫を外につまみ出すような、その喋り方さ。どうも俺に恨みがあるとしか思えない」

「わたしは誰に対しても恨みなんかありませんよ」

「それならそれで……まあ、そういう性格なんだろう」

「そういう性格なんです」

「そういう性格で、よく芸能人のマネージャーなんかやってられるもんだ」

コーヒーを飲み干し、天井に向かって一つため息をついてから、俺は部屋の奥へ歩いて、ベランダ付きの窓を半分ほど開けてみた。窓は南向きになっているらしく、遠くには庭園美術館の小さい森が霞《かす》んで見えていた。ベランダの幅は二メートルほど、となりのベランダとは間隔が三メートルもあり、訓練された人間でないかぎりベランダづたいにこちら側へ移ってくることは、まず不可能だ。考えられるのは上のベランダからロープをおろして侵入することで、その方法ならたとえここが五階だという条件でも、あり得なくはない。

風で耳が冷たくなって、俺は窓を閉め部屋の中へ戻り、コーヒーを飲んでいる由布子に、ぱちんと指を鳴らしてやった。

「寝室を調べる。君も立ち会ってくれ。コーヒーを飲みながらで構わない」

由布子がソファを立って寝室に通じるドアを開け、俺から先に、つづいて由布子も大股《おおまた》にドアを入ってきた。直前の俺の台詞《せりふ》を皮肉と受け取ったのか、それとも飲み終えたのか、由布子の手にコーヒーのカップは握られていなかった。

沢井英美の寝室は広さ自体はとなりの居間と同じ、絨毯《じゅうたん》敷きの十畳ほどの洋間だった。三方の壁全面にセミダブルのベッドや化粧台や衣裳《いしょう》ダンスが押し付けられていて、印象としてはだいぶ狭い感じだった。

「ここに泊まっていて、君はベッドを使わないのか」と、カバーのかかった皺一つないセミダブルのベッドを複雑な気分で眺めながら、俺が訊いた。

「わたしは居間のソファで寝ています」

「どうして」

「他人のベッドを無断で使うわけにはいきません」

俺はまた「どうして」と訊きそうになったが、その無意味さに気がついて、質問は胃の下に押し込んだ。由布子はどうせ「そういう性格だから」と答えるに決まっている。

「この寝室は、君が三日前に来たときのままに？」

「タンスや引き出しは開けましたけど、手はつけていません。本当はそういうところも開けたくありませんでした」

「久保田社長に調べるように言われて、仕方なく調べたわけだ」

ドアの横に寄りかかっていた由布子が、俺のほうに口を尖らせて、こっくんとうなずいた。

言葉にも表情にも愛想がないくせに、その仕草だけがへんに子供っぽく、俺は思わず苦笑した。

「調べてみて、それで、なにがなくなっていた？」

「いつも旅行に持って出る、スーツケースが二つ」

「他には？」

「セーターとかスカートとかブラウスとか」

「下着もな」

「はい」

「アクセサリーも？」

「好きだった真珠のピアスとか、指輪やネックレスの宝石類も、ほとんど」

「化粧品は？」

「口紅やファンデーションや香水や、英美さんがふだん使っていたものは、みんななくなっていました」

「君の感じでは……」と、籐製《とうせい》の化粧台の前まで歩いて、置かれている乳液や化粧水の瓶《びん》を見おろしながら、俺が言った。「衣類や化粧品は、沢井英美が自分で選んだと思うか」

「はっきりしたことは、分かりません」

「はっきりしたことは訊いてない。君がどう思うかを訊いてるだけだ」

「それは……」

由布子が口を強情そうな形に結んで、壁から背中を離し、ベッドの足元のところへ、すとんと腰をおろした。

「わたしがどう思うかというだけのことなら、わたしは、そう思います」

「沢井英美が自分で選んだと?」

「はい」

「そのことは久保田さんにも話したんだな」

「社長にも同じことを訊かれて、同じことを答えました」

昨夜久保田輝彦が、これは誘拐や拉致事件ではなく、沢井英美が自分から姿を消したものだとへんに確信していたのは、由布子の報告が理由だったのだろう。

「マンションの鍵は、君と沢井英美以外に、誰が持っている?」

「管理人室にあるだけです」

「久保田さんは持っていないのか」

「わたしの知るかぎりでは、持っていないと思います」

「管理人には沢井英美のことを訊いてみたか」

「わたしは社長以外に、このことは誰にも話していません。それに管理人は住み込みですけど、夜の十時以降は警備会社の人が見回りに来るだけです。もし英美さんが夜中に出ていったとしたら、マンションの人には誰にも見られていないと思います」

「非常に論理的だ。君が今の仕事をくびになったら、いつでも俺の助手に雇ってやる」

俺は立ちあがって窓まで歩き、そこのカーテンを指先で、ちょっと開いてみた。窓の向かっている方向は居間と同じだったが、寝室のほうにベランダは付いていなかった。

「久保田さんは沢井英美がいなくなった理由に、心当たりがないと言う。君も最初にそう言った。しかしなんの理由もなく突然一人の人間が姿を消すはずはない。それも沢井英美はただの女ではなく、有名な女優だ。退屈な日常に飽きて旅に出ただけとは思えない」

「柚木さんは、なにを言いたいわけですか」

「俺が今なにを言いたいのか、それを君に教えてもらいたいのさ」

「英美さんがいなくなった理由も、今どこにいるのかも分からないから、社長は柚木さんを雇ったんです」

「警察にも届けられないし、興信所も使えないから俺を雇っただけだ」

「わたしには同じことに思えますけどね」

「同じかどうかは結果次第だろう。沢井英美は、何歳《いくつ》だった？」

「三十二です、公称は三十で」

「三十でも三十二でも、一人前の人間が自分の意思で姿を隠した場合、かんたんに発見できるとは思えないな」

「でも、それが柚木さんの専門でしょう？」

「俺の専門は人殺しさ」

「あの事件は、だって、正当防衛だったはず」

窓の外を雀《すずめ》が飛んで、一瞬、俺は自分の注意をわざとそのほうへ集中した。しかし由布子の言葉はすぐ今の現実に戻ってきて、俺はカーテンから指を離し、ゆっくりと部屋の中をふり返った。

「あの事件のこと、知っていたのか」

「社長から聞きました」

久保田輝彦は気配にも出さなかったが、相手は最初から俺の素性《すじよう》を知りつくしていた。ナンバー10の葉子から聞いたとしたら久保田と葉子は俺が考えていた以上に、深い関係になる。

「つまり君は最初からずっと、俺のことを怖がっていたわけだ」と、ベッドの端に座ったまま背筋を伸ばしている由布子に、俺が言った。

「それほどは、別に、怖くなかったです」

「人を二人も撃ち殺した人間がそばにいたら、ふつうは怖いと思うけどな」

「わたしは、そういうことは、気にしない性格です」

そういうことを気にしない性格の人間なんか、いるはずもないが、背筋を伸ばして表情を変えまいと意地を張っている由布子の努力は、俺としても単純に評価してやれる。最初から由布子の態度が硬いのはたぶん、俺の経歴を尊敬していたからだろう。

「まあ、俺が言ったのは……」と、少し部屋の中へ戻り、化粧台の端に寄りかかりながら、俺が言った。「俺の専門は殺人事件で、人捜しには慣れていないという、それだけの意味さ」

「理屈は同じです。殺人犯人を捜すのも家出人を捜すのも、捜査の方法は同じはずです。手がかりを見つけて、それで英美さんが今どこにいるかを調べればいいんです」

「君、本当に俺の助手になる気はないか」

「ありません。わたしは脚本家志望です」

「脚本家？　テレビとか、映画とかの」

由布子が初めて素直に笑い、顎《あご》を俺のほうに突き出して、こっくんとうなずいた。

「脚本、売れそうなのか？」

「去年テレビのドラマに一本採用されました。夜中の、ドラマというよりコントみたいな短いやつでした。でもわたし、本当は映画の脚本が書きたいんです。日本の映画はつまらないと言われますけど、それは脚本に時間とお金をかけないせいです。脚本さえしっかりしていれば日本の映画だって、面白いものになるはずです」

「君、何歳《いくつ》だ」

「二十八」

「ふーん」

「いけませんか」

「いや、二十五ぐらいかと思っていた」

「映画をつくるのに歳は関係ないと思います」

「それはまあ、そうだ」

「映画は嫌いですか」

「どうだかな。学生のとき仲のよかった友達が、映画監督志望だった」

俺は寄りかかっていた化粧台から腰を離し、衣裳ダンスの前まで歩いて、その観音開きの扉を引き開けた。中には溢《あふ》れるほどのスーツやコートが掛かっていたが、仕立てもブランドも俺には縁のない代物だった。どうせ一着何十万だか何百万だかするやつばかりなのだろう。

「そのお友達は、それで、どうしたんですか」と、大股に俺のうしろまで歩いてきて、一緒にタンスの中をのぞき込みながら、由布子が言った。

「田舎《いなか》に帰って植木屋をやってる」

「映画監督にはならなかったんですか」

「映画会社に入って、助監督までやった」

「それをどうして諦《あきら》めたんです？」

「どうしてだかな。奴のそういう人生……君、沢井英美が着ていったコートの種類、分かるか」

「アルマーニの、ベージュのロングコートだと思います」

「目立つコートか」

「知ってる人はアルマーニだと分かるでしょうけど、デザインはシンプルで、色も落ち着いたベージュ色です」

「沢井英美はどれぐらい金を持っていたと思う？」

「現金はあまり持たない人でした」

「現金を持ち歩かなくても困らない生活だったか。貴重品とか預金通帳とか印鑑とか、いつもどこに?」

「サイドボードの引き出しです」

衣裳ダンスの扉を閉め、サイドボードの前まで戻りながら、俺が訊いた。

「沢井英美の金を誰が管理していたか、知っているか」

「いえ」

「会社では?」

「経理のことは分かりません」

「年収はどれぐらいだった?」

「三千万ぐらい」

「三千万……」

もちろん、三千万なんて金は本物の殺し屋にでもならないかぎり、俺には縁がない。しかし沢井英美の三千万という年収も、単純に納得できる数字ではない。テレビのCM一本だって、それぐらいのギャラにはなるだろう。

「君たちの世界のことはよく知らないが、沢井英美クラスのタレントで、本当にそんな年収なのか」と、サイドボードの引き出しを上から開閉しながら、俺が言った。

窓の前に場所を移し、眼鏡を光らせて、由布子が背伸びをするように俺の手元をのぞき込んだ。

「税金でもっていかれるよりはいいんです。そのかわり英美さんの経費はぜんぶ会社払いでした。このマンションの家賃もです」

「クルマも会社のものだったよな」

「衣裳代も会社の経費で落としていました」

「それじゃ沢井英美は、ふだん何に金を使っていたんだ？」

「そんなこと、わたしは、知りません」

俺はサイドボードの引き出しを上から下まで、ぜんぶ掻き回してみたが、株券も預金通帳も不動産の権利書も、財産に関するものは一つも見つからなかった。それはサイドボードの他の場所も同じことで、念のために化粧台の引き出しも衣裳ダンスの小引き出しも調べてみたが、金に関するものはとにかく、呆《あき》れるほどなにも発見できなかった。

「やっぱり、会社で管理していたのかも知れないな」

「お金のことですか」

「不動産とか、証券とか、他にもあるかも知れない」

「調べられると思いますよ」

「いや……」

俺はもう一度部屋の中を見回してから、意見のありそうな由布子に会釈をおくり、揃ってその寝室を出た。居間のほうが暖房もきいているし、煙草を吸うための灰皿もある。

「コーヒーをもう一杯、もらえるか」と、煙草に火をつけてから、ソファの前に立ったまま、俺が言った。

由布子がうなずいて台所へ入っていき、俺のほうはくわえ煙草のまま灰皿を持って、電話の前まで歩いていった。

電話をかけた相手は警視庁の『都民相談室』で室長をやっている、吉島冴子だった。現役時代一時俺の上司だった女で、キャリア入庁だから三十でも階級は警視になっている。

「草平さん、電話してくると思っていたわ」と、低く喉の奥で笑うような声で、吉島冴子が言った。

「自重はしてるんだが、どうしても君の声が聞きたくてな」

「用意してあるわよ」

「なにを」

「決まってるわ、クリスマスのプレゼント」

思わず肺から空気が漏れそうになり、音が外に出てしまう手前で、どうにか俺は我慢した。忘れていたわけではないがそういえば今日は、クリスマスイブなのだ。

「電話してきたの、そのことではなかったの」

「もちろんそのことさ。昨日から忙しくて電話ができなかった。君、今夜つき合ってもらえるか」

「様子がおかしいわね」

「そんなことはないさ。ちょっと急な仕事を抱え込んで、じたばたしてるだけだ」

吉島冴子が電話の向こうで一瞬黙り込み、それから呆れたように、ふっと息をついた。

「分かったわ。それで、なにを調べてほしいわけ?」

「女を一人捜してる」

「一人だけなんて、草平さんにしては珍しいじゃない」

「その……」と、送話口を手で押さえて、一度咳払いをし、気合いを入れ直してから俺が言った。「沢井英美という女優、知っているか」

「アイドルでデビューして、最近映画やテレビのドラマに出ている、あの沢井英美?」

「あの沢井英美さ。彼女がここいく日かの間に成田《なりた》を使っているか、出入国管理局にチェックを入れてもらいたい。俺が自分で航空会社のカウンターを当たっていたら、君とクリスマスを祝う時間がなくなってしまう」

「お金に困ってるなら言えばよかったのに」

「金は大丈夫だ。この仕事でなんとかなる」

「わたし、あなたに芸能ネタまで扱ってほしくはないわ」

「そういうことじゃない。会ったときに話すが、芸能ネタに首をつっ込んだわけではないんだ。とにかくさっきのことを頼まれてくれ。二十日の夜十時からこれまでの時間、沢井英美が国外に出てるかどうか……本名は字が同じで、沢井英美《ひでみ》というらしい」

「正しい仕事でのことなら、協力しないこともないけどね」

「約束する。正しい仕事でなかったら、君には頼まない。それから……」

由布子が台所からコーヒーを運んできてソファに座り、俺は無意識に、背中を向けて送話口を手で囲い込んだ。

「それから、やはり二十日の夜十時以降、管内に沢井英美の特徴と一致する変死者が出ていないか、コンピュータにかけてくれないか」

「わたしへのクリスマスプレゼント、用意してあるの？」

「用意してあるさ。今週はそのことだけを考えていて、仕事が手につかなかった」

「本当かしらね」

「ぜったい本当だ。プレゼントはもうコートのポケットに入ってる。電話で見せられないのが残念なぐらいだ」

「それじゃ、そういうことにしてあげようかな」

「七時に銀座のナンバー10に来られるか」

「行けると思う。ねえ草平さん、もしプレゼントをコートのポケットから落としてしまっても、今夜は夕飯を奢《おご》ってくれるだけで構わないのよ」

電話を切り、由布子には背中を向けたまま、そこで俺は一つ、深呼吸をした。今日がクリスマスイブであることが頭のどこかに引っかかっていたことは本当だし、冴子へのプレゼントを考えていたことだって、やはり本当だ。そしてその二つが本当なら俺のポケットにまだプレゼントが入っていないことぐらいは、まあ、死刑になるほどの罪でもないだろう。

ソファへ戻って新しい煙草に火をつけた俺に、膝をのり出しながら由布子が肩ごと顎を突き出してきた。

「今の、英美さんの特徴に一致する変死者て、どういう意味ですか」

「聞いていたのか」

「自然に聞こえただけです」

「念のためさ」

「念のためでも、考え方に飛躍がありすぎます」

「捜査に口を出したいなら俺の助手になれ」

「わたしは柚木さんに協力するようにと、社長から言われただけです」

「それじゃ君が一晩、俺とベッドをつき合うように、久保田社長から言ってもらうとするか」

由布子がテーブルの上でコーヒーカップを鳴らし、肩を引いて、むっと黙り込んだ。

「今のは冗談だ」

「冗談ぐらい分かります。わたしが怒っているのは、柚木さんが英美さんを変死者にしたことです」

「念のためと言ったろう。可能性はすべてチェックする。頭のどこかに沢井英美が死んでいる可能性を引っかけたままでは、捜査なんかできない」

「英美さんは死んでいません」

「分かってる」

「分かってるんですか」

「部屋を見れば分かるさ。外から侵入された様子も、荒らされた様子もない。なくなっているのは沢井英美がふだん使っていたものだけで、そのくせ貴重品はしっかり押さえてある。彼女は自分の意志で姿を消したんだ」

「死んでいないと、確信できるんですね」

「生きてるほうが理屈は通る」

「わたし、やっぱり、会社で英美さんの財産を調べてみます」

「そのことなんだが……」

煙草をつぶし、コーヒーに口をつけてから、由布子の目の色を確認して俺が言った。

「君は久保田社長と、どういう関係なんだ？」

「意味が分かりませんけど」

「特別な関係なのか」

「特別って？」

「だから、男と女のさ」

テーブルの上の、由布子のコーヒーカップがまた音をたてたが、残念ながら今回は、音だけでは収まらなかった。白いコーヒーカップが俺の目の中で左から右へ、ぶーんと空を切ったのだ。一瞬俺は首をすくめ、しかし左の頰にたっぷりとコーヒーの雨がかかって、とにかく、俺は茫然《ぼうぜん》とした。

「人間には言っていいことと悪いことがあります」

「それは、そうだ」

「ひどすぎるじゃないですか」

「考え方の問題だな」

「どこでどういうふうに考えると、わたしと社長がそんな関係だと思えるんですか」

「まあ、念のためだ」

そのときにはもう、俺は一生懸命ハンカチを使っていたが、俺の努力と誠意は当然、相手に通じなかった。こういう奇麗な女でも頭のどこかがショートすると、ただの野獣になる。唯一の救いは今日、たまたま俺が黒いセーターを着ていたという、それだけだった。

「君が怒ってくれて、助かった」と、使ったハンカチをテーブルへ放り、慎重に息を吐きながら、俺が言った。「君がもし怒らなかったら、君自身が久保田との関係を認めたことになる」

「もし認めたとしたら、どうだっていうんですか」

「かんたんな理屈さ。これ以上君からの協力は期待できない」

「どうして……」

言いかけて由布子が手で口を押さえ、そして押さえたまま、肩を大きくそびやかした。

「柚木さん、社長を、疑ってるんですか」

「そういうわけではない。でも全面的に信じたい気分でもない。逆に誰か一人でも信じられる人間がいれば、仕事が楽になる」

「わたしのことは信じてもいいですよ」

「人の顔に平気でコーヒーをかける女をか」

「それぐらいのことでぐずぐず言ってたら、私立探偵なんかできませんよ。フィリップ・マーロウもリュウ・アーチャーも、そんなことで文句は言いません」

俺はこれまでに読んだ探偵小説のストーリーを、必死で思い出してみたが、フィリップ・マーロウとリュウ・アーチャーの顔にコーヒーをぶっかけた女は、なんとしても思い浮かばない。

由布子が不意に立ちあがって台所へ歩き、そこでなにやらごそごそやってから、水でしぼったタオルを持ってまた戻ってきた。

「セーター、大丈夫ですか」

コーヒーが最初にかかったのはセーターではなく、顔のはずで、俺の面《つら》の皮が厚いのは一目で分かるということか。

「こういうこともあるだろうと思って、ちゃんと黒いセーターを着ている」

「わたし、経理のおばさんに気にいられてるんです。英美さんのお金のことはそのおばさんに訊いてみます、もちろん社長には内緒で」

「久保田社長を裏切ることにならないか」

「わたしは柚木さんに全面協力です。財産を調べることが英美さんの発見につながるとしたら、少しも社長を裏切ることになりません」

あくまでも考え方の問題で、由布子の論理がそういうことで統一されるのだとしたら、俺としても異議はない。この子に見境《みさかい》もなくコーヒーカップをふり回す病気があったとしても、それもたぶん、我慢の範囲内だろう。
「脚本家志望の私立探偵助手候補には、沢井英美の財産と彼女の父親の住所を調べてもらう。だけどその前に一人だけ会いたい人間がいるんだ。極東テレビの清野というプロデューサーには、君から連絡をとってくれ」

3

沢井英美が失踪したことだけは間違いなさそうだし、誘拐や記憶喪失での行方不明でないことも、ある程度は間違いない。しかしそれではこれがなにかの事件かというと、そのへんは分からない。いなくなったのはたしかに女優の沢井英美、それだけで立派に事件だというなら、そういう価値観の人間もいるだろう。だが今の状況だけで判断するなら、沢井英美は沢井英美の事情でマンションから姿を消したのであって、そんな人間を無理やり捜すことで神様が俺を褒《ほ》めてくれるとも思えない。捜すのは要するに、久保田輝彦側の都合でしかないのだ。俺は警官ではないし、最初から気分がのっていたわけでもない。受け取った金を返せばこんな事件からは今すぐにでも手は引ける。常識的にはそのとおりなのだが、そうは思ってもやはりどこかに、なにかが引っかかる。仕事も順調で人気も落ちめだったとは思えない女優が、こうまで突然、なにが原因で姿を隠さなくてはならないのか。そこに犯罪の臭気《におい》を感じてしまうのは、たんに俺がその世界に長く身を置きすぎたから、というだけの理由なのだろうか。

若宮由布子をスイング・ジャパンの事務所へ帰し、俺が一人で向かったのは清野忠之がテレビドラマの制作に立ち会っているという、渋谷《しぶや》の貸しスタジオだった。


テレビ制作に関する予備知識はなにもなかったが、行ってみると、渋谷の貸しスタジオは独立したビルになっていて、ビル自体が映画の撮影所のような役割をしているらしかった。俺も昔一度だけ、撮影所というのを見学したことはあった。しかしそのビルにはあのころの生臭い活気や殺気立ったエネルギーはなく、政府の外郭団体が仕方なくファミリーレストランを経営しているという、それぐらいの印象だった。これで面白いテレビドラマを見せろといっても、要求するほうが無理だろう。

教えられていたとおり、スタジオに着いてからロビーの電話で第二リハーサル室を呼び出すと、清野忠之がすぐやって来て、俺をビルの外にあるだだっ広い喫茶店へ連れていった。人目を憚る用件で訪ねていったことは、相手にも分かっている。俺としても沢井英美の失踪を隠さずに話せる人間は、今のところ清野忠之一人だけだった。清野の歳は俺と同じぐらいで、背は俺よりも高く、ジーンズに手編みらしいグレーのセーターというくだけた恰好だった。特徴のある顔ではなかったが、右の目尻に米つぶほどの小さい黒子《ほくろ》があった。この程度の男が沢井英美と関係をもてるなら、十年前アルバムを買ったついでに、俺も立候補するべきだった。

「最初に断っておきますが、わたしはスイング・ジャパンの久保田さんから頼まれて沢井英美を捜しているだけです。この件を外部に漏らしたり、週刊誌に持ち込んだりはしません」

俺の顔を二、三秒黙って見つめてから、視線を外し、清野忠之が口を結んだまま、憮然《ぶぜん》とした顔でテーブルのコップに腕を伸ばした。

「もちろんこれは、警察の尋問とはちがいます」と、注文したコーヒーに、うんざりしながら口をつけて、俺が言った。「ただこのまま沢井英美が姿を現さず、本物の失踪事件として警察が介入してくれば、あなたも参考人として事情を聴取される。マスコミにもあなたと沢井英美の関係は知られるでしょう」

「なんとなく、脅迫されてるみたいだな」

「わたしは沢井英美のファンとして、一日でも早く自分を安心させてやりたいだけですよ」

こんな家出事件で警察が動くはずもないが、裏の仕組みを素人《しろうと》が知るはずはないし、それに沢井英美の失踪が長引けばマスコミだって、本当に騒ぎ出す。

「しかし、久保田さんにもお話ししたが……」と、口を歪めて、セーターの下から煙草を取り出しながら、清野忠之が言った。「彼女がいなくなった件については、わたしはなにも知らないんでね。彼女に最後に会ったのはもう一ヵ月も前のことだ」

「つまり、一ヵ月前に、お二人は別れたということですか」

取り出した煙草を口の横に挟み、時間をかけて火をつけてから、清野忠之が長い脚をテーブルの下に投げ出した。

「あなたを信用して申しあげるが、わたしと沢井英美は久保田さんが考えてるような、そういう仲ではないんですよ」

「男と女の関係では、なかった？」

「まるでなかったとは、まあ、言いませんがね。三年ほど前に二、三度そういうことはありました。しかしそのあとは正直なところ、ただの友達というやつです」

「あなたたちの世界は、どうも、わたしには分かりにくい」

俺も煙草を取り出して火をつけ、清野の頭の上にその煙を、長く吹いてやった。

「三年前にそういう事実があって、しかもそれ以降は男と女の関係ではなく、ただの友達としてつき合っていた……まるでニール・サイモンの戯曲のようだ」

清野忠之が煙草を挟んだままの口で、にやっと笑い、テーブルの下でまた長く脚を滑らせた。

「狭い世界ですからね、仕事をしてれば必ずどこかで顔を合わせる。別れたあと一々気まずい関係になってたら、この世界で生きてはいけませんよ」

なんとも羨《うらや》ましいかぎりで、別居中の女房とのことを考えるまでもなく、もしかしたら俺は住む世界を間違えたのかも知れない。

「一ヵ月前に彼女と会ったとき、変わった様子はありませんでしたか」

「あのときは局アナの女の子と、スイング・ジャパンの若宮くんも一緒だった。四人で食事をしてから神楽坂《かぐらざか》へ飲みに行っただけですよ」

「どんなことを話しました？　おもに、沢井英美は」

「正月休みのことや来年の仕事のことや、最近観た映画のことなんかでしたかね。飲むときのふつうの話題です」

「正月休みはどうすると？」

「どうだったかなあ。今年は一週間休めそうだとか、そんなことだったと思いますよ。彼女、最近の休みはずっとハワイだった。もしかしたら今ごろ、もう一人でハワイにでも行ってるんじゃないですか」

実際にそんなことであってくれれば俺も助かるが、沢井英美が休暇を取るためだけにここまで人騒がせな真似をするとは、やはり思えない。しかしそれも出入国カードをチェックしてみれば分かることだ。

煙草を灰皿でつぶし、また飲みたくもないコーヒーに口をつけて、俺が言った。

「友人としてでもいいし、元愛人としてでもいいんですが、沢井英美についてはどう思われます？　明るい性格か暗い性格か、思いつめるタイプかこだわらないタイプか」

「一口で言えといわれても、ねえ」

コップの水を呷って乱暴に灰皿を使い、清野忠之がゆっくりとソファに座り直した。

「幸せな家庭じゃなかったらしくて、だから明るいってことはなかったなあ。頭のいい女で我《わが》儘《まま》は言わなかった。仕事もやりやすかったですよ」

「幸せではなかった家庭とは、具体的には？」

「本人は喋らなかったけど、久保田さんの話では母親が早く死んだとか、父親がどうしようもない男だったとか、そんなことだったたですかね」

「沢井英美本人はそのことについて、喋らなかったんですね」

「一言も言わなかった。この世界は難しい事情の人間が多いから、こっちも訊かない習慣になってます」

「それにしても一度はそういう関係になったあなたに対して、悩みとか愚痴《ぐち》とか、なにかは話したでしょう?」

「それが、どうもねえ。いや、隠してるわけじゃなくて、本当に思い出そうとしてるんだが、彼女と会ったときの話題はほとんど仕事のことだけだった」

「不自然だとは思いませんでしたか」

「まあ、その、そういうことも多いわけですよ、この世界には」

ますます羨ましいかぎりで、ますます俺自身、住む世界を間違えたような気がする。しかしだからといって沢井英美とそういう関係にまでなった男にしては、清野の話はあまりにも軽すぎる。

「彼女とプロダクションの関係については、なにかご存じですか」と、煙草とコーヒーを我慢しながら、俺が言った。「待遇や仕事のやり方について、彼女が不満をもっていたようなことは?」

「待遇や仕事に不満をもっていないタレントがいたら、こっちが教えてもらいたいぐらいだ」

「彼女は歌手でデビューして、途中から女優に転身した。あれは沢井英美自身の意志だったたんですか」

「必然的な流れでしょう。歌手のほうがスケジュールもきついし、地方まわりも多い。それに芸能人としての寿命も歌手では限度がある。演歌以外ではなかなか最後まで生き残れない。沢井英美の場合は、成功の部類だったでしょうね」

「女優としての将来性は、専門家からみて、いかがでした？」

「今だっていいところまでいってますよ。一皮剝《む》ければとんでもない大女優になる可能性はあった。ただ可能性があってその一皮が剝けない女優というのも、かなりの数はいるわけです」

「沢井英美の場合は、剝ける可能性が、あった？」

清野忠之がなにか低く唸《うな》り、腕を組んで、俺の頭の上の空間に黒子のある視線をじっと据えつけた。

「誰かそういうことの分かる人間がいれば、この仕事も楽なんですがねえ。演出家にもプロデューサーにもタレント本人にも、それだけは、誰にも分からないんだ」

なにか人生に結論があるとすれば、結局はそういうことなのだろう。沢井英美が今の人気を維持できるか、一皮剝けて大女優になるか、あるいは逆に落ちめのタレントとして芸能界の隅で生きつづけるか、そんなことは、誰にも分からないのだ。同じ理屈は俺みたいな人間の、俺みたいな人生にだって当てはまる。ただ俺の場合は南米にでもいる知らない親戚が遺産を残してくれるとか、買った宝籤《たからくじ》が十回つづけて一等に当たるとか、そんな馬鹿ばかしい奇跡でも起きないかぎり野垂れ死にすることは、目に見えている。

それから五分ほど、たいして面白くもない芸能界の噂話を聞いて、俺は清野忠之を喫茶店から送り出した。清野の喋り方には最後まで納得できない軽さがあったが、そんなことを言えば最初から俺にはこの芸能界というやつが、丸ごと納得できないのだ。

*

吉島冴子と待ち合わせをした七時には、まだ二時間近くあった。俺は喫茶店を出て宇田川町《うだがわちょう》通りをぶらぶらと駅のほうへおりていった。電話ではつい嘘を言ってしまったが、現実にプレゼントをポケットから落としてしまったという言い訳を、まさか相手を目の前にしてするわけにもいくまい。

もう暗くなり始めた渋谷の街は、そうでなくても明るいネオンにクリスマスイブというなんだか訳の分からない子供じみた華やかさを、無神経に重ね合わせていた。俺だって女房や子供と暮らしていたころは二人へのプレゼントを用意したが、それをイブの日に手渡したのは、たったの二度だった。犯罪者に明日はクリスマスだから事件を起こすなと言っても、残念ながら、誰も聞いてはくれない。

しかし西武百貨店の中を一時間ほど歩きまわって俺がやったことは、結局『トトロ』の縫いぐるみを娘のところへ配送させる手続きだけだった。冴子へのプレゼントは最後まで思い浮かばず、俺は薔薇《ばら》を買っただけでデパートの前からタクシーに乗り込んだ。形として残るものが俺からのクリスマスプレゼントだったら、それは冴子にとっても、あまり具合のいいことではないだろう。

俺が七時ちょうどにナンバー10へ顔を出すと、カウンターだけのバーにまだ客はなく、葉子とバーテンが二人だけで暇そうに棚のグラスを磨いていた。店が本格的に商売を始めるのは十時以降だから、もちろんそれを承知でこの時間に待ち合わせをしたのだ。

「やっぱりね、柚木さんがわたしに花束なんか、くれるはずないものね」

俺のとなりに座り、バーテンが用意したボトルでウィスキーの水割りをつくりながら、眉《まゆ》を歪めて、葉子が笑った。

「柚木さん、どうしてわたしのことを口説《くど》かないのかなあ」

「眩《まぶ》しすぎてな。君みたいないい女とつき合ったら、心配で夜が眠れなくなる」

「夜なんか寝ないでしょう？　どうせ一晩中飲み歩いて、女子大生かなんかをなんぱしてるくせに」

この星野《ほしの》葉子も若宮由布子と同じ二十八、男に馴れた喋り方にも男に馴れた躰の匂いにも、由布子とは異質の生臭さがあった。どちらを好ましく思うかは、趣味の問題だろう。刑事だったころヤクザとのいざこざを片づけてやったことがあって、それ以来葉子の勤めている店に俺もたまには顔を出すようになっていた。銀座のこの場所に自分の店を出したのは三年前、俺はパトロンに会ったこともないし、名前を聞いたこともなかった。

「君が昨日俺のところによこした男……」と、できあがった水割りに口をつけ、棚に並んだ酒の瓶を眺めながら、俺が言った。「あのプロダクションの社長、君とは難しい関係なのか」

「へーえ」と、きれいに揃えた眉をあげ、目の端に皮肉っぽい笑いを浮かべながら、葉子が横から俺の顔をのぞき込んだ。「わたしと久保田さん、そんな関係に見える？」

「金を持ってる男はみんな特殊な関係に見えるさ」

「馬鹿みたい。柚木さんが思ってるほど、わたし、自分を安くは売らないわよ」

「そういう意味では、ないんだ」

「他の女には優しいくせに、わたしにだけはつらく当たるのよねえ」

「俺は君に、清く正しい日本の母になってもらいたいだけさ」

ふーんと、独特な鼻にかかる声で唸ってから、目の前の灰皿に、葉子がこつんと長い爪を打ちつけた。

「昔ね、わたしがアイドルやろうとしてたとき、久保田さんにはちょっとだけ世話になったの」

「今ではなくて昔なら、君が奴にどういう世話になったって構わない。それもたくさんではなく、ちょっとだけならな」

「柚木さん、ばかに今夜、皮肉がきついじゃない？」

「クリスマスイブだもんな。平和なクリスマスを家庭で過ごせない中年男は、みんな皮肉がきつくなる……それは冗談だけど、要するに、君がなぜあいつを俺のところへよこしたのか、理由が分からないんだ」

「本当に分からない?」

「分からないな」

「そうよねえ。それが分かるぐらいなら、とっくにわたしを口説いてるものねえ」

葉子がその声をまた鼻に引っかけ、一人で楽しんでいるような顔で、ちらっと俺に流し目を送った。

「あれはわたしからのクリスマスプレゼント」

「クリスマスプレゼント?」

「柚木さん、この前来たとき、お財布の中が快適じゃなかったでしょう?」

「財布自体は快適なんだが、金のほうが、居心地悪がる」

「だから久保田さんのお金に場所を変えてもらえばいいのよ。ちょっとだけ、柚木さんのお財布の中にね」

俺は思わず、頭の中でなーんだと納得してしまったが、しかし葉子にまで財布の中味を心配されるとは、我ながら情けない人生だ。

「本当にそれだけなんだな」

「本当にそれだけよ」

葉子の台詞を信じたわけではなく、信じたいわけでもなく、その議論の中を這《は》いまわるだけの情熱もない。葉子がそれだけと言うなら、こっちもそれだけにしておいてやることが、大人の分別というやつだ。

バーテンに別のグラスをもらい、葉子のための水割りをつくってから、煙草に火をつけて、俺が言った。

「それで、昔世話になったちょっとというのは、どういうちょっとなんだ？」

「柚木さん、焼き餅やいてくれるのかなあ」

「君の周りをうろつく男には、みんな公平に焼き餅をやく」

「まあね、どっちでもいいけど、わたしが十六で家《うち》をとび出したことは知ってたわよね」

「実家は群馬だったよな」

「六本木とか原宿とかでぶらぶらしてて、どうせ恰好よく遊ぶんならアイドルやろうと思ったのよ。そのころ久保田さんと知り合ったの。プロダクションを紹介してくれたり、歌のレッスンを受けさせてくれたりした」

「久保田は、そのころはなにを？」

「ブーミングっていう大手のプロダクションに勤めていたわ。わたしもそのプロダクションに入れてくれようとしたけど、社内的にうまくないことがあったみたい」

「久保田が独立して沢井英美を売り出すよりは、いくらか前のことか」

「あのときわたしと沢井英美が入れかわってたら、今ごろわたしのほうがスターだったわよ」

「久保田と沢井英美は、どこで知り合ったんだろう」

「それは知らないの。わたしもお金がほしくて水商売を始めちゃったし、久保田さんにまた会ったのは、もう沢井英美を売り出したあとだった。わたしが勤めていた店に偶然やってきてね、劇的な再会ってわけ」

その劇的な再会のあと、また劇的な別れやまたまたの劇的な再会が、どうせくり返されたのだ。男と女の関係について、俺も偉そうなことを言えた柄《がら》ではない。

「ねえ……」と、俺がつくってやった水割りをなめ、目に屈託のない好奇心を光らせて、葉子が言った。「例の仕事、いくらで引き受けたの」

「一週間で百万」

「たった百万？」

「俺の商売は君の暴力バーとちがって、誠意と信用が売りものだ」

「それにしても百万じゃ、うちのつけだって払えないじゃない」

「そっちのほうもなんとか、誠意で解決するさ」

そのときドアが静かに開いて、明るいブルーのハーフコートを羽織った冴子が、ステージに登場するような鮮やかさで店に入ってきた。いくら法律で職業選択の自由が認められているといっても、こういう女がキャリアで警察官になることは人殺しよりずっと、重大な犯罪のような気がする。

葉子がうんざりしたような視線を引きずってカウンターへ入っていき、その空いた丸椅子にコートを脱いだ冴子が、目だけで笑いながら腰をおろした。

「待たせてしまった？」と、柑橘系《かんきつけい》のかすかな匂いを俺の鼻に流して、吉島冴子が言った。

「君が来てくれるなら俺は、老衰で死ぬまで待っている」

冴子が呆れた形に口を歪め、そのままバーテンに顔を向けて、軽く顎をうなずかせた。まずドライマティーニを飲むことは冴子が一度でも顔を出した店のバーテンは、自分の誕生日よりも正確に覚えている。

「これ、クリスマスプレゼントよ」

冴子が足元の紙袋から取り出したのはあまり厚みのない、ノートぐらいの大きさの黒い紙包みだった。喜んでいいのか照れていいのか、その紙包みにはしっかりと銀色のリボンがかかっていた。

「開けてみる？」

「いや。楽しみはあとにとっておく」

「柚木さん、わたしに遠慮しなくていいのになあ」と、カウンターの向こうから意味ありげに首を伸ばして、葉子が言った。

葉子の横槍《よこやり》には答えず、包みを受け取って丸椅子に置き、俺は同じ椅子に置いてあった薔薇の花束を冴子のほうに持ちあげた。

「結局、俺、これしか思いつかなかった」

「あら」と、目を見開いて、口を尖らせながら、冴子が頰の片側に硬い笑いをつくった。「大変だったんじゃない？」

「それほどでもないさ」

「無理しなくてもよかったのに」

「みんなに心配されるほど、俺の財布も寂しいわけじゃない」

「そういう意味ではないの、草平さんも苦労してるなって。だって草平さん、その花束、昼間からずっとコートのポケットに入れてたんでしょう?」

ここで一言うまい反論が決まれば、本当は俺の立場だって、いくらかは有利になる。冴子を相手にすると戦闘意欲が鈍ってしまうのは、残念ながらいつものことだった。それは冴子に対して元上司という劣等感があるからではなく、男と女の間にある、なにか普遍的な力の差なのだろう。

「例の、その、昼間電話で頼んだこと……」と、水割りのグラスを空け、そのグラスを葉子の前に滑らせて、俺が言った。「答えを聞かなくても、見当はつくけどな」

ドライマティーニができあがり、一口すすってから、軽くうなずいて、冴子が言った。

「二十日の夜十時から今日の夕方まで、沢井英美は成田を利用していないわね。管内の変死者リストにも該当者は見当たらない。必要なら大阪や福岡の入管を調べてあげてもいいけど」

「必要はないさ。沢井英美が関釜《かんぷ》フェリーで韓国に渡ることもないだろうしな」

「でもやっぱり、信じられないな」と、マティーニのグラスにこつこつと歯を打ちつけながら、横目を使って、冴子が言った。「草平さん、そんな芸能ネタみたいな仕事、どこで仕入れてきたの?」

「そっちの葉子ちゃんがまわしてきたのさ。俺を働かせて店のつけを払わせたいらしい」

冴子が納得したようにうなずき、葉子も首を伸ばして、にんまりとうなずき返した。

「沢井英美も女なのよねえ。どこかにふらっと姿を消したくなるようなこと、あったんでしょうね」

「ふらっと姿を消しただけなら、ふらっと姿を現す可能性は、あるが……」

「草平さんはないと思うの?」

「用意周到のような気がする」

「もしそうなら、捜されることは沢井英美にとって、迷惑なんじゃない?」

「それならそれで、そのときに考えるさ。とにかく一週間だけ、俺は沢井英美を捜してみる」

「草平さん」

「うん?」

「あなた、なにか変わったカクテルでも飲んだ?」

「どうして」

「焦げくさいの。なんとなく、躰全体からコーヒーの匂いがする」

沢井英美の事件とコーヒーの匂いが、どこでどうつながるのか。本能か、論理的帰結か、冴子の中では根拠のある因果律で、それはきっちりとつながってしまうのだろう。

「朝からコーヒーを飲みすぎたせいだ。コーヒーも飲みすぎると、汗の中に匂いが染み出すのかも知れない」

そんなことがあるはずもないが、条件反射で、つい俺は言い訳をした。若宮由布子にコーヒーをかけられたと説明すれば、冴子はそれはどういう女かと訊いてくる。由布子が俺の顔にコーヒーをかけた状況も訊いてくるだろう。答えているうちに結局は俺が女好きであり、地球上のすべての悪は俺の女好きが原因だということになって、果てしなく俺は自分の人格を非難されつづける。冴子の糾弾《きゅうだん》をいつも理不尽な論理だと思いながら、しかし困ったことに、俺のほうはいつだってその論理に頭があがらない。

水割りを飲み干し、思わずため息をついて、俺が言った。

「どっちみち暮は暇だ。飲み屋のつけは払わなくてはならないし、正月には娘をスキーに連れていかなくてはならない。仕事があるだけ、自分でも幸せだと思っているさ」

それから俺たちはドライマティーニと水割りをもう一杯ずつ注文し、葉子を相手に三十分ばかりクリスマスの悪口を言って、ナンバー10を出た。店を出てから行ったのは、東京タワーのイルミネーションが見える勝鬨橋《かちどきばし》近くのレストランだった。そこで恥ずかしながら、クリスマスイブのディナーとかをやり、俺たちは早めに四谷のマンションへ引きあげた。冴子からのクリスマスプレゼントはエルメスの高そうなマフラー、俺が買った薔薇は、結局俺の部屋のガラス瓶に放り込まれることになった。法務省の役人で、大阪の地方検察庁に出向している冴子の亭主も、二十九日には東京へ戻ってくるという。そのとき自分の家に赤い薔薇なんか飾ってあったら、余計なことを考えてしまう可能性も、まあ、なくはない。男と女の問題に関してだけはまったく、他人《ひと》のことは言えないものだ。

4

クリスマスだというのに、雨がふっている。雪になってくれとまでは言わないけれど、歩きまわることが分かっている日に雨がふるというのも、心がけが悪い証拠だろう。刑事だったころは雨でも台風でも雷でも、張り込みや尾行を苦痛に思うことはなかった。刑事を辞めて三年たった今、俺の価値観はかぎりなく怠惰《たいだ》な方向へ流れ始めている。無為であることを快く感じ、なまけ者であることを生活の中で正当化させようと企《たくら》んでいる。なんのことはない、もともと俺の体質が半端だっただけのことで、これまでの三十八年間は社会や女房や子供に、必要もない見栄《みえ》を張っていたのだろう。

冴子が出ていったあとの部屋で俺はぼんやりとコーヒーを飲み、若宮由布子に電話をしてから、昨日と同じコートを引っかけて外に出た。首のまわりが昨日より暖かかったのは、そこに冴子から贈られたマフラーが巻きついていたから、しかし気分がそわそわしているのは夕方に新宿で、由布子と待ち合わせをしていることが理由だった。

＊

俺が雨の中を出かけたのは、京王線《けいおうせん》の八幡山《はちまんやま》にある大宅《おおや》文庫だった。正午《ひる》にはまだ時間があり、俺は二階の窓際に席を陣取ってここ十年ぶんの女性週刊誌と芸能月刊誌を、閉館近くまで読み漁《あさ》った。十年ぶんといっても月刊誌は一誌でも百二十冊、週刊誌にいたっては四倍の四百八十冊もある。ふつうなら金をもらっても読まないが、現実に久保田から金をもらってみると女性誌ぐらいは読まなくては済まなくなる。いくら思想的に怠惰の美学を構築してやろうと努力してみても、現実というのは所詮《しょせん》こんなものだ。

地道な努力がむくわれないことに、ふだんから驚きはしない。ただ夕方までねばって、沢井英美に関する情報のあまりの少なさに、俺も正直なところ、呆れるほど驚いた。同じアイドル出身の朝岡里子の情報なら小学校や中学校の成績から男関係まで、三十年間の軌跡は雑誌の中に消化不良を起こすほど詰め込まれている。

しかしそれが沢井英美の場合、生い立ちと私生活の部分が、どの雑誌からも感心するほどすっ飛ばされているのだ。もちろん食べ物はなにが好みで、洋服はどんなブランドを愛用しているかとか、映画やレコードの話題は十年ぶんそれなりに満載はされている。男とのゴシップも十年間で二つ拾い出したが、二つとも洋服の上から手袋をはめて躰に触った程度の、まるで実感のないものだった。これだけ雑誌に登場し、テレビや映画で沢井英美を知らない人間はいないはずなのに、それでは沢井英美がどこの誰でなにを考えていたのかということになると、俺も含めて、日本では誰一人知らないのだ。スターと一般人の距離がもともとそういうものなのか、それともこれは沢井英美という女優にかぎった、特殊な例なのか。特殊な例であるからこそ今回の沢井英美失踪事件が、起こった気はするのだが。

長いトンネルに迷い込んだような気分で資料漁りを終了し、閉館前に俺は大宅文庫を出た。まだ雨はふっていたが傘を差すほどではなく、俺は冷たい雨で頭を冷やしながらゆっくりと駅まで歩いていった。当時俺が好きだった沢井英美の歌のフレーズが、ふと頭に甦《よみがえ》った。

『仕方ないことをいくら真剣に考えても、やっぱりそれは仕方ないことなのよ……』

*

新宿には待ち合わせの六時よりもいくらか早く着いて、俺は駅ビルの中にある本屋で時間をつぶし、ついでに本屋のとなりにあった玩具屋でまた『トトロ』の縫いぐるみを買ってしまった。大きさは昨日デパートから娘のところへ送らせたものの半分ほど、その眠そうな顔の呑気《のんき》な縫いぐるみを、なんとなく三軒茶屋にあるという若宮由布子のマンションに飾らせてみたかったのだ。

俺が喫茶店に入っていくと、一番奥の席にはもう若宮由布子が座っていて、眼鏡をかけた生まじめな顔で厚い文庫本に見入っていた。その怒ったような表情は昨日と同じ硬質さだったが、服装は茶色いブラウスに肩パッド入りの白いテーラードジャケットで、なにか勘違いでもしたのか、化粧をして足にはベージュ色のハイヒールを履《は》いていた。

「今夜、パーティーにでも行くのか」と、ソファの上に荷物を置きながら、由布子の向かいの席に座って、俺が言った。「あまり大人っぽくて、人違いをしたかと思った」

「二十八ですから大人っぽいのは当たり前です」

相変わらず紋切り型の口調だったが、目に怒りはなく、由布子は読んでいた文庫本をハンドバッグにしまって強く顎をうなずかせた。

「とりあえずこれ、英美さんのお父さんの住所です」

本をしまったハンドバッグから由布子が取り出したのは、ペンギンのイラストがプリントされたピンク色のメモ用紙だった。わたされたメモには甲府市の所番地、〈沢井修造《しゅうぞう》〉という名前と〈亀屋《かめや》〉という屋号と、あとは市外局番を含めた電話番号が書かれていた。この亀屋が沢井修造が甲府でやっている、食堂だか料理屋だかの名前なのだろう。

俺はメモをズボンのポケットにしまい、やって来たウエイターに馬鹿の一つ覚えのコーヒーを注文してから、改めて由布子の気合いを眺め直した。化粧はしているが顔立ちの幼さは誤魔化しきれず、そのせいかブラウスと色白の顔とのコントラストが、心配になるほどの色気を漂わせている。

「君、昨夜も沢井英美のマンションに泊まったのか」と、コップの水で口を湿らせ、頭に一つ深呼吸をさせてから、俺が言った。

「英美さんが見つかるまでは、社長にそうするように言われてます」

「自分のマンションに戻ったほうがいい。久保田社長には俺から言っておく。着がえの服もなくなったようだ」

「これは、わたしだってこういう服を着ることはあります。昨夜のデートに着ようと思っていたら、キャンセルされたんです」

「君とのクリスマスイブをキャンセルするような馬鹿は、碌《ろく》な死に方はしないさ」

俺が由布子のデート相手に向きになっても仕方ないが、こういうことにうっかり向きになってしまう病気は、歳を取ったぐらいでは治らない。

コーヒーが来て、口をつけてから、背筋を伸ばして目を見開いている由布子に、俺が言った。

「沢井英美の財産や金の関係は、分かったのか」

「経理のおばさんに訊いてみました。会社はタッチしていないそうです。月々お給料として英美さんの銀行口座にお金を振り込むだけ。以前は会社の会計士が個人的に英美さんのお金も管理していたらしいですけど、いつの間にか英美さんが会計士をかえてしまったということです」

「沢井英美が自分の金をどう使っていたのか、会社では分からないということか」

「へんでしょう。わたしもへんだとは思いますけど、でも本当にそういうことらしいです」

「彼女の出身は山梨だったよな」

「それはわたしも英美さんから聞いたことがあります」

「中学や高校はどこを出たとか、どんな幼馴染《おさななじ》みがいて今なにをしているとか、それから親戚はどこに住んでいるとか、なにか聞かなかったか」

「聞いていません。そういうことは喋らない人でした。喋りたくない事情があるんだろうと思ったから、無理には訊きませんでした」

「そういう性格だからか」

「はい？」

「いや、その『喋りたくない事情』ってやつが、どうも今度の失踪につながってる気がする」

俺はまたコーヒーに口をつけ、我慢していた煙草にも火をつけて、煙を由布子の顔に届かない方向へ、ふっと吐き出した。

「君、これから、どこへ？」

「これからって？」

「今日これからさ」

「特別どこへも行きませんよ」

「そんなにお洒落《しゃれ》をして、まさか俺にだけ会いに来たわけでもないだろう」

「わたしは……」

身をのり出しかけ、肩の動きを途中で止めて、由布子がすとんとソファに沈み込んだ。

「わたしはべつに、特別なお洒落をして来たわけではありません」

「特別お洒落をしなくてそれだけ美人なら、人生が楽しくて仕方ないだろう」

「昨日のかたき討ちですか」

「昨日の、なに？」

「昨日わたしがコーヒーをかけたから、仕返しのつもりでしょう？」

由布子が尻を動かして紙袋を引き寄せ、その紙袋をテーブルの上からぽいと、俺の膝へ投げてよこした。

「セーター、一応買ってきましたよ。だけど昨日は柚木さんが悪かったんです」

「昨日はセーターを脱ぐまで、ずっと反省していた」

「でもわたしが汚したことに変わりはありません。また女の人にコーヒーをかけられないように、これからは気をつけてください」

「君なあ、その喋り方、なんとかならないのか」

「生まれつきこういう喋り方なんです」

「男にクリスマスプレゼントをわたすときは、義理にでもにっこり笑うもんだ」

「そんなつもりで……」

「そんなつもりはなくても、そんなつもりだと言うほうが可愛げがある」

俺は煙草を灰皿でつぶし、自分でも横に置いてあった紙袋を取りあげて、それをま上から由布子の膝に放ってやった。

「なんですか」

「プレゼントさ」

「わたしに?」

「娘へのプレゼントを買ったついでに、思いついた」

「柚木さんにお嬢さんが?」

「いたら罪になるか」

「いえ。ただ似合わないなと、思っただけです」

「大きなお世話だ」

俺はまた煙草に火をつけ、深呼吸をしてから、受け取った紙袋を掌の汗と一緒に膝の上で抱え直した。

「話は変わるけど、君とのデートをキャンセルした馬鹿のかわりに、夕飯をつき合ってもらえないか」

「非常識ですね」

「やっぱり、非常識か」

「そんなことは常識で考えてください」

「それほど大袈裟《おおげさ》な問題では、ないと思うが」

「夕方女の子と待ち合わせをしたら、相手は食事までつき合うつもりで来るものです。都合が悪ければ最初からそう言います。夕方の待ち合わせというのはそういうものです」

煙草とライターをコートのポケットにつっ込み、セーターが入っているという紙袋と伝票を取りあげて、俺は由布子の怒った顔に感動しながら、ゆっくりと腰をあげた。

しかしそれにしても、この若宮由布子とのデートをキャンセルした馬鹿というのは、いったいどんな顔をした奴なのだろう。

それから俺たちが行ったのは三丁目にあるたいして高級でも豪華でもない、ふつうの料理屋だった。東京タワーの夜景が眺められるウォーターフロントもロマンチックだろうが、由布子と二人でロマンチックになる覚悟はいくら俺でも、まだできていなかった。由布子も「気楽にお腹《なか》一杯食べることが好きな性格だ」と宣言してくれたし、俺にしてもこれで今夜の仕事が終わりというわけではない。身についた習性に未練はなくても、一度仕事に入ってしまうとその仕事に対して、訳もなく俺は律儀になる。

料理屋で二人とも腹一杯食ったあと、行きつけのバーで馴染みのバーテンに『若宮由布子スペシャル』という恐ろしいカクテルをつくらせ、一杯飲んだだけで、俺は一人でバーを出た。途中で店に傘を忘れたことを思い出したが、そのころにはもう雨はふっていなかった。

*

由布子に教えられた久保田輝彦の家は中央線の高円寺《こうえんじ》駅から歩いて十分ぐらいの、環七より外側の中野区にあった。東京という町は盛り場でも住宅街でも、十一時なんて時間では誰も眠らない。それでも他人の家を訪ねるのに適当な時間ではなかったし、もし訪ねるにしても電話を入れてから行くのが常識だ。だからもちろん、俺は久保田の家に電話は入れなかった。

住居表示を頼りに捜し出した家は、屋敷を大谷石《おおやいし》の塀で取り囲んだ、かなり広い和洋折衷《わようせっちゅう》の二階家だった。借家でなければこの屋敷だけでも相当な財産だろう。葉子に言われるまでもなく、一週間で百万の報酬は安すぎたかも知れないが、今更値あげを要求するほど俺のプライドも、低くはない。俺みたいな人間がプライドをもつことに意味があるのかという、人生の基本的な命題は、さて置くとしての話だが。


俺をやたら装飾家具の多い応接間に案内したのは、五十ぐらいの家政婦らしい女だった。久保田も十分ほど遅れてやって来たが、部屋に入ってきたときにはもう、黒ずんだ顔に戸惑いの表情が張りついていた。

「お待たせしましたな。少し前に帰ってきて、風呂へ入っておったんですわ」

向かいのソファに座り、煙草に火をつけて、煙を吐き出しながら久保田が脚に貧乏揺すりをさせた。

「いや、それにしても、この家がよく分かりましたなあ。会社に電話をいただければ外でお目にかかりましたがね」

「人を捜すのが商売で、他人《ひと》の家を捜すのが趣味なんですよ」

家の一軒ぐらい電話帳だけでも捜し出せるが、そういう理屈を教えないことが素人に対しては、圧力になる。それに久保田のこの戸惑いの表情が、由布子から俺が来ることの連絡を受けていない、なによりの証拠だった。

「で、こんな時間にお見えになったのは、沢井英美のことで何か分かったということですかな」

「分かったことは一つだけです」

「ほほう?」

「何も分からないということが、分かりました」

久保田が言葉を呑み込んだとき、部屋に家政婦が水割りのセットを持ってきて、その間だけ俺も久保田も腹の探り合いを休戦した。家政婦と同時に女の子が一人、無表情にドア口に姿を現したが、俺にぺこりと頭を下げただけでまた別の部屋へ消えていった。背丈はじゅうぶん大人で歳は俺の娘より二つか三つ上、という程度。塾にでも行っていたのか、肩にはデイパックのような学生鞄《かばん》を背負っていた。年齢からして久保田の娘らしく、しかし顔立ちは誰に似たのか、大人の俺でさえ呆れるほど整っていた。

「久保田さんには、奥さんが?」と、家政婦がいなくなってから、受けとった水割りのグラスに一口だけ口をつけて、俺が訊いた。

「五年ほど前に死んだんですわ。交通事故でした……それで、沢井英美のことなんですがね、さっきおっしゃったのは、どういうことなんでしょうかな」

「沢井英美を捜そうにも、手がかりが少なすぎるということです」

「それを言いにわざわざ?」

「これも商売です。一種のサービスだと思ってください」

「沢井英美さえ捜してもらえれば、他にサービスは要りませんよ」

「手間と時間はかかるもんです。特に世間に知られずに事を収めようとすれば」

久保田の苛立《いらだ》ちを聞き流し、わざと部屋の中を見回してから、ガウンのはだけた久保田の喉仏に視線を戻して、俺が言った。

「仕事を引き受けるときに、聞くのを忘れていたことがあります。そのことの確認にお邪魔をした」

久保田輝彦が貧乏揺すりの脚を止め、グラスの縁《ふち》から一瞬、ちらっと俺の顔を盗み見た。

「久保田さんは、沢井英美とは彼女がデビューする前からの知り合いだとおっしゃった。具体的には、どういう?」

「そんなことが今度のことに、関係あるんでしょうかな」

「関係のあるなしはわたしが考えます。お話し願えませんか」

「いや、その、特別に難しいことではないんですが」

濃いめの水割りを半分ほど一気に呷り、軽く咳払いをしてから、久保田がソファの中でなくために身構えた。

「沢井英美と知り合ったのは、わたしがまだブーミングという別なプロダクションにおったときでした。もう十二、三年も前のことです。たまたま喫茶店に入りましてね、そこで英美がウエイトレスをしていたんですなあ。それをスカウトしただけのことですよ。歌のレッスンやら踊りのレッスンやらを受けさせてるうち、こいつはひょっとするかも知れないと閃《ひらめ》きました。わたしもまあ、独立して勝負に出たわけです。それだけのことなんですわ」

青山の事務所やこの家を見るかぎり、久保田はその勝負に勝ったわけだが、これからも勝ちつづけられる保証は、どこにもない。

「沢井英美をスカウトした喫茶店というのは、東京ですか」

「渋谷のなんとかいう花の名前がついた喫茶店でした」

「そのころ沢井英美は、どこに住んでいたんです？」

「どこでしたかなあ、あのころはたしか、洗足《せんぞく》かどこかのアパートだったと思いますよ」

「そのアパートに甲府から出てきた彼女は、一人で住んでいた？」

「もちろん一人で住んでいましたが……柚木さん、そんなことが沢井英美がいなくなったことと、関係あるんでしょうかね」

「関係がなかったらもらった金を返してもいい」

「いや、べつに、そういう意味で言ったのとはちがうんですよ。その、そういうことなら申しあげますが、彼女が甲府から出てきたのは小学校のときだったらしくてね、あっちでいろいろあったようです」

「甲府で、ですか？」

「英美も詳しくは言いませんでしたが、父親が女と駆け落ちしたり、あげくに母親が死んだりとかで、それで子供のとき東京の親戚に引き取られたそうです。親戚は死んだ母親の妹とかいうことでしたがね」

「信じられませんね」

「なにがです？」

「沢井英美に東京の親戚があることが、です」

久保田が空になった自分のグラスに氷とウィスキーを足し、目の端で俺のグラスもうかがったが、俺のほうは最初から形だけ口をつけているだけだった。

「それがその、親戚といいましてもねえ」と、つくり直した水割りのグラスを黒ずんだ手の中で揺すりながら、視線をあげずに、久保田が言った。「英美はその叔母というのを親戚だとは思っていなかったですよ。わたしも英美をデビューさせるとき、一度だけ挨拶《あいさつ》に行きましたが彼女は叔母さんには会いたくないと言ってね、出かけたのはわたし一人でした。会ってみたらなるほど、英美がその家を飛び出した理由が分かるような女でした。わたし、断言してもいいですが、英美はデビュー以来一度もあの女には会っていないはずですよ。今度だって英美があの家に近づくなんてことはあり得ないと思うんですわ」

「沢井英美が突然姿を消すこともあり得なかったわけです。その叔母さんの住所を」

「金町《かなまち》でたぬきとかいう飲み屋をやっていたはずですがね。でも十年以上前の話ですから、今でもやってるかどうか」

「金町のどの辺りです？」

「駅のすぐ北側の、同じような飲み屋が集まった辺りでした。でも柚木さん、冗談じゃなく、あんな女に会っても本当に無駄だと思いますがねえ」

人殺しの犯人捜しでも家出人捜しでも、労力の九十パーセント以上はいつだって無駄なものなのだ。無駄を恐れていたら俺の商売は成り立たないし、その理屈が分かっているから俺は今でも、この仕事をつづけていられる。

グラスをテーブルに戻して、わざとゆっくりと立ちあがりながら、俺が言った。

「無駄の積み重ねが正解につながるもんです。わたしはその主義で仕事をしている」

「まあとにかく、一日も早く沢井英美を見つけていただきたい。わたしがお願いするのはそれだけですわ」

玄関へ通じるドアに歩き出した俺に、ソファに座ったまま、うしろから久保田輝彦が慌ただしく声をかけた。

「忘れてましたが、柚木さん、わたし明日から二日ほど仕事で東京を留守にせにゃならんのです。もしなにか分かったら若宮をとおして、連絡を」

「その若宮さんのことで、わたしも忘れていました」と、一応立ち止まり、首だけをふり向けて、俺が言った。「彼女には自分の部屋へ戻るように言いました。ただの勘ですが、沢井英美は二度とあのマンションへ、帰らない気がします」

5

クリスマスを過ぎたからって、東京の街が暮らしい色に染まるわけではない。それでも路地の奥の狭い玄関に門松《かどまつ》が立っていたり、電車に凧《たこ》を持った子供が乗っていたり、道に歳末大売り出しのちらしが落ちていたり、思いがけないところでふと年の終わりが感じられる。しかし俺が正月を待ち遠しく思わなくなってから、もうずいぶん長い時間がたつ。

飲み屋の場所を見つけて歩くには、それに相応しい時間がある。そしてそんなものに拘《こだわ》っていたら、こっちの商売が成り立たない。俺は正午《ひる》前にマンションを出て山手線と常磐線《じょうばんせん》を乗り継ぎ、葛飾区の金町に出た。コートの下には若宮由布子のセーターと吉島冴子のマフラーが同居していて、知らない人間は俺の人格を疑うだろうが、俺だってじゅうぶん、自分の人格は疑っている。

金町の駅を北側に出て、それらしい路地を二十分ほど歩きまわっただけで、俺はかんたんにたぬきを発見した。間口が一間《けん》だけの埃《ほこり》っぽいガラス戸に暖簾《のれん》はなく、夜になると提灯《ちょうちん》でもかけるらしい鉤フックが戸口の横に針金でぶらさげてある。五軒となりには商売をやっているラーメン屋があって、俺は女将《おかみ》からたぬきの女主人の住所と、ついでにその名前を聞き出した。

名前は橋谷藤子《はしたにふじこ》、店から十五分ほど歩いた都営住宅に住んでいるという。女将の話では橋谷藤子が沢井英美の叔母に間違いないということだから、捜す場所さえ正しければ、日本にも沢井英美を知っている人間はいるものなのだ。

都営住宅の橋谷藤子の家は、同じ建物が同じ間隔でどこまでもつづいた、古い木造の平家建《ひらや》てだった。細長い建物に引き戸の玄関が二つずつついているから、どちらかといえば長屋に近い建て方で、橋谷藤子の家はその北側の玄関だった。玄関には門松も七五三縄《しめなわ》も飾られていなかった。

俺がガラス戸を叩くと、中からへんに疳高《かんだか》い声が聞こえて、ずいぶん長い時間のあとで戸口に六十ぐらいの痩《や》せた女が顔をのぞかせた。赤く染めた髪に太めのカーラー、浅黒い皺だらけの顔に厚く化粧をして、ピンク色のネグリジェの上にやはりピンク色のキルティングガウンを着込んでいた。雰囲気はたぬきというより、気が狂った赤狐のようだった。

「橋谷藤子さん？　沢井英美の叔母さんの」

女はうなずきも首を横にふりもせず、十秒ほど、あがり口に立ったまま狐のような細い目で、じっと俺の顔を見おろしていた。

「なんだいね。あの恩知らずが死んで、あたしに遺産でも残してくれたんかいね」と、しばらくして、俺の顔を見おろしたまま、さっきの疳高さが嘘のようなかすれた声で、橋谷藤子が言った。

「人生は思うようにいかないもんさ。沢井英美について聞きたいだけだ」

「あんた、なに？　警察かい」

「週刊誌の記者さ。沢井英美の特集を組むんで、おばさんから彼女の子供時代のことでも聞ければと思ってね」

「なにが特集だい。いつだったかあたしが投書してやったときなんか、洟《はな》もひっかけなかったくせにさ。今ごろ言ってきたって話すことなんか、あるもんかいね」

「話を聞かせてくれれば、あとで取材協力費が出るんだがな」

口を開きかけ、またしばらく俺の顔を見つめたあと、頭のカーラーを気難しそうにふって、橋谷藤子がちっと舌打ちをした。

「まあ、なんだいね、散らかってるけど、ちょっとあがってみないね」

橋谷藤子がガウンを引きずって部屋の中にあとずさりし、ガラス戸を閉めて、俺も埃の浮いた板の間にあがり込んだ。板の間の奥が台所、反対側には狭い部屋が二つほどあるらしかった。入っていった六畳の部屋には茶ダンスや棚やくず籠《かご》や新聞が息苦しくなるほど詰め込まれ、石油ストーブのせいで室温も腹が立つほど高く、橋谷藤子の顔ともあわせて、部屋のなにもかもが鬱陶《うっとう》しかった。

橋谷藤子が電気炬燵《ごたつ》に据えつけてあるばかでかい座椅子に、すっぽりと納まり、俺にも炬燵をすすめたが、俺はコートを脱いだだけで炬燵に足は入れなかった。

「よかったらあんた、蜜柑《みかん》でも食べてよさあ。今お茶を切らしちゃってさあ」

俺はうなずいただけで煙草に火をつけ、そのとんでもない装飾が施《ほどこ》してある橋谷藤子の顔を、もう一度勇気をもって確認し直した。先入観ではなく、どこをどう探しても、顔の中に沢井英美との血のつながりは発見できなかった。

「でさあ、その取材協力費っての、いくらもらえるん？」

「話の内容次第だけど、ふつうは二、三万てとこかな」

「たった二、三万？　あっちは何千万だか何億だか稼《かせ》いでるのに、実の叔母にはたった二、三万かい」

「おたく、沢井英美の母親の妹なんだって？」

「まったくさあ、なんの因果で姉さんもあんなことになったんかねえ。生きてりゃ今ごろお大《だい》名《みょう》暮らしができたんにさあ。姉さんさえ生きてりゃ、英美《ひでみ》だってあたしにこんな仕打ちはしなかったはずなんだけどねえ」

「沢井英美の母親が死んだのは、いつごろ？」

「ずっと昔だよ。英美が小学校の四年だか五年だかのとき。もう二十年も前のことさあ」

「母親が死んだので英美さんをおばさんが引き取った」

「ほーんと、苦労したんだよ。あんときゃ家《うち》にだって自分の子供が二人いたしさあ、そこへもってきて英美と新一《しんいち》だろう？　あたしゃ自分が観音様にでもなったみたいな気分だったよ」

「新一というのは？」

「英美の兄貴さあ、知らないのかい」

「いや……それで、そのとき英美さんの父親は、どうしていたんです？」

「それなんだよあんた。あのヤクザもんはとっくに女と駆け落ちしてて、どこ捜したって見つかりゃしないがね。あたしゃ最初から姉さんに言ってたんだ、板前なんて半端もんと一緒になったら苦労するって。飲む打つ買うでおまけに他人の女房にまで手え出してさあ。みんなあいつが悪いんさあ。血すじってのは怖いやね。新一も英美も、どうせあの男に似たんだよ」

「兄さんの新一というのは、たしか、もう死んでいるんだよね」

「まったくさあ、あたしゃあいつが殺されたと聞いたって、驚きゃしなかったね。とにかく酷《ひど》いやつでね、中学んときから万引きはするわ喧嘩はするわ、それで中学を出たら育ててやった恩も忘れて、勝手に飛び出しちまった。家には一銭だって入れなかったよ。殺されて当然な奴だったさあ」

「新一さんが殺されたのは、いつごろのことです？」

「あれからだってもうずいぶんたったいねえ。十二、三年てとこかねえ」

「正確に思い出せないかな。そういうところが正確かどうかで、取材協力費の金額が変わってくるんだ」

橋谷藤子が皺で囲まれた狐のような目を、これでもかというほど見開き、煙草に火をつけて、煙をふーっと天井に吐き出した。

「そうだいねえ、ありゃたしか、あたしが胆石《たんせき》で入院した年だから、十三年前だいねえ。十三年前の五月か六月か、そんなとこだったたいねえ」

「殺された状況は？」

「喧嘩に決まってるじゃないか。英美にちょっかい出した男に因縁つけに行って、逆に相手の男に殺《や》られちまったんだとさ。あたしも詳しくは知らないけど、警察が来てそんなこと言ってたいねえ。生意気に英美だけは可愛がってたけど、どっちみちあいつはいつか誰かに殺されてたさあ。新一ってのはそういう奴だったよ」

「英美さんは、そのころはまだおばさんの家にいたわけ？」

「とんでもない。英美だって中学を出たあと、どこかへ行っちまってたよ。あたしはちゃんと高校まで上げたんだよ。そりゃ夜学だったけどさあ、実の娘でもないものを高校までやるって、あたしがどれぐらい苦労したと思うね。その恩も忘れてあたしの悪口ばっかし言って、新一も新一なら英美も英美だったよ。碌に口もきかないで陰気っくさい顔してさあ。あれでなにがスターだいね、どうせ躰でも売って仕事してるに決まってるんさあ。スターならスターらしく、育ててやった恩返しに家の一軒も建ててくれりゃいいんだよ」

「英美さんから最近なにか、連絡は？」

「あるもんかいね。この家を出てったときからうんでもすんでもないんだから。兄妹《きょうだい》揃ってよくもまあ、あんな恩知らずな人間が生まれたもんだよ」

その恩知らずの新一が死んだのが、十三年前の五月か六月。久保田輝彦が沢井英美を喫茶店でスカウトしたのもそのころのはずだから、あとであれ先であれ、久保田は当然新一の事件を知っていた。沢井英美のイメージを守るためにマスコミに対して事件を隠すのは分かるが、俺にまでなぜ久保田はその事実を、隠したのか。

「その、新一さんを殺した奴だけど……」と、炬燵の上の、吸殻が一杯にたまった灰皿で煙草の火をつぶして、俺が言った。「犯人の名前、おばさん、覚えていないかな」

「あたしが？　あたしがどうして、そんなことを覚えてなきゃいけないんだいね」

「訊いてみただけさ。いくらかでも協力費の上積みができればと思ってな」

俺はズボンの尻ポケットから財布を取り出し、中から一万円札を二枚抜いて、それを蜜柑が盛られている竹籠の下に挟み込んだ。久保田や沢井英美は会いたくなくても、俺の立場からするとこういうおばさんにこそ、会わなくてはならなかったのだ。

財布をポケットにしまってから、コートを引き寄せ、畳一枚ぶんほど尻を出口のほうへ引いて、俺が言った。

「おばさん。沢井英美の父親が甲府で料理屋をやってることは、知っているのか」

「なんだって？」と、座椅子の中で飛びあがり、頭のカーラーをがくっと揺すって、橋谷藤子が鬼のように目を見開いた。「あいつが甲府に帰ってるって？　それで料理屋をやってるって？　あのヤクザもんの修造がどうして料理屋なんかやってるんだいね。だいいちそんなお金、どこから出たんだいね」

「どこから出たのか、それを俺も知りたいもんだ」

立ちあがって、座椅子から動こうとしない橋谷藤子に会釈をし、俺はそのまま玄関へ歩き出した。部屋の奥から一瞬沢井英美がすすり泣く声が聞こえたような気がしたが、そんなものはもちろん、俺の錯覚でしかなかった。俺が沢井英美でもやはり二度とはこの家に、足を向けないだろう。

しかしそれにしても、橋谷藤子のたぬきで酒を飲まなくてはならない客は、いったい人生にどんな罪を背負っているのか。

*

橋谷藤子の家を出て俺が向かったのは、昨日も行った八幡山の大宅文庫だった。現役の警官なら警視庁の捜査ファイルも見られるし、新聞社にコネがあれば資料室も使える。今の俺は世間で言うただの半端もの、しかしその半端さ加減を俺自身、けっこう快適に感じたりもする。大宅文庫についたのは、閉館までにまだ一時間以上ある時間だった。俺はまた二階の閲覧室へあがって新聞の縮刷版を借り出した。借り出したのは十三年前の上期分、五月と六月の二ヵ月分といってもぜんぶ見ていたら、半日かかってしまう。今日の狙いは社会面だけで、そして狙ったとおり、三十分で俺はその記事を発見した。見出しは〈深夜の路上殺人〉、五月二十五日付け夕刊社会面のまん中あたりに押し込まれた、三十行ほどの短い記事だった。被害者は沢井新一。加害者は久保田宏《ひろし》。被害者の妹のことで口論となり、もみ合いのすえ加害者が被害者の腹を刃わたり二十センチの登山ナイフでつき刺した。被害者は病院に運ばれたが、到着後まもなく失血により死亡。犯人の久保田宏は駆けつけた警察官にその場で現行犯逮捕されている。

翌日の朝刊にも関連の記事が載っていたが、内容は夕刊のものと、ほとんど変わらなかった。ためしに別の新聞も調べてみたが内容は最初の新聞と同じようなもので、どうせ警察の発表をそのまま載せただけなのだろう、加害者と被害者の顔写真さえ使われていなかった。

俺は新聞記事をコピーに取り、一階の受付で料金を払って、出口へ向かいながら用紙をコートの内ポケットにしまい込んだ。そしてそのときふと、そのことに気がついた。久保田宏。沢井新一を刺し殺した犯人の名前は、久保田宏なのだ。久保田なんて名前はこの世にいくらでもある。しかし今のこの狭い範囲で久保田という名前が二回も出てくるのは、いくら偶然でも、偶然がすぎる。

沢井英美を見出し、スターにした男が久保田輝彦。沢井英美の兄を刺し殺した男が久保田宏。しかも沢井新一と久保田宏の喧嘩の原因は、沢井新一の妹の英美だというのだ。これぐらいのことはいくらでも偶然で片づけられるが、こういう局面での偶然は、そうめったにはないだろう。

俺は大宅文庫を出て駅までの途中にあった小さい喫茶店に入り、コーヒーを注文してから、まず青山のスイング・ジャパンに電話を入れてみた。若宮由布子は会社におらず、社長の久保田輝彦も今日は朝から出社していなかった。念のために久保田が泊まっている沖縄のホテルの電話番号を聞き、もっと念のために、電話の女に社長の身内で久保田宏という名前の人間はいるか、と訊いてみた。

返ってきた答えはもちろん、心当たりはない、というものだった。久保田輝彦がスイング・ジャパンを始めたのが十年前で、殺人事件が十三年前だから、最古参の社員でも十年以上前のことは知らなくて当然ということだろう。

一度電話を切り、それから俺は白金の沢井英美のマンションと、番号を聞いていた由布子のマンションに、つづけて電話を入れてみた。どちらも返ってきたのは留守であることを告げる、それぞれの応答メッセージだけだった。

そのあとちょっと考え、久保田の自宅にも電話を入れてみたが、家政婦は久保田の家に勤めてから一年しかたっておらず、久保田宏という名前は聞いたこともない、ということだった。

俺の頭の中で、それまでばらばらだったジグソーパズルが、とにかくもの凄い勢いで動き始めた。久保田宏が誰であるにせよ、十三年前の事件と今回の沢井英美失踪事件とがどこかで関係していることは、まず間違いない。この程度の殺人事件で久保田宏が死刑になっていることはないはずで、懲役でもせいぜい十二、三年。それだって刑務所の中で問題を起こさないかぎり、だいたいは十年前後で仮出所してくる。つまり久保田宏はもう刑務所を出ていて、沢井英美を中心にしたどこかこの世界で暮らしているということだ。そしてそれは、どこだか知らないが、たぶん沢井英美に近い場所だろう。

6

甲府なんて街は、新宿から特急に乗ってしまえば二時間で着く。それでも駅を出ると風の冷たさが東京からの距離を感じさせ、俺は首のマフラーとコートの下のセーターに、ひたすら感謝をした。若宮由布子には前の晩も、自分でも呆れるほどの頻度で電話したが、返ってきたのは色気のない応答メッセージだけだった。今朝は今朝で由布子は青山の事務所に出ておらず、俺は駅の外にある公衆電話からもう一度三軒茶屋と白金のマンションに電話を入れてみた。どちらのマンションにもやはり由布子は、戻っていなかった。子供だか大人だか分からない、俺に悪意をもっているのか好意をもっているのか分からないあの不良娘は、新宿のバーで別れたあと、いったいどこへ姿を消したのだ。

俺は仕方なく由布子への連絡を諦め、駅前の交番で場所をたずねて、沢井修造が料理屋をやっているという城東《じょうとう》にタクシーを走らせた。繁華街からは少し外れているようだったがタクシーではほんの七、八分の距離だった。

タクシーをおりてすぐに見つけた亀屋は、出入り口の前に幅三メートルほど玉砂利《たまじゃり》を敷きつめた、ガラス格子の小ざっぱりした店だった。看板もいや味が感じられない程度の大きさで、店の名前と一緒に小さく、活魚・季節料理と書かれていた。もし亀屋が夜だけの商売だったら場所を確かめて帰りに寄るつもりだったが、幸い暖簾が掛かっていて、俺はガラス格子を開けて中へ入ってみた。

店の中はそれほど凝《こ》った造りではなく、カウンターの他はすべてが座敷席になっていて、その座敷席で二組の客が定食のようなものを食っていた。昼飯どきが過ぎたら夕方まで店を閉め、夜になったらまた本格的に開くという、よくある商売のやり方らしかった。俺は店の一番奥まで進み、座敷にあがり込んで、店全体が見わたせる壁際に腰を落ちつけた。

少し待つと、見習いらしい若い男が茶とおしぼりを運んできて、俺は熱燗《あつかん》と生牡蠣《なまがき》を注文し、改めて店の中を眺めまわしてみた。従業員に女っけはなく、働いているのは男だけだった。

カウンターの中にも二人いて、一人は三十五、六の背の高い男、もう一人の歳をとったほうが年恰好からして沢井修造らしかった。沢井英美の三十二という歳を考えると、父親も七十に近い年齢になっている。まだ背筋も伸びていて、うすくなった白い頭にきっちりと紺《こん》の手拭いを巻きつけていた。痩せて頬に太いたて皺が刻まれた横顔には沢井英美を思い出させる雰囲気があり、固く結んだ口元には若いころの放蕩《ほうとう》が残っていた。

それから二十分ほど、俺はやって来た酒と生牡蠣で時間をつぶし、そのあとで昼だけのメニューらしい焼き魚定食を注文した。時間は二時になっていて、若い店員が暖簾をおろしに行ったから、店を閉めて夜のための仕込みでも始めるらしかった。沢井修造はほとんど顔をあげず、カウンターと奥の厨房《ちゅうぼう》を行き来しながら、たまに背の高い板前に小声で話しかけるだけだった。

俺はその鯛《たい》の味噌焼き定食を十分で片づけ、コートとマフラーをとって、勘定を払うためにレジへ歩いていった。勘定を払っているときに一度カウンターの沢井修造と目が合ったが、修造は軽く会釈をしただけで最後まで口を開かなかった。俺にしても修造から沢井英美について話を聞き出せるとは、思っていなかった。

店を出たところでタクシーを拾い、最初の予定どおり、俺はタクシーを甲府の市役所に乗りつけた。城東の店は裏が住宅になっていたから、店の所在地と修造の住まいとは同じ住所になっているはずだった。俺は混み合っている市民課の窓口に、沢井新一の名前で修造の住民票を申請し、十分待ってその住民票を手に入れた。

修造が現在の住所に転入したのは三年前、以前の住所は横浜市瀬谷《せや》区となっていた。三年前まで修造は横浜に住んでいたのだ。東京と横浜ではたしかに別区域だが、それぐらいの距離を通勤している人間は、いくらでもいる。住民票の同居人欄は空欄、沢井英美の母親が死んで以来、修造も籍だけは独身ということらしかった。本籍は同じ山梨県内の塩山《えんざん》市になっているから、転居しても本籍は変えなかったのだろう。時計を見ると三時少し前で、電車でもタクシーでも、急げばなんとか市役所が閉まる時間には間に合いそうだった。

俺は甲府の市役所の前でまたタクシーに乗り、甲府駅ではなく、そのまま塩山の市役所に向かわせた。電車を使って間に合わなければ甲府か塩山に、一泊することになる。そんなことをしても意味はないし、甲府にも塩山にも泊まりたい気分ではなかった。

四十分ほどで塩山の市役所に着き、そこで俺は、ちょっと考えた。住民票なら死んでいる新一の名前でも請求できるが、戸籍謄本《とうほん》となると、はたしてどんなものか。新一は死亡除籍されているからその新一が修造の戸籍謄本を請求したのでは、この塩山市役所に幽霊がやって来たことになる。かといって今すぐ沢井英美と同じ年恰好の女を連れてくるというのも、物理的に無理な話だ。郵便請求をしていたら往復で一週間もかかってしまうし、もうすぐ正月で、正月は市役所だって休みになる。そうなれば修造の戸籍謄本を手に入れるのは、正月あけになる。今度の事件はそれほど気長に、俺を待ってはくれないだろう。

俺は覚悟を決めてまた新一の名前を借り、戸籍筆頭者の欄に沢井修造の名前を書き込んだ。これだけの市で窓口にもこれだけの人間が押しかけていれば、一人ぐらい幽霊が紛《まぎ》れ込んでもたぶん神様は、大目にみてくれる。

そして案の定、前世でのおこないがよかったらしく、どこの神様だか知らないが、とにかく神様は俺に修造の戸籍謄本をわたしてくれた。十五分後に俺はその謄本を持って塩山の市役所から逃げ出していた。実際に謄本を開いたのは、市役所から塩山駅まで乗った、タクシーの中だった。

＊

沢井修造。昭和二年塩山市で出生。昭和三十一年高野《たかの》芳江《よしえ》との婚姻届け出により入籍。四年後に新一出生。それからまた四年で英美出生。二十年前に妻芳江死亡により除籍。そして十三年前、新一死亡により除籍。

そこまではいい。そこまでは今まで調べたとおりだったが、問題はそのあとだ。沢井英美が葵《あおい》という名前の人間を養女として自分の籍に入れているのだ。それも日付は今年の十月、沢井修造の長女沢井英美との養子縁組届け出により同日入籍、となっている。いったいこれは、どういうことだ。しかも養女になった葵の旧姓は久保田で、東京都中野区で出生、父久保田輝彦の届け出により入籍とある。

要するにこの戸籍謄本が言っていることは、久保田輝彦の娘の久保田葵を三ヵ月前に沢井英美が養女に迎えている、ということなのだ。こんな馬鹿なことがあろうはずはないが、しかし現実に、この紙切れはそれが現実だと言い張っている。戸籍謄本が間違っているのか、あるいは事実を言っているのか、事実だとしたらいったい、それぞれの人間関係はどういうことになっているのか。

もちろん俺は、帰りの電車に乗り込む前にテレホンカードを買いまくり、東京に電話をかけまくっていた。

若宮由布子はやはり消えたまま、おまけに昨夜久保田の家で見かけた、あの妙に背のひょろっとした、顔立ちの整った女の子までがいなくなっていた。家政婦の話では女の子の名前は葵で、しかもその葵を今朝家から連れ出したのは、なぜか、由布子だという。そのとき俺は突然、あることを思い出した。

最初にスイング・ジャパンへ行った日、たしか由布子に『あおいちゃん』から電話がかかってきたのではなかったか。芸能界では人の名前をちゃんづけで呼ぶ習慣があるらしいから、俺は単純にそれを『青井ちゃん』だと思い込んだ。由布子とのデートをキャンセルした相手まで『青井ちゃん』だと思い込んでいたのだ。しかし理屈が分かってみればあのときの『あおいちゃん』は『青井ちゃん』ではなく、九十パーセント以上の確率で『葵ちゃん』であるはずだった。

電車が東京へ着くころまでには、今回の事件の構図が、もう俺にも漠然と見え始めていた。しかし構図が見えたところで、事件が解決するはずはない。俺にしたってこんな事件を無理に解決させてやる義理は、誰に対してもないはずだった。

今回の沢井英美失踪事件は、もともと、久保田輝彦が望む形では解決しない仕組みになっている。俺のロマンチシズムも解決させたくないと言っている。解決させる能力だって持ち合わせてはいない。沢井英美は俺の前に姿を現さないし、白金のマンションへも帰らない。もうテレビにも出ないし、映画にも出ない。そしてたぶん、歌だって歌うことはないだろう。それを残念に思うのは久保田輝彦一人だけ、二、三年もすれば日本中のすべての人間が沢井英美なんか忘れてしまう。タレントとはそういうもので、そういうものであることは誰よりも沢井英美本人が、一番よく知っている。

電車が新宿へ着いたのは八時少し前、自分自身を納得させるためだけに、俺は高円寺へ向かって久保田の家に寄ってみた。いたのは家政婦だけだったが、家政婦の話では、失踪する前の沢井英美は週に一度ほどこの家に来て、久保田がいなくても葵とは長い時間を一緒に過ごしていたという。ためしに俺が、葵は久保田の実の娘かと訊いてみると、家政婦は少し考えてから、断言はできないがたぶんちがうと思う、と答えてくれた。うすうす事情には気づいているらしかったが、俺は久保田への連絡は自分がすると言って、その家を出た。

高円寺の駅まで歩く間、頭にまた昔沢井英美が歌った『仕方ないことをいくら真剣に考えても、やっぱりそれは仕方ないことなのよ』というフレーズが浮かんだが、歌のタイトルは思い出せなかった。

＊

俺が飲み屋によらずに部屋へ帰ったのは、思い出せるかぎり、今年初めての奇跡だった。留守にセットしておいた電話には三本の用件が入っていて、一本は娘からのスキーに行く日にちの確認、あとの二本は両方とも飲み屋からの呼び出しだった。娘への返事は明日でいいし、飲み屋からの呼び出しは無視すればいい。柄にもなく疲れた気分だったのは、山梨が遠かったからではなく、受けた仕事を完結できないことの歯痒《はがゆ》さと、金に釣られてこんな仕事を引き受けてしまった自分に対する哀れみが原因だった。プロはプロらしく、最初から殺人《ころし》にだけ首をつっ込んでいればよかったのだ。

俺は沖縄の久保田輝彦に電話をする気にもならず、熱めの風呂で躰から汗と鬱屈《うっくつ》を追い出して、久しぶりにテレビの前に陣取ってビデオの映画を見始めた。十二時までの間に一本だけ電話が入ったが、それも飲み屋からの誘いで、俺の人生から飲み屋を引くといったいなにが残るのか、正月になったら一度、ゆっくり考えてみる必要がある。

映画を見終わり、寝酒のウィスキーにも限界を感じ始めたとき、また電話が鳴って、俺はそこまで膝で這っていった。受話器をとった俺の耳に、腹が立つほど呑気な口調で、寝酒の酔いをぶっ千切《ちぎ》る紋切り型の声がとび込んできた。

「もしもし？　あ、わたしです。若宮です。若宮由布子です……」

7

俺も何度か成田を使ったことはあるが、こんなに人でごった返した成田は、生まれて初めてだった。盆暮《ぼんくれ》の混雑はテレビのニュースで見たことはある。その不幸に遭遇した知人の話も聞いたことはある。しかし今日の人の数は、まるで初詣《はつもう》での明治神宮ではないか。

こんな大勢の中で若宮由布子を、どうやって発見するのか。しかし心配はなく、「とにかく明日の一時にロビーの売店前に来ればいい」という命令どおり、若宮由布子のほうが俺を発見してくれた。ベージュ色のコーデュロイパンツに焦げ茶の革ジャン、顔には相変わらず黒縁眼鏡をかけていて、服装は変えても眼鏡だけは外したくないらしかった。

俺の前まで来て立ち止まり、生意気に肩をすくめてからとなりに並びかけて、歩いてきた方向に由布子が軽く口を尖らせた。視線の先には四人の人間が立っていて、人混みの中でお互いを守り合うように、静かな表情でそれぞれに肩を寄せ合っていた。チェックインは済んでいるらしく、持っているのはみな小さいバッグだけだった。

沢井修造と目が合い、俺は甲府の店でやったのと同じように、黙って会釈だけを送り返した。となりには昨日カウンターの中にいた背の高い男が立っていて、葵の肩に掌《て》をのせたまま、緊張した頬をただじっと滑走路の方向へ向けていた。昨日は気がつかなかったが、もちろん、その男が久保田宏だった。

そして女優の沢井英美は、ジーンズに紺のセーターを着て白い鍔《つば》つき帽を目深《まぶか》に被《かぶ》り、それ以外は顔を隠すふうもなく、感心するほど落ち着いた表情で他の三人に向かい合っていた。周りにいる人間の誰も沢井英美とは気づかず、沢井英美も気づかせる雰囲気は出していなかった。俺が感じたのも、テレビで見るよりは小柄な女だなという、それだけのことだった。

アナウンスが流れ、四人が顔を見合わせて、同時に小さくため息をついた。由布子が四人の前へ歩いていき、四人が歩き出すとすぐにまた俺の前へ戻ってきた。

四人はそのまま出発ロビーへの階段口まで進み、修造だけを残して、三人があっけなく階段に姿を消していった。階段をおりる前に沢井英美がていねいに頭をさげたが、それが俺に対する挨拶だったのか由布子に対する挨拶だったのか、俺には分からなかった。一人残った修造はしばらく階段の下を見つめたあと、俺と由布子には見向きもせず、武骨な歩き方で悄然《しょうぜん》と人混みの中に消えていった。これ以上三人を見送るつもりもなく、見送る資格もないと自分に言い聞かせているような、歳老いた悲しい歩き方だった。

ふーっと、大きく肩で息をつき、短い髪を耳のうしろに掻きあげながら、横から由布子が俺の顔をのぞき込んだ。

「どうぞ、いいですよ」

「なにが」

「好きなだけ文句を言ってください」

「文句なんか、べつに、ない」

「無理をすると血圧があがります」

「俺の目が赤いのは、ただの寝不足だ」

俺は到着階のロビーへ向かって歩き出し、由布子も革ジャンのポケットに両手をつっ込んで、下手なスキップを披露した。

「本当に、いいのになあ」

「だから、なにが」

「柚木さん、好きなだけ怒っていいのに」

「怒ってはいない。君の下手な芝居が見抜けなかった自分に、腹が立つだけだ」

「そういうのをふつうは怒ると言うんです」

「君みたいな女は脚本家なんかやめて、役者になればいい」

実際俺は怒っていなかったし、誰かに対して腹を立てているわけでもなかった。ただ気分のどこかが、どうにもこの若宮由布子を、憎らしく感じていた。

俺たちはそのまましばらく人の間を歩き、到着階におりて、黙ったままリムジン乗り場まで歩きつづけた。

新宿行きのリムジンバスの出発には、二十分あった。俺はロビーへ戻らず、ドアから少し離れたガラスの壁に寄りかかって、そこで一つ深呼吸をした。空気は耳が痛くなるほど冷たく、それでもロビーの人いきれよりは、いくらか気持ちよかった。由布子もロビーへは戻らず、革ジャンのポケットに両手を入れたまま、背中を丸めてとなりの壁に寄りかかっていた。

「わたしだってけっこう苦労したのに」と、俺の顔は見ずに、下を向いたまま殊勝な口調で、由布子が言った。「昨夜電話をしたのも英美さんには内緒でした。柚木さんに感づかれないように、わたし、ずっと緊張していました」

「どっちでもいいけど……」と、取り出した煙草に火をつけ、煙を冷たい空気に吐いてから、俺が言った。「要するに君は、最初からぜんぶ、知っていたわけだよな」

顔を俯《うつむ》けたまま小さく鼻水をすすり、こっくんと、由布子がうなずいた。

「久保田輝彦と久保田宏はどういう関係なんだ?」

「兄弟だそうです。お母さんは別らしいですけど」

「葵って子は英美さんと宏の子供か」

相変わらずポケットに両手を入れたまま、また小さく、由布子がうなずいた。

「十三年前、宏が英美さんの兄貴を刺し殺したとき、英美さんはもう葵を身籠《みご》もっていた」

「五ヵ月で、二人は結婚する予定だったそうです」

「ところが兄の新一がそれを許さなかった。新一は妹に近づくどんな男も許さなかった。子供のときから二人で苦労したせいもあるだろうが、新一の妹に対する愛情は度を超していた。十三年前の五月二十四日の夜、新一と宏は喧嘩になり、宏は新一を刺し殺してしまった……ナイフは、宏のものだったのか」

「宏さんも英美さんの兄さんのことは知っていたから、ただ威《おど》すためにと思って持っていたそうです。ナイフが宏さんのものだったので、正当防衛は成り立たなかったそうです」

「宏はいつ刑務所から出てきたんだ」

「二年前に。でも本当の刑期が満了したのは今年の六月でした。それで出発が今まで延びていたんです」

「三人が行った先は?」

「オーストラリア。向こうに牧場を買ってあるそうです。羊の牧場だそうですよ」

「久保田社長は弟の事件のあと始末をしてるうちに、英美さんと知り合ってその才能に気がついた……事の始まりは、そういうことなんだよな」

「そういうことらしいですね。英美さんも宏さんが刑務所から出てくるまで、一人では葵ちゃんを育てられないし、お父さんも見つかっていなかった。それで社長に任せることにしたらしいです。葵ちゃんを社長の籍に入れて、宏さんが戻ってくるのを待つつもりだったということです」

「しかし歌手でデビューしてみたら、本人の思惑《おもわく》に関係なく英美さんはスターになってしまった。やめると言っても久保田社長は聞き入れない。突然引退したらマスコミも騒ぐ。そうなれば宏や葵のことも世間に知れる。そのジレンマを英美さんは十年間も背負いつづけた」

「社長は葵ちゃんまでタレントにしようと。英美さんもそれだけは我慢できなくて、それで、今度のことを決心したんです。社長に知られないように葵ちゃんの籍を移すのはかんたんでしたよ」

「まったく……」

俺は吸っていた煙草を足元に捨て、靴の底で踏みつぶして、それを思いきり車道側に蹴とばしてやった。

「どうでもいいけど、君たち全員でよくもこんな人騒がせを、やったもんだ」

「だから怒ってもいいって、最初から言ってます」

「怒ってはいない。呆れてるだけだ。だけど君は修造の住所や英美さんの金のことで、どうして俺に協力を」

「協力しなかったら、柚木さんはわたしを疑いました」

「それは、まあ、そうだ」

「人騒がせだったのは柚木さんです。気づかれないように、甲府のお店だってふだんどおりにしておきました。今度のこと、いつ気がつきました？」

「修造の戸籍謄本を見て、だいたいのことは、分かった」

「やばかったですね」

「やばかったな」

「社長が柚木さんに一日早く仕事を頼んでいたら、一日早くばれちゃったわけですものね」

新宿行きのリムジンバスが停留所へ入ってきて、俺たちは揃って壁から背中を離し、肩を並べてリムジン乗り場へ歩いていった。

「久保田社長が沖縄から帰ってきたら、一騒動起こるな」

「大丈夫です。あと始末は清野さんがやります」

「あいつもぐるだったのか」

「ここで騒いだらスキャンダルになる。そうしたら本当にスイング・ジャパンは倒産です。若いタレントを育てるのに力を貸すからって、彼は社長を説得するはずです。彼、見かけによらず人間はできています」

なんとなく複雑な気分だったが、とにかくリムジンには一緒に乗り込み、一番うしろの席に、俺たちは躰を離して腰をおろした。由布子の眼鏡がくもって奇麗な顔が漫画になっても、俺は笑う気にならなかった。

「その、なあ……」と、由布子の顎の先に一つだけできた生意気そうなニキビを、妙に緊張して眺めながら、俺が言った。「クリスマスイブの夜、君とのデートをキャンセルしたのは、清野か」

「あれは葵ちゃんです。どうしてですか」

「いや……」

「あの夜、葵ちゃんを英美さんのホテルへ連れていく予定でした。でも柚木さんがへんなところに出てきたので、予定を変えました」

「へんなところへ、な」

「この四日間、柚木さんにはみんなが苦労させられました」

「君と清野とは、その、どういう関係なんだ」

「知りたいですか」

「無理に知りたいとは、思わないが」

「でも知りたいでしょう?」

「新宿に着くまで時間がある。暇だから、まあ、聞いてやってもいい」

由布子が正面を向いたまま不遜《ふそん》な笑い方をし、躰を前に倒して、眼鏡の顔を恥ずかしくなるほど俺の顔に近づけた。

「柚木さんの洋服のセンス、なんとなく、おかしいです」

「なんのことだ」

「だから洋服ですよ」

「これは君が買ってくれたセーターだ」

「セーターはいいです。マフラーもいいです。でもセーターとマフラー、配色がちぐはぐです」

「その……」

「従兄弟《いとこ》ですよ」

「うん？」

「清野さん。彼、わたしの従兄弟です。柚木さんもそこまでは気がつかなかったでしょう」

そのとき俺の頭に沢井英美のあの歌が甦って、口の中で小さく、俺は二度ほど同じフレーズをくり返した。

『仕方ないことをいくら真剣に考えても、やっぱりそれは仕方ないことなのよ』

昨日まではどうしても思い出せなかった歌のタイトルも、その瞬間には完全に思い出していた。

タイトルは『別な場所で生きてみたい』だった。

光の憂鬱

1

世間はゴールデンウィークだというのに俺は仕事机にへばり付いて、しらけきった顔の原稿用紙に切ないラブコールを送っている。夜中の十二時、本来なら歌舞伎町《かぶきちょう》か二丁目あたりで尻と頭の軽そうな女の子を口説《くど》いている時間なのだ。俺が主義をかえて仕事の鬼になったのかといえば、そういうことではなく、前の月に遊んだつけが銀行口座と原稿の締切り日に数字となって表れたという、それだけのことだった。

今手を焼いているのは、十八歳の少年が強盗に押し入った先の家族四人を包丁で刺し殺した事件で、その背景記事をあと三日で仕上げる予定になっている。背景なんていくら掘り起こしても、所詮《しょせん》は遺伝子と家庭環境と社会環境のバリエーション。『頭の中で神が四人を殺せと命令した』という結論では誰も俺の銀行口座に、原稿料を振り込まない。個人の罪は個人の罪として攻撃し、そこに家庭環境やら地球環境やらを放り込んで、なんとかレポートの体裁を調える。面白い仕事でも意義のある仕事でもないが、それをやらないと俺の生活が成り立たない。

仕事に文句を言うのは人生に文句を言うようなもので、実際俺は生まれてから三十八年間、ずっと自分の人生に文句を言いつづけている。

悪魔でもなんでもいいから俺の人格にとり憑《つ》いて原稿用紙を埋めてくれないか、と願い始めたとき、電話が鳴って、出てみるとまさしく、相手は悪魔の使いである出版社の石田貢一だった。

「やあ柚木さん、仕事のほうは捗《はかど》っていますかね」と、電話の回線をちりちり鳴らしながら、妙にのんびりした声で、石田が言った。

「捗ってればこんな時間に部屋でくすぶっちゃいない」と、机の下でスリッパを揺すりながら、俺が答えた。

「締切りまであと三日ですから、せいぜい頑張ってくださいよ」

「家族を連れて沖縄へ行くんじゃなかったか」

「もう来ていますよ。女房が寝たんで、夜の海を眺《なが》めながら寝酒を始めたところです。海を見てたら柚木さんのことが心配になりましてね。東京へ戻ったとき原稿が上がってないなんて、まさか、そんなことはないですよねえ」

「沖縄から電話してくるほど、俺は信用されていないのか」

「信用できれば今ごろはハワイへ行ってますよ。で、どうなんです？　原稿は大丈夫なんでしょうね」

「寝酒でも魚釣りでもスキューバダイビングでも、好きなもので遊んでくれ。おまえさんを沖縄で休ませるために、俺は酒も飲まないで仕事をしている。帰ってきたら原稿料を上げるように、編集長にかけ合ってもらいたいもんだな」

「原稿ができあがっていて、内容にも手抜きがなければ努力してみますよ。実際問題、どれぐらい進んでるんです？」

「最終章をまとめれば終わりだ。沖縄まで行って仕事のことを考えるな。女房子供にサービスしないと、俺みたいな人生をやることになる」

「柚木さんみたいな人生ねえ、なんだかね、一人で海を見てると、それもいいような気になってくるんですよ。海っていうのはどうも、人間を感傷的にするんですかねえ」

「おまえを感傷的にしているのは海じゃなくて、酒さ。寝酒はほどほどにして、女房が待っているベッドに戻ってやれ。原稿は間違いなく仕上げる。沖縄から催促されなくても、締切りぐらい守るさ。おまえの湿気っぽい声を聞くとやる気がうせるんだ。俺に仕事をさせたかったら、早く電話を切ってベッドに入ってくれ」

「薄情ですねえ。分かりましたよ。電話で海の音を聞かせてやろうと思ったのにねえ。あたしは勝手に一人で寝酒をつづけます。原稿は頼みましたよ。枚数の辻褄《つじつま》を合わせるだけじゃなく、内容のほうもきっちりやってください。昔の義理があるから仕事をまわしてますが、この業界では柚木さんは新顔なんですからね。締切りに遅れるたびに編集長から怒鳴られるのはあたしなんです。東京へ戻ったとき原稿が揃ってなかったら、次の仕事は考えさせてもらいます。あたしだってこんな時間に、好きで沖縄から電話してるんじゃないんですよ」

「なんだか知らないが、石田、おまえ、酔っ払ってるのか」

「酔っ払ってますよ。酒を飲んで酔っ払わなかったら、なんのために飲むんですか」

「どうでもいいけどな。女房子供のために、深酒は慎《つつし》め。仕事は心配しなくていい。枚数だけじゃなく、内容もおまえの顔をつぶさないように頑張ってやる。つべこべ言わずに早く寝て、明日もせいぜいゴールデンウィークを楽しんでくれ」

石田がまだなにか言いたそうだったが、俺は電話を切り、椅子を机から遠くずらして、頭の中で舌打ちをした。警察を辞めたときもう少し考えればよかったものを、なにを好きこのんで、こんな因果な商売を選んでしまったのか。最終章をまとめれば原稿はたしかに仕上がるが、俺はまだ最初の一章も書き終わっていないのだ。

煙草《たばこ》に火をつけたとたん、また電話が鳴ったが、石田もそこまでの度胸はないはずだし、他には夜中に電話をしてくる相手も思い浮かばなかった。

「あーら草平ちゃん、元気でやってるの？　お見限りじゃないのよう。ちっとも顔を見せないから、あたし、てっきり死んでるかと思ったわよ」

「心配してくれるのは嬉《うれ》しいが、ええと、誰だっけな」

「誰だっけもないでしょう？　あたしよ、武藤《むとう》、クロコダイルの武藤健太郎《けんたろう》よ。あたしの声を忘れるなんて、草平ちゃんも冷たいわねえ」

言われて思い出したが、この声は二丁目にあるバーのマスター、嘘か本当か、俺が顔を出すたびに「夜明けのコーヒーを一緒に飲もう」と迫ってくる。適当に相手はしていても、目付きが妙に真剣なときがあって、ここ一ヵ月ほど俺の足はクロコダイルから遠ざかっている。深く自分の体質を分析してみたことはないが、俺には、まあ、そっちの趣味はない。

「草平ちゃんがこの時間に部屋へいるって、もしかして、女でも連れ込んでいるわけ?」

「俺がこの時間に部屋へいるのは、仕事をしてるからさ。できれば今すぐ出かけていって、マスターの顔を見たいもんだ」

「泣かせてくれるわねえ。心は冷たいのに口だけは優しいのよね。女って男のそういう部分に弱いのよ」

「考え方の問題だが、その……なにか用か」

「あら、用がなければ電話しちゃいけないの?」

「そういうわけじゃないが、俺も、忙しくてな」

「草平ちゃんが冷たいのには慣れてるわよ。どうせ今は尻の青い女子大生でも追いかけてるんでしょう? それでうちの店にはお見限りだったのよね」

「なあマスター、俺があと三日で何枚の原稿を書くか、教えてやろうか」

「知りたくないわよ。男が仕事をするのは当たり前じゃないの。言い訳なんかしてないで、ちょっと店に顔を出してくれない? 草平ちゃんに会いたいという人が来てるの」

「俺に会いたいって、マスター以外でか」

「あたしが頼んだって来てくれないでしょう? それぐらい分かってるわよ。草平ちゃんに用があるのは和実《かずみ》ちゃんていう子。いつだったかカウンターでとなりになって、草平ちゃんも口説いていたじゃない」

「和実ちゃんていうのは、女なのか」

「決まってるわよ。女で健太郎なんて名前の子がいたら、顔を見に行ってやるわよ」

「和実ちゃんの気持ちは嬉しいんだが、正直に言って今、本当に忙しいんだ」

「お酒を飲む暇《ひま》もないほど忙しい仕事なんて、聞いたこともないわ。そんなこと言ってるから女房に逃げられるのよ。それにね、和実ちゃんの用事ってベッドの話じゃないの。草平ちゃんの専門の分野。込み入ってて電話じゃ話せないの。ちょっとでいいから顔を出してやってよ。この前口説いた義理だってあるじゃない」

俺の専門分野は刑事事件で、たしかにベッドではないが、ベッドではないと気軽に決めつけられるのも、心外なものだ。だいいち俺には和実ちゃんという女の子に覚えはないし、口説いた覚えもない。

「なあマスター、和実ちゃんて、可愛いのか」

「悔しいけどあたし、草平ちゃんの好みぐらい分かってるつもりよ」

「歳はいくつぐらいだ?」

「知らないわよ。自分で訊けばいいじゃない。和実ちゃんはわざわざ草平ちゃんに会いに来たの。話が込み入ってるらしくて、電話じゃ言えないらしいのよ」

世間はゴールデンウィークでもあることだし、原稿が行きづまってることも事実。気分転換に二丁目まで出かけていったところで、他人に文句を言われる筋合いはない。和実ちゃんも俺の好みの女の子だというし、そういう誘いを断ったのでは女房子供と別居してまで一人で生きている、意味がない。軽く散歩に出て、軽く和実ちゃんの話を聞いて、軽くウィスキーを飲んで仕事はまたそれから始めればいい。原稿の締切りは迫っているが時間はあと三日、三日もあるか三日しかないかは、考え方と才能の問題なのだ。

「ねえ草平ちゃん、出ていらっしゃいよ。仕事なんかどうにでもなるわよ、原稿なんかあたしが書いてあげるわよ。こう見えてもあたし、昔大蔵映画でポルノの脚本を書いていたんだから」

武藤に殺人事件のレポートを書かせるのもかなりの名案で、しかし幻想は捨て、俺は「出かける」と返事をして電話を切った。煙草を灰皿でつぶしながら考えてみたが、和実ちゃんの顔はやはり思い出せなかった。ベッド以外の問題でわざわざ俺に会いに来るというのは、いったいどんな用事だろう。

＊

丸ノ内線《まるのうちせん》の最終はまだ残っている。四谷から新宿の二丁目ぐらい、タクシーだっていくらもかからない。だが帰りの都合を考えて、俺はマンションの階段下から自転車を引き出した。冬の間は跨《また》がる気にならなかった自転車もここまで暖かくなれば、ジョギングがわりにちょうどいい。いつか新しい自転車を買って東京大縦断をやってみたいとも思うが、この不健康な生活をいつまで躰《からだ》が我慢してくれるものか。

新宿通りの歩道を四谷四丁目で右に曲がり、靖国《やすくに》通りとの中間の道を新宿方向へ向かって二丁目のクロコダイルまで、自転車を漕いだのは十五分だった。タクシーでもそれぐらいの時間はかかるし、それにタクシーと自転車では健康と地球環境に正反対の影響を及ぼしてしまう。十五分間だけ健康と環境問題を考え、しかし次の瞬間には呆気《あっけ》なく煙草と酒の世界に入っていく。

ゴールデンウィークのまっ最中で、クロコダイルに他の客はなく、マスターの武藤と髪をロングにした知らない女の子が、カウンターの内と外でのんびり酒を飲んでいた。いつも職業の分からない若い連中がたむろしている店だが、こういうしらけた風景も、侘《わび》しくていいものだ。

「分かっていたわよ。可愛い女の子だって言えば飛んでくるのよね。あたし、草平ちゃんの奥さんに同情しちゃうわ」

「女房も俺に同情している。そのうち俺は道端で、知らない女に刺し殺される運命だそうだ」

「殺せるならあたしが殺してやるわよ。悪い男だと分かっているのに、惚《ほ》れた弱みって困ったものだわ……ねえ草平ちゃん、この子が電話で言った和実ちゃん。覚えているでしょう?」

和実ちゃんという子がとなりに座った俺に肩をすくめ、俺はマスターから水割りのグラスを受け取って、ウィスキーをなめながらその頬骨《ほおぼね》の張った横顔をしみじみと観察した。歳は三十になっているかどうか、白めのファンデーションに眉《まゆ》を細くカットし、厚い唇にはワインレッドの口紅を濃く塗りつけている。街では目を引く顔立ちかも知れないが、化粧を落とした顔まで見たいと思う女では、けっしてなかった。本当に口説いたことがあるというならそのときの俺は、泥酔でもしていたのだろう。

「友達のことで柚木さんに相談したくて、マスターに無理を言っちゃった」と、グラスの縁《ふち》から横目で俺の顔をのぞき、馴れなれしく口を尖《とが》らせて、和実ちゃんが言った。「柚木さん昔、刑事をやってたのよね」

「俺にとって三年前は、たしかに昔だ」と、四谷からのこのこ自転車を走らせてきた自分に腹の底から愛想《あいそ》を尽かしながら、俺が答えた。「和実ちゃん、苗字《みょうじ》はなんだっけな。歳を取るともの覚えが悪くなるんだ」

「豊岡《とよおか》。去年の暮《くれ》にこのお店で名刺を交換したじゃない」

「グラフィックデザイナーの豊岡さん、か」

「勤めは化粧品会社の企画部。グラフィックデザイナーはもう一人の女の子。ほら、柚木さんと二人で『男と女のラブゲーム』をデュエットしたでしょう」

「そういえば、そうか。去年の暮、忘年会の帰りに飲みに来たときの、あの子か」

本当言うと俺は、名刺を交換したことも『男と女のラブゲーム』をデュエットしたことも、まるで覚えてはいない。相手が覚えていると言うのなら、そういうことにしておけばいい。ポケットの中に知らない人間の名刺が入っているぐらいはよくあることで、自慢ではないがそういう問題には、拘《こだわ》らないで酒を飲んでいる。

「それで、話は友達のことだったたっけな」と、頭の中でもう帰り支度を始めながら、武藤が差し出したピーナッツを口に放り込んで、俺が言った。

「そうなの。その友達って、自由が丘《じゆうおか》でHGのお店をやってるんだけどね、旦那様から突然手紙が届いたの。わたし、柚木さんのことを思い出して、相談してみるからって言ってあげたのよ」

「自由が丘でハード・ゲイの店？」

「ハンドメイド・グッズのこと。お店の品物が手作りなのね。わたしなんかシャンプーも石鹸《せっけん》もそこの製品を使ってるのよ。ここだけの話、うちの会社で出している石鹸なんかより、美容のためにはずっといいの」

「なるほどな。HGの店をやっているのは女の人で、結婚をしていて、事情があって旦那が遠くにいて、その旦那から手紙が来たというわけだ」

「さすが元刑事だわ。友達が女の人だなんて、わたし、言わなかったものね」

「まあ……」

「彼女もどうしていいか分からないらしいの。手紙にはね、警察には知らせるなと書いてあったって」

そこまでのところは半分うわの空で聞いていたが、警察には知らせるな、という一言が俺の好奇心にいやな電気を走らせた。警察を辞めてから三年もたつのに、事件の臭《にお》いが鼻をかすめただけで、俺は無条件に緊張してしまう。

「旦那という人が誘拐されたわけでは、ないんだろう」

「そういうことではないらしいの。彼女は死んだと思っていたらしいのね。死んだと思ってた旦那様から手紙が来たんだから、びっくりしたわけよ」

「死んだと思っていた、旦那？」

「三年ぐらい前らしいわ。わたしも鯨《くじら》ハウスへ行くようになって二年だから、当時のことは知らないの」

和実ちゃんに、問題を具体的に説明する意思があるのか、かなり疑問だったが、どうやら鯨ハウスというのが自由が丘にある店の名前で、その経営者の旦那が三年前に失踪かなにかしていた、と言っているらしい。元刑事でなくてもそれぐらいは俺だって、欠伸《あくび》のついでに理解できる。

「旦那というのは、つまり、三年前からなにかの事情で姿を消していた。それは奥さんでも死んだと思うほどの事情だった……そういうことだな」

「旦那様って、木曾《きそ》の駒《こま》ケ岳《たけ》で行方不明になってね、捜索隊を出したけど見つからなかったらしいの。三年も連絡がなければ、誰だって死んだと思うんじゃない？」

「木曾駒で行方不明になって、三年、な」

「それで突然手紙が来たんだもの、セイ子さんだって困ってしまうわよ。手紙は本物らしいけど、それならそれで、事情をはっきりさせたいと思うものよ」

軽く一杯だけ飲むつもりだったものが、話の複雑さに、グラスを空《あ》けて俺は思わず水割りを追加した。セイ子さんというのが鯨ハウスの経営者、話も複雑で面白そうではある。しかしだからといって俺に、どうしろというのだ。

「死んだと思った亭主が生きてたんなら、それはそれで、いいじゃないか」と、新しい水割りに口をつけ、ポマードで撫《な》でつけた武藤の薄い髪を横目で眺めながら、俺が言った。

「でもそれなら電話をしてくるとか、今どこにいるかとか、もう少しはっきり連絡するべきじゃない？　ただ生きてるって手紙をよこしただけじゃ、話はかえって面倒になるわよ」

「旦那には奥さんにも話せない事情があったということさ」

「セイ子さんにはね、まるで心当たりはないってよ」

「一緒に暮らしていても相手のことは分からない。夫婦なんて、そういうもんだ」

「いやねえ。女房に逃げられた男って、すぐニヒルに気取るのよねえ」と、へんに確信したようにうなずきながら、武藤が言った。「でもそれは草平ちゃんたち夫婦のことでしょう？　世の中には心から愛し合ってる男と女が、いくらだっているもんだわよ」

「俺は一般論として言っただけさ」

「草平ちゃんの一般論なんか通用しないわよ。セイ子さんだっけ？　その人が本当にご主人を愛していて、旦那様が突然姿を消す理由に心当たりがないって言うんなら、素直に信じればいいじゃないのよ。ああいやだ。あんたみたいにひねくれた男が、どうして女にもてるのかしらねえ」

「マスターな、俺は人格を非難されるために自転車を飛ばしてきたんじゃない。今はセイ子さんとかいう人のことに話題を集中してくれ」

「だからそのことを言ってるのよ。どう考えたって不審《おか》しいじゃない。そりゃあね、世間には家に帰りたくない亭主族はたくさんいるわよ。だからってわざわざ駒ケ岳まで行って姿を消す？　奥さんと別れたいと思ったら、手紙なんか出さなければいいじゃない。それに無事を報せるなら報せるで、もう少し方法はあるじゃないのよ」

「俺に言っても仕方ない。旦那には旦那の、都合があるんだろう」

「それじゃ奥さんはどうするのよ。男って勝手だわよ。自分の都合だけでちっとも女の立場を考えないんだもの。セイ子さんの気持ち、草平ちゃんには分からないの？　旦那様が山で遭難したときなんか、そりゃあ心配だったはずよ。捜索が進んで、発見されなくて、もしかしたら死んでるのかなって思って、それでも諦《あきら》められなくて、いやぜったい生きてると自分に言い聞かせて、時間がたつうちにどうにか覚悟ができてきて、最近やっと一人で生きていく決心がついたんじゃないのよ。ここまで来るのに三年もかかってるのよ。それを突然『おい、俺は生きてるぞ』なんて言ってきて、勝手にも程があるじゃない。いくら事情があるのか知らないけど、あたしならそんな男、ぜったい許さないわよ」

武藤が昔ポルノの脚本を書いていたというのも、演説を聞くかぎり、まんざら嘘ではないらしい。しかし夫婦の問題に他人がどう介入するかとなると、話は事件以上に面倒になる。警察に駆け込んでも交番に失踪人の手配書がまわるぐらいで、捜査はしてくれない。捜されたくない人間を無理に捜し出したところで、問題も解決しない。もし帰れるものなら亭主だって、どうせ勝手に帰ってきている。

「難しい問題だとは思うが、俺にはどうすることもできない」と、グラスをカウンターに置き、和実ちゃんの濃い化粧の下に素顔を想像しながら、煙草に火をつけて、俺が言った。

「相談に乗ってくれないかなあ。セイ子さん、こういうことで頼りになる人、誰もいないんだって」

「こんなことで頼りになる人間なんて、誰だって、誰もいないさ」

「弁護士には相談したのよね。そうしたら興信所《こうしんじょ》を使って旦那様を捜してみろって、そう言われたらしい」

「ふつうに考えればそんなところだ」

「でもセイ子さん、興信所は嫌いなのよ。昔お見合い話があったとき興信所に調べられて、いやな思いをしたらしいの。それに興信所じゃ旦那様を見つけたあとのことまで、面倒は見てくれないものね」

「俺に亭主を捜させて、あと始末までやれと？」

「元刑事ならそれぐらいできるんじゃない？」

俺は頭の中で、自分でも意味不明なため息をついてしまったが、世界をそんなふうに軽く考えられる女というのは生きていても、毎日が楽しくて仕方ないだろう。武藤がどういう根拠で俺の好みは分かっている、と言ったにせよ、もう少し酒がまわっていれば声に出して反論するところだ。

「残念だけど、俺の専門は刑事事件でな。それに今は急ぎの仕事があって、知らない夫婦の問題に首をつっ込んでる暇《ひま》はない」

「そこを頼みたいと思って電話してもらったのよ。アルバイトで私立探偵もやってるんでしょう？」

「それは、事件と、相手によりけりだ」

「セイ子さんからも頼まれたのよ。柚木さんのことを話したら、お金はいくらかかっても構わないって」

「金……は？」

「だってこのまま、何もしないわけにはいかないしね」

「何もしないわけには、たしかに、いかないだろうな」

「とにかくセイ子さんに会ってくれない？　店は自由が丘の駅のそばなの。名刺を預かってるからわたしておくわ」

和実ちゃんが向こう側に肩を捻《ひね》り、丸椅子に置いてあったハンドバッグの中から、白い名刺を俺にわたしてよこした。名刺には〈鯨ハウス　外村世伊子《とむらせいこ》〉と印刷してあり、左下には自由が丘の住所と電話番号が書かれていた。俺が感動したのは名刺の名前でも、鯨ハウスのネーミングでもなく、和実ちゃんが言った金はいくらかかっても構わない、という宣言のほうだった。あれほど気が進まなかったのに、札束の幻影が頭をよぎったとたんに信念が動揺するのも、困った体質だ。

「草平ちゃん、あたしからもお願いするわよ」と、癖のあるだみ声を鼻にかけながら、色っぽい目で俺の顔をのぞいて、武藤が言った。「どんな事情があるか知らないけど、女を泣かせる男なんて人間のくずだわよ。その旦那が見つかったら、あたし、ぜったい蹴りをくれてやるんだから」

「仕事もあるが、まあ、考えてはみる」

「和実ちゃんの立場だってあるしね。あたしの顔だって立ててもらいたいわよ」

「今の原稿次第、ということだな。和実ちゃん、この鯨ハウスって、はやっているのか」

「お店は小さいけど、雑誌でもよく取り上げられるわね」

「雑誌で取り上げられれば、客も多い、か」

「世伊子さんは趣味でやってるの。もともとお金持ちの一人娘なのよ。あの辺りにマンションをいくつか持ってて、わたしが借りている部屋の大家さんなわけ」

「マンションを……そうか、そいつは、よかった」

「引き受けてくれる？」

「約束はできないが和実ちゃんの顔とマスターの顔は、立てたい気もする」

「とにかく会いに行ってみてよ。世伊子さんも安心すると思うわ。旦那様が見つかったら部屋代を下げてもらえるの。世伊子さんにもわたしにも柚木さんにも、みんなにいい話ということよね」

どういう展開でこうなったのか、分析はしたくなかったが、和実ちゃんの部屋代が下がって俺の財布が一息ついて、世伊子さんの旦那が見つかって世伊子さんが幸せになれば、たしかにみんなにとっていい話に違いない。亭主が三年間も姿を消していたり、突然手紙をよこしたり、この事件は最初から話が込み入っている。俺が首をつっ込んだからってこれ以上面倒になる心配はないし、なによりも世伊子さんの経歴が素晴らしい。金持ちの一人娘で、手作り製品の店を経営していて、自由が丘にいくつかのマンションを持っている。俺も罪の意識に目をつぶって力一杯、調査料を請求できる。

「草平ちゃんが仕事を引き受ければ、ついでにあたしも幸せになっちゃうわよ」と、ウィスキーのグラスを目の高さにあげ、俺と和実ちゃんに一度ずつ乾杯の合図をしてから、こけた頬でにやっと笑って、武藤が言った。「惚れた弱みがあるから言いたくないけど、草平ちゃんのお勘定、だいぶ溜まってるのよねえ」

2

五月の三日がなんの日だか思い出せないが、カレンダーには赤丸がついている。なにかの祝日か、印刷屋の冗談か。刑事だったころも曜日には無関係な生活をやっていて、辞めてからも相変わらず世間のサイクルとは馴染《なじ》まない人生を送っている。家庭があったころは、それでも子供が学校にあがったり女房がとなりの奥さんと喧嘩《けんか》をしたり、節目のようなものもあった。

今は街を歩く女の子の服装に季節の変化を感じる程度で、侘しいと言えば侘しいが他人と暮らしたからって本質的な侘しさが、誤魔化《ごまか》せるわけでもない。孤独なんて糖尿病と同じで、自分のそういう体質として我慢するより方法はないのだ。孤独さえ我慢できれば人は人生の無意味さも、死ぬまで我慢できる。

意味もなく天気がよくて、洗濯をしたり布団《ふとん》を干したり、冷蔵庫の中を片づけたりコーヒーをいれたりしながら、俺はなんとか原稿に取り組んでいた。それでも集中力がつづかず、半分自棄《やけ》を起こして自由が丘まで出かけることにした。天気がよくても仕事は捗らない、雨がふったらふったでまた気分が重くなる。贅沢《ぜいたく》を言えた柄《がら》ではないが俺の希望は、いつかは南の島に渡って、一生魚釣りをして暮らすことなのだ。

ＪＲと東横線《とうよこせん》を乗り継いで自由が丘の駅に着いたのは、夕方の四時だった。高校生たちの喧噪《けんそう》がないことに神経が物足りなさを感じても、そんな刺激を期待すること自体が歳を取ったことの証拠なのだろう。ほんの何年か前まで子供だの高校生だの、俺はジンマシンが出るほど嫌いだった。

駅前の交番で教えてもらった鯨ハウスは、欅《けやき》の街路樹が東西につづく、駅の東側の閑静《かんせい》な一角にあった。媚《こび》を売らないブティックやカフェが傲慢《ごうまん》に点在し、場違いな人間は締め出そうと決めているような、なにか排他的な風景をつくっていた。青い化粧タイルで外装を飾った鯨ハウスも、想像していたような雑貨屋ではなく、暇と金のある人間が暇と金を無駄遣いするために立ち寄るだけの、サロン的なディスプレイだった。

壁に縫いぐるみを並べた細長い店の奥には二人の女が木の椅子に座っていて、そのうちの一人が商品や家具の間をゆっくりと俺のほうへ近づいてきた。女はレンガ色のミニスカートに薄茶のストッキングをはき、襟《えり》の尖った白いブラウスの上にはスカートと同色のベストを羽織っていた。とっさには信じられなかったが、俺の顔を見つめる目の表情から、どうやらその女が外村世伊子らしかった。

「電話をした、柚木です」と、女の落ち着いた華やかさに自分でも呆《あき》れるほど緊張しながら、どうにか肩の力を抜いて、俺が言った。

「お待ちしていましたわ。無理なお願いをして申しわけございません。なにしろこういうことに、慣れていないもんですから」

外村世伊子がこういうことに慣れていないのは当然で、そして俺も外村世伊子のように癖のない清潔な笑顔の女には、まったく慣れていなかった。歳も三十を過ぎているのだろうがミニスカートの脚に崩れはなく、鼻の形や顎《あご》の線も上品で、これで大金持ちの一人娘だというのだから世の中はずいぶん、不公平にできている。

世伊子が俺に目で合図をし、店の奥へ歩いて若い女になにか言い、空色のビニールバッグを肩にかけてまた戻ってきた。場所を変える意思であることは分かっていたので、俺は黙ってドアを開け、俺たちは欅並木の通りに出た。ローヒールの割に背が高く、並んで歩くと肩の線は俺と同じぐらいだった。他人事《ひとごと》ではあるが、亭主という男にこれほどの女を残して行方をくらまさなくてはならない、どんな事情があったのか。

世伊子が俺を連れていったのは、鯨ハウスから百メートルほど離れた漆喰《しっくい》塗りの喫茶店だった。俺たちはコーナーで隠れた窓際の席に座り、それぞれにレモンティーを注文した。向かい合って座ると恥ずかしくて逃げ出したくなるほどいい女だが、まさか亭主も同じ理由で雲隠れしたわけではないだろう。

名刺をわたし、相手に断ってから煙草に火をつけて、俺が言った。

「最初に言っておきますが、今日は話を伺いに来ただけです。仕事を引き受けると決めているわけではありません」

「専門の方に話を聞いていただけるだけでも、助かりますの。ふだんは警察関係に知り合いがほしいとは思わないのに、人間なんて、勝手なものですわね」

「警察とかヤクザとかは、できれば、無縁に生きたいものです。ご主人からの手紙はお持ちですか」

世伊子がバッグから白い封筒を取り出し、ウエイトレスがレモンティーを置いていくのを待って、テーブル越しに手渡してよこした。封筒は市販の定形物で、表には角張った大きい文字で外村世伊子の住所と名前が書かれていた。住所は鯨ハウスのある目黒《めぐろ》区自由が丘ではなく、となりの世田谷《せたがや》区奥沢《おくさわ》だった。裏には差出人の住所氏名はなく、スタンプの日付は四月二十日、取り扱い郵便局は東京の芝《しば》局だった。木曾の駒ヶ岳というのは長野のはずだから、この旦那は三年かかってやっと長野から東京まで帰ってきたことになる。

封筒の中に入っていたのも、四つ折りにした変哲のない白い便箋《びんせん》で、そこには表書きと同じ角張った文字でたった六行の文章が書かれていた。

『世伊子様。心配をおかけして、申しわけない。事情があって家に帰れないでいる。そのうちすべてを話せるときが来ると思う。今は僕を捜さないでください。それから、警察には知らせないように。お体、お気をつけください。峰夫《みねお》』

俺は五分ほど、煙草を吹かしながらその文字を眺めていたが、突然不愉快になって、便箋と封筒をテーブルの隅に放り出した。文字の姿にも文章にも、書いた人間の心の揺れが、どこにも感じられない。受け取った人間の気持ちに対する配慮が気配にも感じられないのだ。

「峰夫というのが、ご主人の名前ですね」と、レモンティーをすすり、世伊子がうなずくのを確かめてから、新しい煙草に火をつけて、俺が言った。「手紙がご主人からのものであることは、間違いないでしょうか」

「間違いないと思います。主人はよく旅行をする人で、旅先から絵葉書を書いてくれました。文字を比べてみると同じものでした」

「ご主人の職業は？」

「フリーのカメラマンです。変わった人で、昆虫とか植物とか動物とか、そういう方面が専門でしたわ。売れているカメラマンとは、言えませんけど」

「初対面の人間に立ち入ったことを訊かれるのは、面白くないでしょうね」

「覚悟はしています。病院に行けばお小水だって取られますし、お医者様の前では服も脱がなくてはなりませんわ」

「まあ、それも、そうです」

「たとえがいけませんでした？」

「うしろから頭を殴《なぐ》られたようで、ちょっと、目眩《めまい》がする」

「気を使っていただかなくても結構ですのよ。恥ずかしがってみても、仕方ないですものね」

世伊子がどういう育ち方をしているにせよ、生まれたときから価値観に余裕があって、意味のない拘りはいつでも捨てられる優雅さを身につけているのだろう。視線がずれるといや味な性格になる可能性はあるが、口調にも表情にも他人を不愉快にさせる要素は、憎らしいほど見えなかった。

「豊岡和実さんから聞いたかぎりでは、ご主人の失踪について、心当たりはないということでしたが」

「正直に言って、本当に心当たりはありませんの。手紙が届くまでは失踪だなんて、思ってもおりませんでした」

「すでに死んでいると？」

「そう考えるより仕方ありませんでした。三年前、主人はいつものように写真を撮りに出かけました。出版社に頼まれてイワヒバリの写真を撮るとか、そんなことだったと思います」

「イワヒバリというのは、鳥の名前か、なにか」

「そうだと思います。わたしはその方面に、詳しくありませんの」

「イワヒバリの写真を撮りに駒ケ岳へ登って、遭難したということですか」

「予定の日を二日も過ぎて、主人が帰らなくて、わたし、山岳会の方に連絡してみました。その方が現地へ飛んでくださって、主人が駒ケ岳に登ったまま下山していないことを確認してくれました。それから山岳会の方と地元の方々が捜索隊を出してくれましたけど、発見されたのはテントと寝袋だけで、主人は、見つかりませんでした」

「その後三年間、ご主人らしい遺体は、発見されていない?」

「崖崩れかなにかで埋まったままだとか、そういうことだと思っていましたわ」

「三年前というのは、正確には、いつごろのことですか」

「来月の十日でちょうど三年になります」

「冬山ではなかったわけですね」

「軽装備になるぶん、夏山のほうが遭難すると危険も大きいということでしたわね」

「ご主人は一人で、駒ケ岳に?」

「写真を撮るときはいつも一人でした。駒ケ岳への入山記録にも、一人で登ったことが書かれていました」

三年前の六月十日に、外村峰夫は下山予定日になっても帰らず、捜索隊が発見したのはテントと寝袋だけ、それ以降遺体も出てきていない。どう考えても一般的な単純遭難で、この三年間で世伊子が亭主の死を確信するようになったのも、無理のない心境だ。手紙さえなければ死亡したものとして離婚の提訴もできるし、気持ちの整理をつけて新しい生活にも入っていける。

いったいなにを考えて外村峰夫は姿を消し、そして三年たった今、なにを考えて自分が生きていることを世伊子に連絡してきたのか。

「覚悟をしているということなので、率直に訊きます。あなたとご主人の仲はいかがでした？」

「主人がこういう手段で姿を消すほど、仲が悪かったか、ですわね」

「念のためです」

「主人がどう考えていたか、心の深い部分までは分かりませんわ。でもわたしたち、お互いを信頼しあっていました。人生のパートナーとしても気が合っていたと思います。主人はお金や出世に無関心な人で、そういうところにわたしは惹かれていました」

「売れている写真家ではなかったということは、金銭的な負担は、あなたのほうに？」

「そういうことになりますけど、カメラの機材にお金がかかるぐらいで、贅沢な人ではありませんでしたわ。テントと寝袋があればどこでも暮らせるような人でした」

「政治的な団体に関係していた可能性は、ありますか」

「思い当たりませんわねえ。『雫《しずく》の会』という山岳クラブに所属していましたけど、あの会は純粋な山岳同好会だと思います」

「自然保護団体とか、環境問題を研究する会には？」

「お友達では活動している方もいらっしゃるでしょうね。でも主人は一人で自然の写真を撮って歩くことを好みました。テントと寝袋だけで生きていける人でしたから、遭難から一ヵ月ほどはわたし、必ず生きて帰ると信じていましたけど」

テントと寝袋さえあればどこでも暮らせて、物質的な贅沢に関心がなく、社会の煩《わずら》わしさを拒否してひたすら好きな植物や動物の写真を撮りつづける。そういう生き方が一つの理想として俺の中にもなくはないが、現実には東京の埃《ほこり》にまみれて夜の街をうろつく生活を、死ぬまで捨てることはできない。世伊子のような東京の風景そのものであるような女が、自分とは対称の位置にある亭主の価値観に単純な憧れをもったとしても、それはそれで、理解できないこともない。

「一つ聞いておきたいのですが……」と、世伊子の生活感のない華奢《きゃしゃ》な指を眺めながら、新しい煙草に火をつけて、俺が言った。「ご主人が見つかった場合、あなたとしては、どうするおつもりですか」

「自分でもそれが分かりませんの」と、ミニスカートの長い脚を揃えて横に流し、胸の前で軽く腕を組みながら、世伊子が言った。「主人は死んだものと、やっと諦めがついたところでした。もう一度生活をやり直すには、わたしの中の不信感が大きすぎる気もします。主人が戻れないというなら、戻れない事情はあるんでしょう。でも、わたしとしては、何もしないで待っている気にはなりません。結論を出さなくてはいけないと思いますの。主人と暮らした三年間はなんであったのか。主人にとってわたくしが、なんであったのか。とにかく曖昧《あいまい》なまま生きていくわけにはいきませんわ。覚悟はしております。ですからこのお仕事、どうしても柚木さんに、引き受けていただきたいの」

世伊子の言い分は理論的にもまともなもので、俺も納得しないわけではなかった。しかしそこに亭主に対する愛憎の匂いが感じられないのは世伊子の、そういう性格、というだけのことなのだろうか。

「現在親しくしている男性がいるとか、結婚話が持ちあがっているとか、そんなことでもありますか」

「わたしがそれほど器用な性格に見えまして？」

「あなた自身は不器用でも、周りに器用な男はたくさんいるはずです」

「それ、褒《ほ》めていただいたのかしら」

「率直な感想です。このままご主人に、姿を消したままでいてもらいたいと思う男が、何十人いるのか」

世伊子の切れ長の目が大きく見開かれ、唇がかすかに歪《ゆが》んで、歯並びのいい前歯がにっこりとこぼれ出た。

「今のお言葉、悪気のない冗談として受け取っておきますわ。質問の答えはノーですけど、それにしてもあなた、まじめな顔をして悪い冗談をおっしゃいますのね」

俺にしてみれば精一杯控えめに本音を言ったつもりで、しかし冗談としてしか受け取られないなら今のところ、それも仕方はない。

「ご主人を見つけたあとの結果は、わたしにも想像はつきません。ですがとりあえず、仕事は引き受けます。二、三日のうちには手をつけられると思います」

「柚木さんが力になってくださることは、直感で分かっておりましたわ」

その顔でにっこり笑ってくれるだけで俺は地獄にでもつき合ってやるが、そういえば似たような状況でこれまでにも呆れるほど、俺は地獄に落ちている。

「ご主人の写真がありましたら、預からせてください」

世伊子がまた空色のバッグをのぞき、中から掌大《てのひらだい》の写真を抜き出して、目尻に優雅な皺《しわ》を刻みながらテーブル越しに腕を伸ばしてきた。受け取った写真には女と男が二人ずつ写っていて、一人が世伊子だから、男のどちらかが亭主の峰夫だろう。

「わたしのとなりに立っているのが主人ですの。五年ほど前の写真ですけど、顔は変わっていないと思います」

写真の外村峰夫は世伊子との比較から背は百八十以上、角張った顔に顎鬚《あごひげ》をはやし、カメラマンというよりアメラグのクォーターバックのような風貌だった。もう一人の男も背は高かったが顎は尖っていて、つくっている笑顔には神経質な雰囲気が感じられた。

「一緒に写っているのが田谷津《たやつ》幸司《こうじ》さんといって、主人の親友ですわ。主人が遭難したとき、最初に駒ヶ岳へ飛んでくれたのも田谷津さんでした」

「田谷津さんもカメラマンですか」

「商事会社にお勤めの方ですけど、趣味が山登りで、主人と同じ雫の会という山岳同好会に入っています」

「もう一人の、横を向いた女の人は?」

「主人の妹です。名前は山口《やまぐち》麻希《まき》といいます。ちょっと変わった子で、美大を出てからジャンクアートのようなことをやっておりますわ」

山口麻希という亭主の妹は、角度の加減で顔立ちは分からなかったが、ドレッド風の髪を黄色いバンダナで包み、ロゴ入りのTシャツに膝《ひざ》の抜けたジーンズという、見るからにゲイジュツカの女の子だった。

「山口麻希さんということは、妹さんは結婚を？」

「いえ、申しあげるのが遅れました。外村はわたくしのほうの姓ですの。主人には婿《むこ》養子の形を取ってもらいました」

「婿養子の……なるほど」

「主人は家柄とか戸籍とか、そういうことにも拘らない人でしたわ」

「一番親しかった友達は田谷津さんですか」

「主人には山の関係でたくさん友達はおりましたけど、一番親しいということなら、田谷津さんですわね」

「妹さん以外にご主人の家族は？」

「ご両親も健在で、お二人で千葉の田舎《いなか》にお住まいです。昔はかなりの土地持ちだったということです。お祖父《じい》様が不動産業で失敗されて、残ったのはご自宅だけになっています」

「この写真ではご主人の歳が分かりかねます」

「今年の二月で三十三になりました。わたしの年齢もお知りになりたいかしら」

「いえ……ええ、いや」

「三十五になりましたわ。主人より二つ年上ですの」

「大きなお世話でしょうが、三十になったばかりかと……まあ、どうでもいいことです」

世伊子が口を閉じたまま笑い、椅子の背に肩を引いて、テーブルの下でゆっくりと脚を組み合わせた。俺はなんの根拠もなく恥ずかしくなって、紅茶を飲み干し、封筒の上に写真を伏せて重ね合わせた。初対面の女に惚れるのも珍しいことではないが、今回の場合は重症になりそうな、困った予感がする。

「ご主人の妹さんとかご両親には、手紙の件をどう話しました?」と、煙草を我慢し、世伊子のミニスカートから視線を外して、俺が言った。

「電話で連絡をして、あちらにも手紙が届いていないか訊いてみました。主人が手紙を書いたのはわたしのところだけでした」

「ご両親と妹さんと田谷津さんの、住所と連絡先を書き出してください。それからあなたの、自宅の電話番号と」

うなずいてバッグから大判のシステム手帳を取り出し、膝の上に手帳を開いて世伊子が金色のボールペンを走らせ始めた。そのあいだ俺はコップの水で喉《のど》と唇の渇きを誤魔化したが、アルコールでもないのに、とんでもなく悪酔いをしそうな気分だった。

書き込みの終わったページを切り離し、少し首をかしげながら、きれいにマニキュアを塗った指で世伊子が紙を俺に手渡した。俺は住所と電話番号を確かめ、会釈《えしゃく》をして、写真や封筒と一緒にメモを上着の内ポケットにしまい込んだ。どういう結果が出るかは分からないが、どんな結果にせよ、三年間の空白に決着だけはつけさせてやろう。

「最初に伺わなくてはならないことを、忘れていましたわ」と、組んだ膝の上に肘を立て、その腕で頰杖をついて、世伊子が肩をのり出させた。「料金のことを決めなくてはいけませんでした」

「そう、まあ、そうですね」

「興信所の相場は一日十万円に必要経費だと伺いました」

「だいたい、そんなところでしょう」

「興信所よりお高いことは承知しています。お何円《いくら》で引き受けてくださいます？」

俺だって本当は、金なんか要らない、と見得をきってみたいところだが、大人の常識が出かかった言葉を、喉の出口で抑え込んだ。見栄《みえ》を張るのは簡単でも部屋代や飲み屋のつけを払うのは、そう簡単なことではない。

「一週間で百万、プラス必要経費……そういうことにしましょうか」

「異存はありませんわ」

「あくまでもアルバイトですので、領収書は出せません」

「そのことにも異存はありません」

「一週間動いて結果が出なかった場合は、そのときにまた、ご相談します」

「お願いしますわね。中途半端な気持ちで生きていると、生活まで中途半端になってしまいます。料金のほうは、先払いにいたします？」

「銀行口座に仕事が終わってから振り込んでください。納得のいく結果が出たらということで、結構ですが」

前金で、それも現金で、と言いたいところだったが俺の恥ずかしい人生にも、それぐらいの見栄は張らせたい。

「わたしのほうも最初に訊くべきだったことを忘れていました」と、煙草とライターを引き寄せ、この一本で最後にしようと決めながら、火をつけて、俺が言った。「お店の鯨ハウスという名前の由来を、訊き忘れていました」

世伊子が、ああ、というように口を開き、悪戯《いたずら》っぽく視線を逸《そ》らして、額にかかった前髪を小指の先で掻《か》き分けた。

「いつも皆さんに訊かれますのよ。大人げないネーミングだとお思いでしょう? 最初はね、わたしが自分でつくった鯨の縫いぐるみだけを並べておりましたの。それがいつの間にか、ネットワークができてしまって、気がついたら家具まで置くようになってしまいましたわ」

関節の目立たない長い指といい、しみのない白い首筋といい、年齢の澱《おり》を気楽に拒否している世伊子の清潔さは、俺の煤《すす》けた人生観には悲しく見えるほど無邪気だった。もし性格の不一致とかいうつまらない理由で姿を隠したのなら、法律がどうあろうと、見つけ出して、俺がこの手で外村峰夫を死刑にしてやる。

「最後にもう一つ、訊きにくいことが残っていました」

「気を使わなくていいことは、最初に申しあげましたわよ」

「わたし自身に、自分の都合で、気を使ってしまった」

「はあ?」

「あなたにお子さんがいるのか、なぜか、訊けませんでした」

世伊子がテーブルの下で脚を組みかえ、頰のあたりを掌で包んで、遠くのほうから、ふっとため息をついた。

「子供はおりませんわ。よかったのか悪かったのか、考えないことにしております。わたしが考えるのは毎日を後悔しないように生きる、それだけですわ」

3

三連休が過ぎて、どうやらゴールデンウィークとやらも終わったらしい。そんなことでは俺の時間割りに、喜ぶほどの変化はやって来ない。だらだらと事件を追いかけ、だらだらと原稿を書き、馬券を買って酒を飲んで惰眠を貪《むさぼ》る。四十を目の前にしてこんな人生でいいのかと反省しなくもないが、俺が生活を悔い改めたところで神様も女房も子供も、誰が褒めてくれるわけでもない。

二日のうちの一日を徹夜し、強盗殺人の原稿を書きあげて出版社にわたし、俺はとにかく外村世伊子の亭主捜しを始めることにした。外村峰夫が三年前、なぜ妙な方法で姿を消したのか、今になってなぜ自分の生存を知らせてきたのか、そのあたりが確認できれば本人に行き着くのも難しいことではない。殺人事件の犯人を捜すのも失踪した人間の居所を見つけるのも、捜査のテクニックとしては同じ理屈なのだ。

前の晩のアルコールの名残を、躰の奥に引きずったままシャワーを浴び、着がえをして、正午《ひる》前には四谷のマンションを出た。連休も過ぎたのに飽きもせず天気はよく、光の中には夏を予感させる乾いた気怠《けだる》さが匂っていた。海ではしゃぐ歳ではなくなっても子供のころの感傷がやはり、俺に夏を待ち遠しく感じさせる。

*

西武池袋線《いけぶくろせん》の桜台《さくらだい》という駅におりたのは、生まれて二度めか、三度めだった気がする。毎日のように東京をほっつき歩いて乗ったことのない電車もないはずだが、おりたことのない駅はいくらでもある。俺が桜台へ来たことがあるのは学生のころ友達がこの町に住んでいたからで、しかしその友達が誰であったのか、男だったのか女だったのか、そんなことすら思い出さなかった。

駅前の商店街を北へ向かって十分ほど歩き、路地を五つか六つ曲がって見つけた『かすみ荘』は、名前は花の霞草にちなんだものなのだろうが、実物はなんと言っていいのか、背中の毛穴が恐縮するほど古いアパートだった。壁は完璧にペンキの剝げた板張り、屋根には色のはっきりしないスレート瓦をのせ、そしてなによりも、気のせいではなく、二階建ての建物自体が狭い路地に向かって悠然と傾斜を起こしている。今年の冬も大きい地震はあったはずで、それでも倒れていないところを見るとこれはこれで、力学的なバランスは取れているのだろう。アパートのくせに敷地の入り口には木の引き戸がついていて、玄関までの狭い空間にはピンク色の花水木《はなみずき》と黄色い金雀枝《えにしだ》が、狂ったように花の色を競わせていた。建物の南側には敷地が広く取ってあり、庭からは桜の大木が路地の外にまで枝を張っている。アパート自体がまるでジャンクアートで、女の子だというのに芸術家というのは、不思議な住居観をもっているものだ。

明かりのない共同の沓脱《くつぬぎ》をのぞくと、壁にボール紙でできた郵便受けが並んでいて、俺は山口麻希の部屋が一階の一号室であることを確かめてから、板塀と小手毬《こでまり》の間を建物の前面にまわっていった。そこでもつい感心してしまったが、アパートの前庭には洗濯物を干す柱が二本、颯爽《さっそう》と聳《そび》えていた。加えて嬉しかったのは、一階の部屋すべてに縁側がついていることだった。

俺はほんの一瞬茫然《ぼうぜん》としたあと、気を取り直し、開いているガラス戸から一番手前の部屋をのぞいてみた。三畳ぐらいの部屋には敷きっぱなしの布団を中心に、テレビやら小机やらコーヒーの空き缶のようなものが俺の覚悟を馬鹿にするように、壮絶に散らばっていた。人間が顔を突き出したのは、しかしその部屋ではなく、やはりガラス戸を開け放ってあるとなりの部屋からだった。

丸坊主に近いほど髪を短くしたその頭が女の子だと理解できるまでには、五秒ほどの時間と三十八年の人生経験が必要だった。

「となりの山口麻希さんを訪ねてきたんだが」

「あんた、昨夜電話してきた人？」

「ん？」

「兄貴のことで電話してきた、柚木という人でしょう？」

俺はタンポポや雑草が生えている庭を恐るおそる二番めの部屋まで進み、縁側から丸い目でとぼけたように俺を見つめている女の子の顔を、息を止めて見返した。写真で見た山口麻希はドレッド風の髪に黄色いバンダナを巻いていたが、そういえば外村世伊子もあの写真は、五年前のものだと言っていた。

「君が、つまり、山口麻希さんか」

「わたしが山口麻希ではいけない？」

「そういうわけじゃないが、部屋がちがうような気がしてな」

「両方ともわたしが借りてるの。荷物が多いし、引っ越すのも面倒だしね」

「両方とも、か。そうか、まあ、いい部屋だ」

山口麻希が俺の顔に視線を固定したまま縁側に屈《かが》み込み、色の抜けたジーンズの脚を縁側の外に、ぶらっと投げ出した。俺は縁側の前まで歩いていって山口麻希の小さい顔を、名刺をわたしながら興味ぶかく観察した。外村峰夫の妹だから二十歳ということはないだろうが、二十五を過ぎているようには、なんとしても思えなかった。化粧をしていないくせに皺もくすみもなく、唇もきれいなピンク色で、丸い目が俺の顔を睨《にら》んでさえいなければ思わず拍手したくなるほどの美人だった。ジーンズの上は黒いコットンセーター、Vネックの下の胸にはどうやら、ブラジャーはつけていないようだった。

「君の兄さんから外村世伊子さんに手紙が届いた件について、調べている」と、俺の名刺を近眼らしい目で顔の前にかざしている山口麻希に、俺が言った。

「そうなんだってね。世伊子さんからも電話が来たけど、悪戯じゃないのかな」と、名刺をジーンズの尻ポケットにつっ込み、素足の脚をぶらっと振って、山口麻希が言った。「三年前の山の事件で、兄貴、死んでると思うけどなあ」

「その兄さんから手紙が来たから、世伊子さんも困ってる」

「あんた……柚木さん？　雑誌の仕事で調べてるんじゃないんだ」

「世伊子さんの友達の友達で、個人的に頼まれた」

「頼まれたって、どういうふうに？」

「君の兄さんを捜すように」

「捜すように……ふーん。だけど兄貴は、死んでるはずなのにねえ」

山口麻希が首をかしげて俺の顔をのぞきあげ、俺のほうは上着のポケットから外村峰夫の手紙を取り出しながら、縁側の空いている場所に腰をおろした。

「兄さんから世伊子さんに来た手紙だ。彼女は君の兄さんの字に間違いないと言ってる」

俺の手から封筒を受け取り、上唇をなめながら便箋を抜き出して、山口麻希が十秒ほどじっと紙面を睨みつけた。近眼が理由にせよ、この物を睨む癖さえなければ、分類的には可憐なタイプの顔立ちだった。

「兄貴の字みたいだけど、待ってくれる？　わたしに来た葉書と比べてみるわ」

山口麻希が反動をつけて立ちあがり、部屋の中へ入っていって、一、二秒で元の縁側に戻ってきた。二つめの部屋も唸《うな》るほどの荷物が溢《あふ》れていたが、こっちのほうはイーゼルだのキャンバスだの、絵の道具らしい物が中心だった。

「これね、沖縄から兄貴がよこした葉書だけど、同じ字だと思う？」と、便箋と珊瑚礁《さんごしょう》の絵葉書を並べて差し出しながら、縁側に胡座《あぐら》をかいて、山口麻希が言った。

その二枚を受け取り、『様』とか『来る』とか『峰夫』とか、両方に共通する文字を比べてみたが、角張った右あがりの字は俺の目にも、同じ人間が書いたものとしか見えなかった。文章自体は海が青いとか光が透明だとか、他人にとってはどうでもいい内容だ。

「同じ字のように見える。この絵葉書は四年前のものか……」と、スタンプの日付を確かめながら煙草を取り出し、火をつけて、俺が言った。「やっぱり君の兄さんは、死んでいないということだな」

「そういうことになるのかな。三年前、駒ケ岳で見つかったのはテントや寝袋だけ。兄貴は見つからなかった」

「三年前の捜索には君も？」

「わたしは山小屋で待ってたわよ。兄貴とちがって汗をかくのは苦手なの」

「当時は崖崩れかなにかの原因で遭難した、ということになったんだよな」

「信じられなかったけどね。兄貴って生命力の強いタイプでさ。山なんかで死ぬはず、ないと思ったんだよね」

山に登るような人間は、基本的には体力も生命力も強いはずで、しかし現実にはそういう男たちが毎年何人も山で死んでいる。生命力に過信があるのか、山で死ぬことに暗黙の美学があるのか、そのへんのところは分からないが。

「兄さんはこうして世伊子さんに手紙を書いてきた。山で遭難したのではなかった、ということだ」

「三年前も信じられなかったけど、今も信じられないな。生きてるならわたしやお袋に、なにか言ってくるのにね」

「そのなにも言ってこない理由を、君に訊きたい」

山口麻希がコットンセーターの肩をすくめて躰をひねり、縁側からは動かずに、部屋の中からひょいと煙草とライターを引き寄せた。立ちあがらなくても人生のすべてが解決する、ずいぶん便利のいい部屋だ。

「兄貴が生きてたということは、三年前、理由があって姿を消したのよね」と、煙草に火をつけ、庭に向かって長く煙を吐きながら、ジーンズの膝を抱えて、山口麻希が言った。「兄貴がそんなことをする必要、なにかあったのかなあ」

「訊いてるのは俺のほうだ」

「世伊子さんが知らないのに、わたしが知るわけないよ」

「仕事のことでは、なにか聞かなかったか」

「仕事？」

「駒ヶ岳にはイワヒバリとかいう鳥の写真を撮りに行ったそうだ。仕事なら依頼主がいたはずだ」

「そういえば、駒ヶ岳には出版社の人も駆けつけたっけな」

「出版社の名前は？」

「覚えてないわよ。あのときはそんなことに気はまわらなかった。それに聞いたこともない出版社だった」

会社の名前はあとで調べるとして、出版社の人間が駒ヶ岳にまで駆けつけたということなら、外村峰夫が仕事のために山へ入ったことは、一応事実だろう。仕事のために駒ヶ岳に登り、そこで姿を消さなくてはならない、なんらかの状況に陥ったことになる。

「仕事や、家庭生活や、友人関係で、兄さんがトラブルを抱え込んでいた可能性は、本当にないのかな」

「柚木さん、あんた、兄貴のことを知っていた？」

「いや……」

「兄妹《きょうだい》だから言うわけじゃないけど、ああいう善人も珍しかったわよ。わたし、子供のころ、兄貴のことを馬鹿じゃないかと思ったこともあった。それぐらいいい奴だったということね」

「政治活動にも、社会運動にも、関係はなかったのか」

「兄貴の優しさって、一種の諦めだったのよね。たまにいるでしょう？　子供のころから人間のことがぜんぶ分かっちゃう奴。兄貴もああいうタイプだった。社会にも他人にも優しかったけど、のめり込むこともなかった。興味をもっていたのは植物とか昆虫とか、ああいうものだけだったな」

「世伊子さんに対しても、のめり込むことは、なかった？」

「あれは、うん、あのときだけは、笑えたわね。兄貴でも女の人を好きになるのかって、感動しちゃった。兄貴が外村の家の婿養子だったこと、知ってる？」

「聞いてはいる」

「親父やお袋は反対したのよ。兄貴は長男だしね、相手が金持ちだからって、家を売るようなことはさせられないって。でも兄貴、あのときだけは親父の言うことを聞かなかった。わたしなんか全面的に応援しちゃったよ」

「そのこと以外で、二人が結婚するとき、なにか問題は？　なにしろ彼女は……」

「あれだけの美人だし、お金持ちだし？」

「まあ、そうだな」

「世伊子さんぐらい美人なら、周りの男が勝手に問題を起こすわよ。兄貴との結婚が決まったとき、自殺しかけた奴もいると聞いたわ」

「自殺しかけた……男の名前、分かるか」

「知らないなあ。六年も前だし、わたし、そういうことに興味ないの」

「結婚してから兄さんと世伊子さんは、うまくいってたのかな」

「そう思うけどね。兄貴って余計なことは言わない性格だった。でもなにか問題があれば、雰囲気で分かったと思う。わたし、よく奥沢の家へ遊びに行ってたもの」

「結婚生活もうまくいってたし、友達とのトラブルもなかった。いったい兄さんは、なんで姿を消したんだろうな」

「だから、やっぱり、あれなんじゃないの？」

「やっぱり三年前に、駒ヶ岳で死んでいる？」

「兄貴が世伊子さんに黙って姿を消すなんて、考えられないもの。生きているとしたら一番会いたい人は、世伊子さんのはずなのよねえ」

山口麻希が吸っていた煙草を庭のまん中に弾き飛ばし、縁側の陽射しを吸い込むように、胡座をかいたまま大きく背伸びをした。奇麗な顔の割に表情が投げやりで、口調にも仕草にも、世の中を拗《す》ねている気怠さがあった。他人の生き方に口を挟むほど律儀ではないが、アパートといい髪型といい、全面的に賛成したい人生観ではなさそうだ。

「余計なことだけど、一つ、訊いていいか」と、自分でも庭のまん中に煙草を弾き、光の中で欠伸をしている山口麻希に、俺が言った。「君と兄さんは、歳がいくつちがうんだ？」

「五つだけど、どうして？」

「君は、つまり、二十八ということか」

「二十八じゃいけないの」

「若く見えたんで、驚いただけだ」

「つき合ってる連中が若いせいかな。学生みたいな奴ばっかりだからね」

「芸術をやってるんだってな」

「へーえ、世伊子さんに聞いたわけ？」

「ジャンクアートっていうから、もっと怖い女の子かと思った」

「ふだんは絵を描いてるだけよ。食べるために広告もポスターも描く。ショーウインドーのディスプレイもやるわ。そういうことには拘らない性格なの」

「つき合う男にも拘らない、か？」

「なんのこと？」

「訊いてみただけさ」

「そんなことを聞いて、どうするのよ」

「年齢制限がなければ、試しに立候補してみようかと思ってな」

「試しに……ああ、そういうこと」

口を開けて山口麻希が大袈裟《おおげさ》に笑い、眉の間に皺を寄せて肩を俺の前に突き出した。

「わたし、近眼でね、今日はまだコンタクトを入れてないの」

「目のいい女は嫌いだ。この前つき合った子には白髪の数まで数えられた。コンタクトを入れる前に、昼飯でもどうだ」

「奢《おご》ってくれるわけ?」

「取材に協力してくれた謝礼さ。それに桜台には思い出があって、君みたいな可愛い子と少しだけ、散歩をしてみたい」

山口麻希がまた声を出して笑ったが、俺は封筒と絵葉書をポケットにしまい、縁側をおりて、近眼の丸い目で俺の顔を睨んでいる坊主みたいな頭に、軽くうなずいてやった。

「あんたも運がいいわ。わたしも朝飯を食べに行こうと思っていたの。天気もいいし、どうせ夜までやることはなかったのよね」

縁側からごろんと部屋の中へ転がり、そのまま待つようにと目で合図をして、山口麻希がガラス戸にねじ込み式の鍵をかけ始めた。俺には瓦落多《がらくた》にしか見えない荷物も本人にとってはたぶん、意味のある財産なのだろう。

俺はヤツデやツツジの植え込みを眺めながら煙草に火をつけ、山口麻希がもう一つの部屋のガラス戸を閉めてくるまで、煙草を吹かしながら庭に立っていた。たしかに天気はいいし、アパートは学生時代を思い出してしまうほど懐かしかったが、しかし山口麻希は何を隠しているのだろう。

*

駅のそばにあるステーキハウスで、三千五百円の『ステーキセット』とかいうやつを奢らされたが、結局アパートで得た以上の情報は聞き出せなかった。山口麻希とは店の前で別れ、俺はそこからタクシーで練馬《ねりま》区の図書館へ向かった。捜査を始めた初日でもあるし、今以上に外村峰夫がどこかへ行くわけでもなし、事件の構図はゆっくり解き明かせばいい。意識的に遅らせようとまでは思わなくても、事件が早く解決してしまえば、それだけ外村世伊子との縁も早く切れてしまう。

俺が図書館へ出向いたのはもちろん、三年前の遭難に関して新聞の縮刷版を閲覧することが目的だった。混み合っている閲覧室の隅にその縮刷版を持ち出し、俺は六月十日以降の社会面に、注意深く目を通してみた。最初に外村峰夫の記事が載っていたのは十三日付の朝刊で、記事自体は峰夫の名前と職業と、それから地元の山岳会と雫の会が合同で捜索を開始したという、十行ほどの簡単なものだった。十六日の朝刊にはやはり短い関連記事が載っていて、そこには峰夫のものと思われるテントと寝袋が黒川渓谷《くろかわけいこく》というところで発見された、と書いてあった。加えて地滑りか崖崩れに巻き込まれた可能性が強い、という関係者のコメントまで載っていた。遭難関係の記事が載っていたのはそこまでで、念のために六月一杯の社会面をすべて調べてみたが、外村峰夫の名前は二度と新聞の中に見つからなかった。無名のカメラマンが山で行方不明になったぐらいでは、当然ではあるが新聞も社会も、それ以上の関心は示さない。

外村峰夫の記事を探しながら、俺がもう一つ注意していたのは、同じ時期に駒ケ岳付近でなにか別な事件が起こっていないか、ということだった。外村世伊子や山口麻希の話からは、姿を消すために峰夫が意図的に駒ケ岳を利用したとは考えにくい。撮ってはいけない写真を撮ってしまったとか、なにかの事件に巻き込まれたということなら、痕跡がどこかに残っている。そう思って丹念に調べてはみても、駒ヶ岳が記事になっている事件は、峰夫の遭難以外には一つも見当たらなかった。新聞の記事にヒントが見つかると期待していたわけではなかったが、しかし捜査の手順として調べるものは、調べなくてはならない。警官時代も含めてこういう無駄の積み重ねを、俺はもう十六年もつづけている。

「六月十三日……か」と、一人ごとを言いながら縮刷版を閉じたとき、ふと俺は、そのことを思い出した。外村世伊子は、入山記録には亭主の名前が残っていた、と言ったのではなかったか。下山予定日を二日過ぎても帰らなかったので、世伊子が自分で亭主の親友に連絡をしたのだ。たしかにそれで日にちの計算は合う。入山記録には下山予定日とかいうやつも記入されている。もしそうだとすれば現地の係員は十日の日に、すでに峰夫が下山していないことを知っていた。俺には山のことも登山のシステムも分からないが、素人《しろうと》が考える限りそこには二日間の遅れがある。失踪事件にこの二日がどう関係しているのか、どこかでけじめをつける必要はあるだろう。

縮刷版を棚に戻し、図書館を出て練馬駅の方向へ歩きかけ、思い出して俺は自分の留守番電話に伝言が入っていないか、公衆電話から確かめてみた。昨夜田谷津幸司の家に電話をし、相手の留守番電話に用件を入れておいたのだ。昨夜から今日の正午《ひる》前まで、田谷津幸司から電話はかかってこなかった。

留守番電話には一件のメッセージも入っておらず、無駄を承知で俺はまた田谷津の家に電話を入れてみた。留守番電話を使っているから独身のはず、一人暮らしで、しかもなにかの都合で会社を休んでいることもある。受話器に聞こえたのは留守を知らせるメッセージだけで、仕方なく俺は世伊子が書き出した三友商事の営業部に電話をかけ直した。私用で他人の会社に電話をする主義はないが、のんびり相手からの電話を待ってもいられない。

営業部の代表番号に電話し、営業四課の田谷津幸司につながるのを待っていると若い女の声が応対に出て、どう理解していいのか、田谷津は三日前に交通事故にあって入院している、という内容を伝えてきた。怪我《けが》の程度は腕の骨折だけ、俺は大学時代の友達だと言って病院の名前を聞き、女に礼を言って電話を切った。交通事故ぐらい、誰でもどんな状況でも巻き込まれる。しかし世伊子に死んだはずの亭主から手紙が届いた直後であるだけに、なんとなく俺はいやな予感がした。意欲的に首をつっ込んだ仕事でもなかったが、考えていたよりもしかしたらこの事件の根は、深いのかも知れない。

西武池袋線の練馬駅に向かって歩きながら、世伊子の清潔な笑顔と、山口麻希の投げやりな目の表情を思い出して、一つだけ俺は音に出して舌打ちをした。

＊

田谷津幸司が入院している杉並《すぎなみ》の病院に直行してもよかったが、病院も怪我人も逃げるわけではなし、俺は山手線と中央線を乗り継いで新宿から三鷹《みたか》に出た。三鷹の駅からタクシーで十分ほどのところに、物質工学研究所という民間の検査機関がある。そこで手紙の筆跡鑑定をしてもらおうと思ったのだ。昔の筆跡鑑定の基準は研究者の勘と経験だったが、今は光学器械とコンピュータで百パーセントちかい判定を出せるようになっている。研究所には警視庁の科学捜査研究所から移っていった人間がいるし、俺は以前にも二度、鳥の羽根と油絵の具について分析を依頼している。世伊子も山口麻希も断定していて俺にも便箋と絵葉書の文字は同じ筆跡に見えるが、こういう部分で手を抜いていたら興信所と同じ体質になってしまう。仕事に対する礼儀としても、勘だけで捜査を進めるわけにはいかなかった。

研究所の玄関にタクシーを乗りつけ、受付で金井《かない》という研究員を呼び出してもらってロビーで煙草を吹かしていると、五分ほどで相撲取りが白衣を着たような男がのんびりとサンダルを引きずってきた。

「柚木さん、しばらくじゃないの。最近顔を見せないから商売がえでもしたのかと思ってましたよ」と、安物のソファに気を使いながら俺の向かい側に腰をおろして、金井が言った。

「こういう場所には無縁に生きようと努力している。あんたも痩《や》せて、顔色がよくなった」

「冗談を言わないでください。また五キロ太って女房に離婚されそうです。食い物を減らすぐらいならいっそのこと、離婚でもしようと思ってますがね」

「結婚したり離婚したり殺されたり、人生ってのは面倒だよな」

「柚木さんのほうはどうなんです？　美人の奥さんとは相変わらず、別居のままなんですか」

「女房の顔を見るのが怖くて、呼び出しがかかるとつい逃げ出してしまう」

「世の中はうまくできていますよ。ヤクザを二人も撃ち殺した柚木さんに、怖いものがあるんですからねえ」

金井が白衣のポケットから煙草を取り出し、俺も上着のポケットから封筒と絵葉書を抜き出して、二枚を並べてテーブルに差し出した。

「封筒の中には便箋も入っている。内容はどうでもいいんだが、便箋の文字と絵葉書の文字を、比較してもらいたい」

「筆跡鑑定ですか。昔はこんなものにも苦労したんですよねえ。同一人物の字かどうかを分析すればいいんでしょう？　二、三日もあればできると思いますがね」

「ちょっと、急いでいるんだがな」

「柚木さんはいつだって急いでいるし、ほかの依頼主も急いでますよ。仕事には手順というやつがあるんです」

「個人的に一、二時間残業すれば、済むことじゃないか」

「かんたんに言ってくれますねえ。残業をするのは柚木さんじゃなくて、あたしなんですよ」

「まじめに働く人間には余禄《よろく》もついてまわるさ。新宿あたりのキャバクラなら、経費で落とせるけどな」

「キャバクラ、ねえ」

「研究室に閉じこもっていたら、ストレスが溜まるんじゃないのか」

「そりゃあ、ストレスは、ねえ」

「ストレスを解消させるためにはいやな残業もしなくちゃならん。人生の難しいところだが、お互い中年男の意地で、少しだけ頑張ってみようじゃないか」

金井が吸っていた煙草を灰皿でひねりつぶし、封筒と絵葉書に手を伸ばすのを確かめながら俺は腰をあげて、ソファの前からフロアへ出た。

「結果が分かったら知らせてくれ。留守番電話に内容を入れてくれてもいい。ストレスのほうはあんたの都合に合わせる。キャバクラでもオカマバーでもノーパン焼肉でも、とにかく一晩騒いでお互いに中年男の哀愁を、嚙《か》みしめたいもんだ」

*

日は沈みきったが暗くなったわけではなく、曖昧な夕方の時間が色のない東京の空を慌《あわ》ただしく駆け抜けていく。中央線ものぼり電車は文句を言うほどの混み方ではなく、荻窪《おぎくぼ》で乗りかえた丸ノ内線も夕方のラッシュはくだり方向の電車だけだった。俺は新高円寺《しんこうえんじ》の駅で地下鉄をおり、交番で高南外科の場所を聞いて、青梅《おうめ》街道沿いを五分ほど高円寺陸橋のほうへ歩いていった。歩道の左側に病院はすぐに見つかって、受付で田谷津幸司の部屋を聞き、三階の病室まで俺は手摺《てすり》のついた薄暗い階段をのぼっていった。病人にも怪我人にも慣れてはいるが、誤魔化しようのない死の臭いがいつまでたっても、俺に病院という場所を好きにさせなかった。

田谷津幸司が入っていたのは三〇三号の六人部屋、俺は付添いのおばさんに田谷津のベッドを教えてもらい、窓側から二番めの衝立《ついたて》まで、ゆっくりと歩いていった。食事時間は過ぎているらしく、田谷津は左肩から手首までをギプスで固定させ、躰を起こして写真週刊誌に見入っていた。額にも斜めに包帯は巻かれていたが、足に怪我はないのか、付添いの姿は見当たらなかった。

立ち止まった俺に、週刊誌から顔をあげ、包帯の下から田谷津がちらっと視線を送ってきた。濃い無精髭《ぶしようひげ》がエリートサラリーマンの顔を貧相に見せ、口の形や目の表情に年齢以上の疲労が感じられた。写真で見たときに神経質な印象を受けたのは、しゃくれぎみに尖っているその顎のせいだろう。

「外村世伊子さんに依頼されて、彼女のご主人から届いた手紙の件を調べています」と、田谷津の右手に名刺をわたしてから、ベッドと衝立の狭い隙間《すきま》に立って、俺が言った。

「あの件で……なるほどね。奴から手紙が来たことは、世伊子さんからも聞いています」

「あなたが交通事故にあったことは知りませんでした。世伊子さんからも聞いていなかった」

「彼女には知らせてないんです。面倒なことは避けたいと思って」

田谷津が動く右手で俺に丸椅子をすすめ、ベッドわきのテーブルからウーロン茶の缶を取りあげて、その缶に口をつけた。

俺は丸椅子を引いて腰をおろし、田谷津がウーロン茶を飲み終わるまで、黙って腕のギプスと額の包帯を観察していた。

「で、怪我のほうは、どんな具合です?」と、灰皿がないことを残念に思いながら、田谷津の目の動きをのぞいて、俺が言った。

「上腕部の単純骨折ですよ。頭には異状がないということで、一週間で退院できるそうです」

「クルマ同士の交通事故?」

「いや、その、わたしが、酔っていたせいもあるでしょうが、狭い道でぶつけられました」

「当然、相手のクルマは覚えていない?」

「はあ?」

「ただの交通事故なら世伊子さんに連絡している」

田谷津が口を開きかけ、しかしそのまま黙り込んで、戸惑ったような視線を二、三度俺の顔と病室の壁に往復させた。

「柚木さん、あなた、世伊子さんとは、どういう関係の方ですか」

「わたしの知り合いがたまたま彼女の知り合いでもあった、というだけです。商売は雑誌の記者ですが、今度の事件を記事にするつもりはありません」

「世伊子さんに頼まれているなら、へんに隠しては、具合が悪いということですか」

「結果は同じです。あなたが話してくれなければ、事故のことは自分で調べます」

「そういう……いや、別に、意味もなく隠すつもりはないんですが、ちょっと、いやな気がしまして、それで迷っただけのことです」

「外村峰夫さんからの手紙に関係があるかも知れない、ということで?」

「偶然だとは思うんですがね。わたしも酔っていたので、勘違いかも知れません。ただ、クルマが、どうも、尾灯をつけていなかったような気がするんです。ナンバーを見ようとふり返ったんですが、たいした距離でもないのに、尾灯もナンバープレートも見えなかった」

「錯覚か、あなた自身が混乱していたか、どちらかの可能性は？」

「はっきりしないんですよ。意識はあったはずなんですが……」

「警察には話してありますか」

「いや……」

「本当は手紙のことが気になったからと、そういうことですね」

田谷津が曖昧にうなずき、舌の先で唇を湿らせて、低く咳払《せきばら》いをした。

「正直に言って、クルマにぶつけられるまでは、手紙のことは誰かの悪戯だと思っていました。今でも本物だとは思っていませんが、それにしてもなにか、引っかかるんです」

田谷津が外村峰夫のただの親友で、世伊子が親友の女房というだけのことなら、交通事故と手紙をそこまでは結びつけないし、事故にあった事実を世伊子に隠しておく必要もない。

「外村峰夫さんが死んでから、あるいは死んだということになってから、三年がたっている。あなたご自身も独身、引っかかるのは、そのあたりの問題ですか」

「わたし、彼女に、結婚を申し込みました」

「結婚を……ああ、そうですか」

「彼女もあいつのことは忘れていい時期だと思います。遺体は発見されていませんが、三年前、間違いなく奴は駒ヶ岳で死んでるんです。黒川渓谷でテントと寝袋を見つけたとき、そのことを確信しました。ですから、わたしが彼女を好きになって結婚を申し込んだとしても、気持ちにやましいところはありません。それは彼女にも、分かってるはずです」

意味もなく俺が慌てたのは、田谷津が口にした結婚という言葉が俺のためらいを無視して、悔しいほど率直だったからだろう。

「あなたが結婚を申し込んで、世伊子さんの、返事は?」

「三年が過ぎるまで、六月十日が過ぎるまで、待つようにとのことでした」

「六月十日が、過ぎるまで……」

失踪人の生死が確認されなくても、まる三年が経過すれば、たしかに残された側から一方的に離婚申請はできる。そのことを知って世伊子は六月十日に拘ったのか、それともたんに、気持ちの区切りとして、三年間という時間を設定したのか。しかし俺が自由が丘で男の話題を持ち出したとき、世伊子ははっきり、ノーと答えたではないか。

「外村峰夫さんが生きていると、どうも、話が面倒になりますね」

「生きていれば、いや、本当に生きているなら、わたしはプロポーズを取り消します。奴が生きていることを、心から喜んでやりますよ」

「手紙は東京から出されています。峰夫さんが東京に住んでいて、あなたが世伊子さんに結婚を申し込んだことを知ったら、殺す気になったかも知れない。さっき言った引っかかりというのは、そのことでしょう?」

「生きているなら直接わたしに言えばいい。クルマをぶつけるようなことは、しなくていいはずです」

「姿を現せない事情がある。手紙には、そう書いてあります」

「奴が姿を現せない、どんな事情があるんです？　事件とか犯罪とかに、あいつほど無縁な男はいませんでしたよ。もし勘違いをして彼女やわたしを恨んだとしても、クルマをぶつけるような卑怯な性格ではなかった。奴が三年間姿を現さない理由は、たった一つ、駒ヶ岳で死んでいるからです」

田谷津がベッドの頭板に背中を倒し、ギプスを巻いている左腕を抱えて、包帯の下からじっと俺の顔を見据えてきた。外村峰夫が生きていても、死んでいても、親友の女房に惚れてしまうこと自体、どこかに心理的な葛藤《かっとう》はあるに違いない。生きていることを望む気持ちに嘘はないだろうが、それ以上の大きさで、死んでいることも期待している。この奇妙な三角関係に決着をつけるには外村峰夫の生死を見極めるしか、方法はない。

「怪我をしているのに申しわけないが、三年前の遭難事件について、もう少し聞かせてください」と、煙草の切れかけた神経をなだめながら、丸椅子をベッドから遠ざけて、俺が言った。

「当時の新聞を読んでいて、一つだけ気になったことがある。外村峰夫さんは、六月の十日には山をおりると世伊子さんに言っているのに、入山表には、下山予定日を書き入れなかったんでしょうかね」

「それは、わたしも、不思議に思いました」と、ベッドの上に座り直し、額の包帯を指の先で触りながら、田谷津が言った。「入山記録には下山予定日も書かれていましたよ。六月十一日とありました」

「六月十一日？」

「世伊子さんから電話をもらって、わたしが駒ヶ岳に飛んだのが六月十二日の夕方でした。そのときは現地でも対策を考え始めていました。もし入山記録が十日になっていれば、一日早く捜索を開始できたことになります。たんなる記入ミスだと、あのときは、そう考えるより仕方ありませんでした」

「外村峰夫さん自身の記入ミスで、係員のミスでも、もちろん世伊子さんの思いちがいでもない？」

「奴が遭難することなんて、誰にも分かっていませんでしたからね。あのまま十日に下山してくれれば、なにも問題はなかったんです」

外村峰夫が六月十日に下山していれば、問題はなかった。遭難を誰も予想していなかったのなら、一日の誤差は、不幸な偶然ということになる。しかし遭難を予想した人間が一人いて、それが外村峰夫本人だったとしたら、どういうことになるのか。一日の誤差を意識的に三年にまで拡大したとすれば、田谷津がどう思おうと外村峰夫は、生きていなくてはならない。

「外村峰夫さんが駒ヶ岳に登ったのは、出版社の仕事でイワヒバリという鳥の写真を撮ることが目的だったことは、ご存じでしたか」

「あとになって、世伊子さんから、そう聞きました」

「出版社の名前を覚えていませんかね」

「そこまでは、ちょっと」

「駒ヶ岳には出版社の人も駆けつけたと聞きましたが」

「あのときは……いや、出版社の人間も捜索隊に加わりましたが、彼は雫の会のメンバーですよ。医学関係の専門書を出している会社に勤めている男です」

「医学関係の出版社に、ですか」

「東京から駆けつけたのは、雫の会のメンバーと、外村の身内だけだったはずですがね」

駒ヶ岳に駆けつけた人間が山岳会のメンバーと外村の身内だけだったとすれば、田谷津の知らない人間はいなかったはずだ。外村峰夫に写真を依頼した出版社の社員が顔を見せたというのは、山口麻希の、勘違いだったのか。それでは仕事で駒ヶ岳に登ったことの証拠は、世伊子の証言だけになってしまう。

「最後にもう一つ。外村さんたちの結婚が決まったとき、世伊子さんの関係で、自殺しそうになった人がいたそうですね」

田谷津が無精髭を皮肉っぽく笑わせ、崩れた寝巻きの裾を整えながら、ギプスを巻いた肩で大きく息をついた。

「誰に聞いたか知りませんが、世伊子さんに惚れてた男はみんなパニックを起こしました。自殺しかけた奴もいますけど、その男も田舎へ帰って結婚しました。今年の正月には子供の写真を年賀状に印刷してきましたよ。当時の取り巻きで今でも世伊子さんを待っているのは、わたしぐらいのものでしょう」

顎鬚をさすり始めた田谷津の横顔を眺めながら、意識的に肩をすくめ、立ちあがって、俺は丸椅子を通路の側からベッドの脇へ押し戻した。

「世伊子さんにも、山口麻希さんにも聞きましたが、外村峰夫さんがトラブルを抱えていたようなことは、あなたにも心当たりはないんでしょうね」

田谷津がまた包帯の下から無表情な目で俺の顔を見あげたが、返事はせず、無精髭をさすりながら、静かに首を横にふっただけだった。

俺ももう訊くことはなく、怪我の養生をするようにとだけ言って、病室を出た。外村世伊子が田谷津にどんな返事をするのか知らないが、あと一ヵ月間は田谷津にとってこれまでの三年間以上に、長い時間になる。きれいごとを言ったところで、残念ながら男の人生は女に選ばれるのを、待つことでしかない。

4

留守番電話に入っていた金井からの鑑定報告は、予想どおり、便箋と絵葉書の字は限りなく同じ人間が書いたものと思われる、というものだった。光学分析による筆勢や筆圧の比較と、コンピュータでの画像解析の結果は、九十九パーセント同一人物の筆跡だと断定していた。手紙が外村峰夫のものと決まった以上、俺のすることはもう、手紙を書いた本人を見つけ出す以外にはない。外村峰夫は東京にいて、しかも田谷津や世伊子の動静を目の届く場所で見守っている。そのことにどういう意味があるのか、峰夫が暗黙の束縛をつづけるかぎり、世伊子も結論の出ない生活に屈折をもちつづける。男が女に執着する気持ちも分かるし、相手が世伊子なら当然の執着だろうが、この状況はたんに、悪意のある執念でしかない。妻や妹や親友が証言した外村峰夫の人間像と、今のこの現実は、どこで交錯してくるのか。

自分でつくったツナサンドと二杯のコーヒーで朝飯を済ませ、十時には、俺はもうマンションの部屋を出た。田谷津が世伊子に結婚を申し込んだ事実は事実として、俺の気持ちの幼稚な部分が、その返事を早く聞きたいとせがんでくる。仕事を引き受けるたびに女に惚れても仕方はないが、どういうわけか、そういうことに、俺は疲れない体質らしい。

*

自由が丘の鯨ハウスにいた客は二人、外村世伊子は客の相手をしておらず、丸テーブルに座って指の先で青いティーカップを弄《もてあそ》んでいた。店の中には聞いたことのある古いジャズが流れていて、考えるまでもなく、世伊子にも今日の天気にも、俺がもってきた生臭い話題は不似合いだった。しかし俺は自由が丘まで、わざわざ鯨の縫いぐるみを買いに来たわけではない。

帳簿に目を通していた世伊子が顔をあげ、首をかしげてから、表情を大きく崩して俺に向かい側の椅子をすすめてきた。今日の世伊子は白いチノパンツにボーダー柄のカットソーを着て、両腕の袖を肘の上まで元気よく捲りあげていた。これで髪をポニーテールに結んでいれば俺は目をまわしながら、口笛を吹いてしまう。

「たまたま近くを通ったので、寄ってみました」と、椅子に腰をおろし、客ともう一人の女の子の動きを遠くに眺めながら、俺が言った。

「わざわざ来てくださったほうが、わたしとしては嬉しかったのに」と、帳簿を閉じながら目で笑い、袖をあげた肘をテーブルの端にかけて、世伊子が言った。

「実は、まあ、わざわざ来ました」

「主人のことで分かったことが？」

「ご主人が生きていることが分かりました。なぜ姿を隠しているのか、今どこに住んでいるのか、それはこれから調べます」

世伊子が俺の目をのぞいたまま唇に力を入れ、呼吸を整えながら、一瞬眉の間に強い皺を刻ませた。

「そうですの。気持ちのどこかで、手紙は間違いかも知れないと思っていましたけど、主人、生きておりましたの」

「生きていれば見つけ出せます。日本は一人の人間が存在を消せるほど広くはない。姿を隠せないシステムにもなっています。問題は、あと始末だけですね」

世伊子が黙って椅子を立ち、受け皿付きのティーカップを持ってきて、テーブルのポットから色の薄いハーブティーを注ぎ入れた。この場面でどういう表情をつくったらいいのか、世伊子にしても考える時間が必要だったのだろう。

「二、三確認したいことがあります。わざわざ伺ったのは、そのためです」と、すすめられたカップを手前に引き、肩に入っている力を意識的に抜いて、俺が言った。「田谷津幸司さんが交通事故にあったことは、ご存じでしたか」

「田谷津さんが、交通事故に？」

「左腕の骨折だけで、命に別状はないということです」

「存じませんでしたわ。いつのことですの？」

「四日前の夜らしいんですが、あなたには連絡できない理由があったそうです」

「わたしに、連絡できない、理由？」

「ただの交通事故ではなかった、少なくとも田谷津さんは、そう思っている」

世伊子がまつ毛を微妙に震わせ、問いかける目で、そっと俺の顔をのぞき込んだ。

「故意にクルマを当て逃げされたと、そういうことです」

「故意に、当て逃げ、ですか」

「田谷津さんは当然、ご主人からの手紙のことを思い出したわけです」

「でも、そのことと手紙と、どういう関係がありますの？　田谷津さんは主人がクルマをぶつけたと思っているのでしょうか」

「本人は否定していますが、可能性は、考えられます。わたしだってあなたに結婚を申し込むような男は許したくない。親友でもクルマぐらいはぶつけたくなる」

「怖いことをおっしゃらないで。主人が本当に、田谷津さんを殺そうとしたように聞こえるじゃありませんの」

「可能性の問題ですよ。クルマが田谷津さんを殺そうとしたかどうかは、疑問です。本当にひき殺す気ならあの程度の怪我では済まなかった……この前、田谷津さんから結婚を申し込まれていることを、なぜ隠したんです？」

「隠したなんて……」

「意味のない拘りはもたない方だと、思っていましたが」

「主人の親友に結婚を申し込まれているとは、言えなかっただけですわ。今度の問題に関係があるとも思いませんでした」

「結婚を申し込んでいる男が、他にもいるのでは？」

「刺《とげ》のある言い方はやめていただけません？　田谷津さんのことを言わなかったのは謝ります。でも結婚は一方的に申し込まれただけですわ。主人のことに決着がつくまで、なにも考える心境ではないとご返事しています」

「決着さえつけば、考えてもいいという意味で？」

「考えるだけは考えるという意味です。結婚を申し込まれて、なにも考えずにご返事したら先方に失礼に当たりますもの」

困ったもので、世伊子の言うことはどこまでも正論、しかしノーという答えを返すのに一ヵ月も待たせる必要が、どこにあるのか。世伊子の気持ちの中に、口で言う以上の田谷津への思いが、なにか、あるのではないのか。俺が怒っても仕方はないが、田谷津に気持ちが動いているのなら、はっきりそう言えばいいのだ。

我慢していた煙草を、ポケットから取り出し、どう考えても自分が怒っていることを意識しながら、火をつけて、俺が言った。

「先日、ご主人が駒ヶ岳に登ったのは出版社の依頼だとおっしゃった。その出版社の名前を、覚えておいでですか」

世伊子が胸の前で腕を組み、まだ意見のありそうな目で、しばらく黙ってから、唇を丸めて軽く息を吐いた。

「覚えておりませんわ。出版社の名前までは言わなかったかも知れませんわね。言われても、わたし、分からなかったと思います」

「あなたには仕事だと言ったが、もしかしたら仕事では、なかったかも知れない?」

「そうかも知れませんけど、でも主人が嘘を言う必要がどこにありますの」

「それが分かれば事件は解決です。最近、住民票を見られましたか」

「住民票?」

「保険の契約事項を変更したとか、クルマの売買をしたとか」

「いえ、そういうことは……」

「この三年間、一度も？」

「見ておりませんし、変更もしていません。駒ヶ岳で遭難したといっても、遺体が発見されたわけではありません。気持ちのどこかでは生きてると信じていた部分もあります。法律的に失踪宣告をすることも考えましたけど、決断できずにおりました」

「あなたご自身では、ご主人の戸籍や住民票に手をつけていないわけですね」

「必要はなかったし、変更したい理由もありませんでしたわ」

俺は用意してきた市販の委任状用紙をポケットから取り出し、世伊子の前に置いて、ハーブティーのカップに手を伸ばした。

「一応調べてみます。区役所へはわたしがまわります。ご主人が東京にいるなら自分で住民票を移していることも考えられる。委任状に署名と捺印をお願いします」

世伊子が指の先で委任状の用紙をつまみあげ、切れ長の目で一瞥《いちべつ》したあと、席を立ってカウンターを向こうへまわっていった。二人の客も揃って店を出ていったが、女の子は俺たちには近寄らず、棚のニット製品をたたんだり陶器の位置を直したり、ぶらぶらと店の中を歩いていた。なにを怒っているのか、自分でも分からなかったが、カウンターで用紙に書き込みをする世伊子の横顔を眺めながら、相変わらず俺は怒っていた。この苛立《いらだ》ちは冗談ではなく、病気が本物になり始めた前兆かも知れない。

世伊子が戻ってきて、俺も腰をあげ、用紙を受け取ってから、俺たちは並んでフロアをドアのほうへ歩いていった。

「住民票のこと、わたしが、自分で気づくべきでしたわね」と、チノパンツのポケットに両手の指先を入れ、通路に突き出したスタンドランプに首をすくめながら、世伊子が言った。

「意味がないとは思いますがね。すべての可能性を自分で確かめないと、気が済まない性格なんです」

「さあ」

「田谷津さんのことは、やっぱり、謝ったほうがいいのでしょうか」

「謝れとおっしゃれば、謝りますわ」

「あの鯨……」

「はあ?」

「ピンクの、あの大きい鯨の縫いぐるみ、何円《いくら》です?」

「二万八千円ですけど」

「あなたの手作りで?」

「鯨の縫いぐるみだけは、今でもわたくしが自分でつくっております」

「予約をしておこう。娘の誕生日が近いことを、思い出してしまった」

世伊子がドアを開けてくれ、俺は欅並木の通りに出て、軽く手をふっただけでクルマの通らない道を駅の方向へ歩き始めた。歩きながらそのことをずっと考えていたが、田谷津とのことを謝るべきかと世伊子に訊かれて、いったい俺が、どう答えればよかったのだ。

＊

世田谷の区役所というのは、妙な場所にあって、電車を使えば三軒茶屋と下高井戸《しもたかいど》を結ぶ東急《とうきゅう》世田谷線《せたがやせん》の沿線になる。電車の乗り継ぎがわずらわしく、俺は自由が丘からタクシーに乗った。本当なら経費を節約して、電車を使うべきなのだ。世伊子がそれぐらいの金で文句を言うはずもないが、気持ちの問題として金井とのキャバクラは、俺の個人負担にしておこうか。

世田谷の区役所では外村夫婦の住民票と、それから念のために戸籍謄本《とうほん》まで取ってみた。死亡も入除籍も移動も含めて、どの部分にも手はついていなかった。外村峰夫の住民票が動かされていれば生きている証拠になるし、所在を突き止める手がかりにもなる。しかし書類の上では相変わらず峰夫は世伊子と結婚していて、この三年間ずっと奥沢のマンションで暮らしつづけている。免許証の更新期間も過ぎているはずで、身分を証明する手段ももたず、外村峰夫はどこで生きているのか。

身分の証明がなければ、アパートも借りられないし個人経営の商店にも勤められない。外国人の不法就労者なら使う側も覚悟を決めているが、日本人の身分不詳者は行動のすべてが制限される。昔は飯場《はんば》の募集広告に『過去一切問わず』などという恐ろしいものもあった。今はそんな環境もなく、素性《すじょう》を隠して生きていけるのは東京なら夜の新宿か、山谷《さんや》ぐらいのもの。外村峰夫の性格からして、裏の世界で生きているとは考えにくい。『テントと寝袋さえあればどこでも暮らせる』という人物評は、どちらかといえば山谷のほうが似合っている。山谷に隠れているとすれば、面倒ではあるが、時間と根気で捜し出せる可能性はある。俺にはその方面にもまだ刑事だったころのコネが残っている。千葉にある峰夫の実家に気配がなければとりあえず、山谷に焦点を絞るのが手順だろう。どんな場所に隠れても日本という国は、人間が一人完璧に姿を消せるシステムにはなっていないのだ。

区役所を出てから世田谷線で三軒茶屋へ出て、本屋で千葉県の地図と電車の時刻表を買い、新玉川線《しんたまがわせん》とＪＲを乗り継いで俺は東京駅に出た。二時ちょうど発のくだり特急に乗れば外房線《そとぼうせん》の茂原《もばら》まで、一時間もかからない。実家のある白子町《しらこまち》というところまでどうやって行くのかは、茂原の駅に着いてから考えればいい。峰夫が姿を消した理由は分からなくても、行動の様式は漠然《ばくぜん》と輪郭を持ち始めている。あとは本人を捜し出して、世伊子に対する態度を決めさせることだ。日本に住めない事情があるというなら俺が裏のルートから、東南アジアにでも送り出してやる。このアルバイト料が高いのか、安いのか、いずれにしてもあと始末まで面倒を見ることは、最初からの約束だった。

＊

茂原駅から白子町の白子車庫という場所まで、路線バスもあるにはあった。峰夫の実家がある牛込《うしごめ》までは距離があるということで、俺は茂原駅からタクシーを使うことにした。東京への通勤圏として建て売り住宅の宣伝が多い地域だが、『特急で東京まで一時間』という以外の取り柄は、どこにも見当たらない街だった。昔は江戸から上総《かずさ》への宿場《しゅくば》町かなにかだったのだろう。

かんたんに市街地を抜け、地平線が見える田圃《たんぼ》と畑の中を九十九里《くじゅうくり》方向に二十分ほど走ると、いくらか人家の集まった場所があって、そこが白子町市場《いちば》だった。タクシーの運転手が煙草屋で牛込までの道順を聞いてくれ、それから五分で俺は外村峰夫の実家に行き着いた。東京駅を出てから一時間三十分の行程、しかしそれでも、この風景は、半端な田舎ではない。

槇《まき》と篠竹《しのだけ》を防風林にしている敷地に入っていくと、松や椎の間にツツジがふんだんに花を咲かせていて、一瞬俺は桜台のアパートを思い出した。あの庭には花水木や金雀枝も花を咲かせていたが、山口麻希があのアパートに意地を張るのは、実家のこの風景から気持ちが離れないせいかも知れない。灰色の土が露出した広い庭には金色の西日が当たって、防風林から抜けてくる風が小さい砂埃を舞いあげる。地図を見たかぎりではここから九十九里浜まで、もう何キロもないはずだった。

俺は戸の開け放ってある廊下の前まで歩き、田舎家造りの暗い部屋の中に、軽く声をかけた。出てきたのはジャージのズボンに灰色の作業ジャンパーを着た年寄り、山口麻希にも写真の外村峰夫にも似ていなかったが、年齢からは二人の父親らしかった。

「東京から来た柚木といいます。峰夫さんの奥さんに頼まれて、峰夫さんを捜しています」

日に焼けたニワトリのような顔で、しばらく俺の風体を値踏みしてから、案山子《かかし》が風に揺れるように、年寄りがのんびりと日向の部分にしゃがみ込んだ。

「世伊子さんのお知り合いかね。そりゃまあご苦労さんですなあ。女房はちょいと農協へ行っとりますがなあ」

「峰夫さんと麻希さんのお父さんですね」

「峰夫や麻希ともお知り合いですかね。本当にまあ、ご苦労さんで」

「三年前に駒ヶ岳で遭難したはずの息子さんが、生きている可能性があります。そのことについて、話を聞かせてもらえますか」

「わしには分からんですよ。せんだって世伊子さんが、峰夫の手紙がどうとか電話してきたけんど、不思議なことがあるもんですなあ。峰夫は死んどると思っていましたがね」

「手紙は間違いなく峰夫さんが書いたものでした。郵便局のスタンプも四月二十日の消印でした」

「不思議なことですなあ。どういう加減で、そんなことになりましたんかなあ」

一緒に不思議がっていても仕方がないので、俺は父親から離れて廊下の端に腰をおろし、風に揺れるツツジの花に目をやりながら、煙草を取り出して火をつけた。

「この三年間で峰夫さんが生きていると思ったことは、一度もないんですか」

「そうですなあ。最初のころは、この庭にひょっこり奴が入ってくる気もしておりましたがよ。それがいつだったか、峰夫が女房の夢枕に立ちましてなあ、あの世で幸せに暮らしとると言いおったですよ。それからはわしも、諦めましたがなあ」

頬には皺が硬く走っていて、ニワトリのような目も表情をつくらず、口調からも心の動きの分かりにくい男だった。この父親が峰夫を意図的に匿《かくま》っているとしたら、俺なんかが百年かかっても敵《かな》う相手ではない。

「夢に出てきて近況を知らせるぐらいなら、峰夫さんは優しい性格だったんでしょうね」と、煙を庭の遠くに飛ばし、横目で父親の動かない顔の皺を観察しながら、俺が言った。

「そりゃあんた、顔に似合わず素直な子供でしたがね。女房が鬼瓦のような顔の女でしてよ、峰夫の顔はそっちに似たんですなあ。それでも勉強はできるわ気は優しいわで、ここら辺りの在《ざい》じゃ評判のいい子供でしたがね。千葉大へ行って、学校の先生にでもなっておりゃあ、今ごろ子供の一人や二人はできとったかも知れませんなあ」

世伊子との結婚に反対だったというから、息子がこの家を捨て、外村家の養子になって子供もつくらずにいたことに、父親としては気持ちのどこかに未練を残しているのだろう。

「峰夫さんが生きていて、なにかの理由で姿を隠しているとは、考えられませんか」

「なにかの理由ってのは、そりゃあ、なんのことですかなあ」

「誰かに追われているとか、他人に恨まれているとか」

「それっくれえのことで、なぜ峰夫が隠れにゃならんのです。気持ちの優しい親思いの倅《せがれ》でしたがね、生きとったらわしらに心配はかけんでしょうが。わしらを困らせたのは、あとにも先にも、世伊子さんと結婚する言い出したときだけでしたがよ」

「婿養子になることに、ご両親は反対したんでしたね」

「なにを考えたんですかなあ。あちらもご大身で、一人娘じゃいうことは分かりますけんど、婿養子にまでならんでもよかったですがね。でもまあ、今んなってみりゃあ、あれが峰夫の、たった一つの我儘《わがまま》でしたなあ」

そのころになって、やっと俺も気がついたが、峰夫に関する父親の口調は最初からすべてが過去形になっていた。息子が三年前に死んでいるという前提がなければ、ここまで回想としては喋《しゃべ》らない。

「峰夫さんは子供のころから、自然や山に興味をもっていたんですか」と、聳え立つ防風林と、その上を遠く飛ぶ二羽のトンビを眺めながら、庭に煙草を弾いて、俺が言った。

「今から考えりゃあ、あれが間違いでしたかなあ」と、なにを見ているふうでもなく、尖った顔を茫然と西日の射す庭に向けたまま、父親が言った。「ふつうに勉強しておって、ふつうに大学へ行っておりゃ、長生きもしたんでしょうなあ。峰夫が妙なものに凝《こ》り始めたんは、高校んときからですがよ。山登りの好きな先生がおって、いい先生じゃったが、やっぱし山で死におりましたが」

「その先生が峰夫さんに、山登りを教えたということですか」

「女房は因縁じゃと言いますが、どうですかなあ、わしには偶然としか思われませんなあ。先生が死におったのも、峰夫と同じ駒ヶ岳でしたがね」

「先生も駒ヶ岳で、ね」

「結婚して半年もたたんうちでしたなあ。先生も気の毒じゃったが、奥さんも気の毒でしたがね。用もないのに、人間はなんで、山になんぞ登らにゃいかんのですかなあ」

風は少し強くなっていたが、西日は相変わらず穏やかで、黄色い蝶がツツジの花の上を気持ちよさそうに飛びまわる。空の高いところで鳴いている鳥の声が、トンビなのか、ほかの鳥の声か、判断はつかなかった。

一度暗い部屋の中をふり返り、視線を庭に戻してから、新しい煙草に火をつけて、俺が言った。

「息子さんからの絵葉書とか、手紙とか、残っているものがありますか」

「どこぞにありましたかなあ。女房がおりゃ分かるですけんど、仏壇の引き出しにでも入っておりますかなあ」

「探してもらえませんか。世伊子さんに手紙が届いたことは事実ですから、一応は確かめてみます」

父親が反応のない顔で、ゆらりと立ちあがり、膝の出たズボンの裾を引きずって溶けるように部屋の暗処《くらみ》に入っていった。どういう暮らし方をしているにせよ、庭の隅に小型の耕運機《こううんき》も置かれているから、年寄りが二人で耕す畑ぐらいは残っているのだろう。贅沢さえ言わなければ、この庭と広い空だけで、人間はどうにでも生きていける。

入っていったときと同じように足音もたてずに戻ってきて、廊下の同じ場所に座り、色の褪《あ》せた紙包みを父親が黙って床の上に押し出した。包みの色は変色していたが、まん中は青い輪ゴムできっちりと留められていた。

「女房は始末のいい女でなあ。峰夫からの手紙はそうやって取ってありますがよ。わしは火にくべろと言うとりますが、女親てえのは諦めの悪いもんですがね」

会釈して、紙包みを引き寄せ、輪ゴムを外してから、俺は躰を捻って廊下の上にその紙包みを開いてみた。中には二通の封書と十枚ほどの葉書が入っていた。葉書はどれもみな絵葉書だった。宛名は〈山口かつ子様〉となっているから、それが母親の名前なのだろう。親のいない俺には感想の言い様もないが、息子というのは大人になってからも母親に対して、こんなふうに手紙を書くものなのか。

九枚の絵葉書はすべて旅行先からのもの。俺は見にくい消印を確かめながら、年代順に区分けをして廊下に並べてみた。最初の絵葉書は修学旅行先からのもので、表の写真には奈良公園の鹿が写っていた。文字にはそのころから角張った右あがりの癖が表れていた。中には一枚見覚えのある絵葉書があって、それは峰夫が山口麻希宛に出した、沖縄からの絵葉書と同じ写真だった。日付も四年前の四月、峰夫はよほどこの珊瑚礁が気に入ったのだろう。

二通の封筒のほうは、中身はそれぞれ一枚の便箋だったが、最初の手紙は東京で下宿生活を始めたころのものだった。入学した写真専門学校の様子や下宿先の話題が、気取りのない文章でかんたんに書かれていた。もう一通の封筒がすべての手紙の中で一番新しく、消印は三年前の二月十五日。内容はいくらか抽象的で、両親の老後を心配する気持ちが外連味《けれんみ》なく淡々と表現されていた。一時間半で帰れる距離に住んでいて、電話だってかけられたろうに、これが世間で言う、息子の母親に対する愛情というやつか。

手紙の中には三年前の六月十日以降に投函されたものはなく、問題もヒントもなく、俺は葉書と封筒を一つにまとめ、包装紙に包み直して父親の横に押し戻した。廊下には西日が届かなくなっていて、ツツジの花に飛んでいた黄色い蝶も見当たらなかった。こんな田舎までやって来て、無駄足ではあったが、無駄足を踏んだことに特別な徒労は感じなかった。仕事の無意味さに一々疲れていたら、人生そのものの無駄さ加減に、耐えられるものではない。

煙草の箱を指で探り、残っていた一本を抜き出したとき消えたはずの黄色い蝶が目の前を横切って、突然、俺はいやな予感に襲われた。三年前の、あの二月十五日付の手紙だけ、なぜ内容に具体性がないのか。なぜ外村峰夫は、急に両親の老後を気にかけ始めたのか。

俺は父親に返した手紙の束をもう一度引き寄せ、包みを開いて、封書の文章を注意して読み直してみた。年金の手続きは忘れていないか、老人保険には入っているか、年寄りを狙った悪徳商法には騙《だま》されていないか。具体的な内容はそんな程度で、あとは両親に仲よく暮らしてほしいとかいう、声に出すのが恥ずかしいような文章だった。しかし三度まで読み直しても、絵葉書とは雰囲気がちがうという以外に、筆跡も含めて間違いなく外村峰夫からの手紙だった。いったいこの手紙の、どこが不審《おか》しいのか。どう読み直してもどこも不審しくないのに、なぜこれほどいやな予感がするのか。

手紙を手に持ったまま五分ほど同じ文章を読み返し、それから便箋を封筒に戻して、火をつけた煙草の煙を、俺は長く庭に吐き出した。たしかに外村峰夫の字で、文章にも問題はなく、問題はただ封筒と便箋が、模様のない白いものだということ。世伊子に来た手紙も封筒と便箋は白い定形物だった。今手元にある手紙は、いくらか黄ばんではいるが、もし二通に同じ封筒と同じ便箋が使われているとしたら、どういうことになるのだろう。峰夫は三年以上ものあいだ、隠れて生きながら封筒と便箋だけは持ち歩いていたのか。自分の趣味に固執して、文房具屋をまわって歩き、無理やり三年前と同じ封筒と便箋を探し出したのか。

「お父さん」

「ああ?」

「この手紙、一通だけ、預からせてください」

「それぐれえ、そりゃあ、構わねえけんどなあ」

「必ずお返しします。息子さんの所在も、たぶん分かると思います」

「峰夫のおる場所って、そりゃまた、どういうことですかなあ」

「ですから、峰夫さんが今どこでどうしているのか、全員が知りたがっているそのことが、分かるという意味です。お手数ですが、茂原の駅までタクシーを呼んでもらえますか」

5

「あーら草平ちゃん、どこで浮気してたのよう。例の話がどうなったか、和実ちゃんだって心配していたわよ」

まだ夜の八時だというのにクロコダイルには見覚えのない客が六、七人、女を交えて狭いカウンターに肩を寄せあっていた。

俺はカラオケから離れた場所に席をつくらせ、武藤からおしぼりを受け取りながら、花粉症がぶり返したような、寝ざめに初恋の女の子の夢を見てしまったような、面倒くさい気分で腰をおろした。昼間は高南外科やら所轄《しょかつ》の交通課をまわって歩き、夕方には金井からの報告書を受け取って、それからはずっと、映画館で時間をつぶしながら山口麻希のアパートに電話をかけつづけていた。連絡の取れないことに文句はなかったが、おろすしかない肩の荷物は、早くおろしてしまいたい。どんなトラブルでもトラブルのあと始末は、やはり面倒なものだ。一週間ぐらいは事件からも女からも離れて、昼酒に浸かるような休みを取るべきかも知れない。独り者の気楽な人生だと言い訳をしてみても、三十八年間生きていれば三十八年ぶんの疲れは溜まってくる。

「ちょうど一週間よねえ。どうしてたのよ。例の旦那、見つかった?」と、ポマードの光をしつこく見せつけながら、カウンターに突き出しの小鉢を置き、武藤が意味ありげなウインクで俺を恐縮させた。

「和実ちゃんの部屋代は下げてやれそうだ」と、水割りのグラスを受け取り、煙草に火をつけて、客の顔ぶれを眺めながら、俺が答えた。「見つかったとしても、まあ、マスターには会わせられない」

「どういう意味よう。その旦那っていい男なわけ？　あたしは草平ちゃんみたいに浮気者じゃないわよ」

「顔はマスターの好みじゃないだろうが、性格的には、いい男らしい」

「残念だったわね。反省はしてるんだけど、あたしって面食いなのよねえ。だけどそんなに性格のいい旦那が、どうして黙って姿を消しちゃったのよ。セイ子さんていう奥さんが、ブスだとか？」

「好みはそれぞれだが、ブスでは、ないな」

「我慢すればいいのにねえ。和実ちゃんが言ってたわ、奥さんってものすごいお金持ちなんだって。顔がそこそこなら文句はないのにねえ。旦那って、へんにロマンチストなんじゃないの？」

「難しい問題があるんだろうさ。金に拘る奴もいれば、女に拘る奴もいる。人生ってのは思いどおりにいかないもんだ」

武藤がふーんとうなずいて、呼ばれた他の客のほうに移っていき、俺はカラオケを歌い始めた女の子の横顔を眺めながら、水割りのグラスに口をつけた。深酒ができないことは承知しているが、素面《しらふ》でいるには、少しだけ気分が重すぎる。他人のカラオケに聞き入る趣味はなくても、時間つぶしに飲む酒の肴には、この程度の女の子のこの程度の歌が、ちょうどいい。

歌が終わって、その合間に俺は店の電話で山口麻希のアパートに電話を入れてみた。受話器には相変わらず悠長な呼び出し音が聞こえるだけだった。部屋の広さを思い出すまでもなく、帰っていて電話に出られない状況ではないはずだ。一人暮らしで留守番電話を使っていないのは、山口麻希のそういう性格なのだろう。

そのあとも俺はカラオケの切れ目に三度山口麻希に電話をしてみたが、三度とも気楽な呼び出し音が返ってきただけだった。

武藤も客の相手で忙しく、それから俺は、どうでもいいカラオケを十曲ほど聞き流し、水割りを二杯お代わりして、クロコダイルを出た。俺を送り出しながら武藤がドアの外でまた夜あけのコーヒーを誘ってきたが、俺は丁重に断らせてもらった。どこまで本気なのか、武藤も懲りない男で、新宿も懲りない街で、そして俺も、それ以上に懲りない性格らしかった。誰に言っても信じてはもらえないが、俺の本当の希望はオカマも女もいない南の島で、一生魚を釣って暮らすことなのだ。

＊

桜台の駅から電話をして、山口麻希が帰っていないことは分かっていた。俺は自動販売機で缶ビールを二本買い、十分ほどの道をぶらぶらかすみ荘まで歩いていった。寒いわけでもなし、雨がふるわけでもなし、女の子を待つだけなら道にしゃがみ込んでビールを飲んでいればいい。警官時代は徹夜の張り込みなんか日常の業務で、一週間のうち四日を徹夜したこともある。そのとき飲めたのは差し入れのコーヒーかウーロン茶だったから、缶ビールを上着のポケットに突っ込んでいるこの境遇は、文句を言いながらも、気分的には休日前の夜桜見物と変わらない。今夜山口麻希が帰らなかったところで、俺のほうも他に予定があるわけではないのだ。

どう公平に見ても傾いているとしか思えないアパートには、二階の一部屋に電気がついているだけで、山口麻希を含めて一階の住人は一人も帰っていなかった。花水木と金雀枝の間から前庭をのぞいてみても、二階の明かりが届いているのは物干し用の柱までだった。その暗闇に浮かんだ白い小手毬の花が印象的で、俺は敷地を山口麻希の部屋前へまわっていった。誰かに見られたら怪しまれるだろうが、俺に言わせればこういうアパートは住んでいる人間のほうが、ずっと怪しいのだ。

時間は十一時になる少し前、クロコダイルで飲んだウィスキーの量も適切だったし、買ってきた二本のビールも、縁側に座ってぼんやり女の子を待つには適切な話し相手だった。芸術家の私生活がどんなものか知らないが、俺にしても明け方まで待つ覚悟を決めているわけではなかった。引きあげる時間は、ビールの減り具合と相談すればいい。明日出直しても、それが明後日《あさって》になっても、外村峰夫が逃げ出す心配はないのだ。

一本めのビールを飲み終わるまでの間、煙草を二本吸い、もう一本の缶ビールの栓を引き抜いたとき背中で音がして、部屋の明かりがカーテンを透して庭に流れ出してきた。人の声は聞こえなかったから、山口麻希は一人で帰ってきたのだろう。礼儀として、俺はガラス戸を軽くノックした。

カーテンが勢いよく開き、ガラスの透明な部分に髪の短い頭がのぞいて、五、六秒ねじ込み式の鍵を回す音をさせてから、山口麻希がなにか唸りながら大きな目で顔を突き出した。俺は光の中に顔を曝してやって、丸い目を見開いている山口麻希に、小さく手をふった。

「今は、コンタクト、入っているのか」

「当たり前じゃないよ。あんた、ここでなにしているの」

「訊き忘れたことがあって、待たせてもらった」

「泥棒と間違われたらどうするのよ」

「そのときは留置所で、君が俺の無実を証明しに来るのを待っていた。恋をすると男は気が長くなる」

山口麻希が華奢な肩で大きく息をつき、下唇を突き出しながら、投げやりな動作で敷居の向こう側に座り込んだ。今夜の衣裳《いしょう》はセミロングのキュロットスカートで、シャツの肩には白いセーターを巻きつけている。女子大生がデートから帰ってきたところだと言っても疑う人間はいないだろうが、女子大生ならこんな早い時間に帰ってはこないだろう。

「わたし、お風呂へ行きたいのよね。用があるなら早くしてくれる?」

「いくつか質問がある。暇を持て余して君を待ってたわけじゃない」

「なんでもいいからさ、歩きながらでもいいでしょう? お風呂屋さん、十二時までに行かないと入れてもらえないのよ」

「風呂に入らなくても死にはしない……君の兄さんなら、そう言うだろうな」

「わたしは兄貴よりきれい好きなの。それに今日はバイトで汗をかいたのよ。ここで待っていてもいいけどさ、お風呂だけ行ってくるわ」

「当分風呂には入れなくなる。今から慣れておいたほうが、いいんじゃないか」

「それ、どういう意味よ」

「刑務所の中では、風呂なんか自由に入れないってことさ」

山口麻希の口が開きかけたままの形で動かなくなり、部屋の中から丸い大きな目が、暗く光りながら俺の顔をのぞき込んだ。

「田谷津をひき殺す意思はなかったと、どうやって証明する？　君にその気がなかったとしても証明できなければ、状況は殺人未遂だ」

「まさか……」

「風呂、まだ行きたいか」

「嘘でしょう？　わたしのこと、からかってるんでしょう？」

「冗談にしては質《たち》が悪すぎるものな」

「脅かさないでよ。見かけによらず、わたし、神経質なんだから」

「俺は今日、夕方から十回も君の部屋に電話をかけた。それに一時間も前から、ここで君の帰りを待っている。暇だったわけでも、君を脅しに来たわけでもない」

汗でも噴き出したのか、山口麻希が肩からセーターをむしり取り、敷いたままになっている布団の上に、うしろ向きに放り投げた。

「あんたの言うこと、意味が、分からないな」

「簡単なことさ。君はクルマを持っていない。田谷津をひくにはクルマを誰かに借りるしかなかった。友達か、レンタカーか、だけどそんなことは、一週間前の君の行動を調べれば割り出せる。警察はまだそこまで、手をつけていないけどな」

小机の横からポーチを引き寄せ、煙草とライターを取り出して、生意気な手つきで火をつけながら、山口麻希が言った。

「そんなに、あのこと、大変なことだったの……」

「一歩間違えば田谷津は死んでいたかも知れない」

「そんな気はぜんぜんなかった。脅かしてやろうと思っただけよ。世伊子さんに結婚なんか申し込んで、あいつ、前はわたしとつき合ってたんだもの」

「田谷津にも確認した。でも田谷津は、振られたのは自分のほうだと言っていた」

「煮えきらなかったのよ。兄貴が駒ヶ岳で遭難したときから、ぐずぐず言い出したの。あいつ、本当は最初から世伊子さんのことが好きだったのよ」

「自分とつき合っていた男が、兄さんがいなくなって、今度は世伊子さんに結婚を申し込んだ。殺人の動機としてはじゅうぶんさ」

「あんた、本気でそう思ってる?」

「警察にそう思われることが問題だろう」

「やばいなあ。殺す気なんかなかったのになあ。あいつにも未練はなかった。平気な顔で世伊子さんに結婚を申し込むから、腹が立っただけ。世伊子さんもあいつも、三年で兄貴のことを忘れようとしてるんだもの」

「世伊子さんは田谷津の申し出を、受けないと思うけどな」

「分からないわよ。世伊子さんだって女だし、寂しくなればその気になっちゃうこと、あるかも知れない」

「他人の人生に君が口出しする必要はない。クルマのことはみんなが黙っていれば、警察には知られない。田谷津だって騒ぎを大きくしたいとは思わないだろう。君が自分で騒ぎを大きくしなければ、あとは時間が解決してくれる。兄さんから預かった手紙は、この前の、あの一通だけなのか」

山口麻希がキュロットスカートの膝を抱えながら俺の顔を見あげ、諦めたように、ふーっと煙草の煙を吐き出した。額の広い整った顔立ちなのにそのふてくされた目つきが、どうにも俺は憎らしかった。

「今から考えれば、不審《おか》しいことは、いくつかあった」と、ビールを飲み干し、空き缶を縁側に並べながら、部屋の明かりが小手毬の植え込みに届く位置まで躰をずらして、俺が言った。「一昨日《おととい》、俺が兄さんの手紙を見せたとき、君はとなりの部屋から絵葉書を出してきた。探しもせずに、すぐに出してきた。でもあれは四年前の絵葉書だ。いくら兄妹《きょうだい》の絵葉書でも、ふつうはそんなもの、どこかにしまい忘れている。あの絵葉書は俺に見せるために、最初から用意してあった」

「ぼんやりした顔してて、あんた、けっこう観察してるんだ」

「出版社の件に関しては君も迷った。捜索隊に出版社の人間がいたことは事実だった。勘違いだったと言っても、言い訳にはなる。しかしあのまま俺が信じれば、兄さんはもっと偶然の遭難らしくなる。迷ったのか、高《たか》をくくったのか、どっちなんだ?」

「やっぱりね。そうなのよね。あのとき、ちょっと迷ったのよね。兄貴の遭難を疑う人がいるなんて、思ってもみなかったもの」

「手紙のからくりは最後まで分からなかった。分からなくて、当然だったけどな」

喉の粘膜が、煙草なんか吸ってくれるなと叫んでいたが、神経の苛立ちを静めるためだけに、俺はまた煙草に火をつけた。

「手紙も、絵葉書も、両方とも君の兄さんが書いたものだった。鑑定すれば同一人物の筆跡と結果が出るに決まってる。もし千葉の実家でもう一通の手紙に気づかなかったら、今ごろ俺は山谷あたりで、君の兄さんを捜していた」

「あんた、親父とお袋に、会ったんだ」

「お袋さんには会わなかったが、親父さんは元気そうだった。三年前に、君の兄さんは、お袋さんに手紙を書いている。そのときに使った封筒と便箋が、今度の手紙と同じものだった」

「お袋への手紙、か。兄貴って、そういうことにまめな男だったものね。苦労したわたしが馬鹿みたい」

「君は実家に帰っていないのか」

「田舎のことを考えると気が滅入《めい》るのよ。まさか、あのこと、今更言うわけにいかないもの」

山口麻希が暗い庭に煙草を弾き、ビールの空き缶に視線を流して、生意気そうに、ちっと舌を鳴らした。

「わたしもビールを買ってくればよかった。お風呂も間に合わないし、今日はついてないなあ」

「ついてるさ。風呂を我慢しただけで警察へは行かずに済む。兄さんのことを素直に話せば、あと始末もなんとかしてやる」

「まいったなあ。結局、あんた、ぜんぶ分かっているのよね」

「だいたいの見当が、ついているだけさ」

「兄貴が自殺だったことは、分かってた？」

「駒ヶ岳は兄さんにとって、特別な山だったのかも知れない。影響を受けた先生が死んだ山だものな。下山予定日の届けを一日ずらしたのも、計画を確実に実行するためだった」

「そういうことなのよね。分かっちゃうと、馬鹿ばかしいわね」

「三年前のあのときから、君の兄さんは、駒ヶ岳の誰にも発見されない場所で、ずっと眠りつづけている」

「白血病だったのよ。突然医者に言われて、自分でもびっくりしたらしい」

「そんなところだろうとは思っていた」

「病院で検査をしたときには、もう手遅れだった。世伊子さんに打ち明けようとしたけど、言い出せなくて、世伊子さんのことも諦められなくて、あの手紙をわたしに遺したの。ふつうの男がそんなことをしたら、わたしだって怒ったと思う。でも、兄貴、いい奴で、人を困らせたり迷惑をかけたり、一度もしたことのない奴だった。そんな兄貴が、最後に、一つだけ我儘をきいてくれと言うの。世伊子さんとは、死んでも別れたくないって。ほかの男の人には、ぜったいにわたしたくないって。世伊子さんには悪いと思ったけど、兄貴の気持ちも大事にしてやりたかった。わたしだってずっと困っていた。兄貴には一ヵ月後に出すように言われたけど、手紙は出せないでいたの。そうしたら田谷津さんが結婚を申し込んで、世伊子さんも雰囲気がおかしくて、それで先月、あの手紙、出してしまったの。田谷津さんにクルマをぶつけたのは、兄貴が生きてるように見せかけるためだった。怪我をさせる気だってなかったのよ。ここまで大げさな問題になるなんて、思ってもみなかったわ」

一階の奥の部屋に明かりがつき、俺の腕時計も十二時を過ぎて、塀に被《かぶ》さっている桜の枝がわさわさと風の音をたて始めた。外村峰夫の、それが純粋な愛だという考え方も成り立つだろうが、純粋な愛は身勝手でいいという理屈には、やはり馴染めなかった。誰もが口を揃えて『いい奴だった』という外村峰夫に未熟さと欺瞞《ぎまん》を感じるのは、たんに俺の人生観が屈折しているからなのだろう。誰が加害者で誰が被害者なのか、区別はつかないが、外村峰夫の執着が他人を一人も幸せにしなかった事実は、否定できない。山口麻希だって、千葉の田舎で息子の死を遭難だと信じている両親に、いつかは事情を説明しなくてはなるまい。たった一通の手紙で人間の存在が証明できるなどと、外村峰夫は、どこまで本気で考えたのか。

俺は分かっている時間をもう一度確認し、立ち木の風を眺めながら縁側の上で腰を伸ばした。歳のせいでもないだろうが、自分で思っていたより、今夜は少しだけ酔いが強くまわっているようだった。

「柚木さん、警察のこと、本当に大丈夫？」と、立ちあがった俺に、キュロットスカートの脚を縁側の外に投げ出して、山口麻希が言った。

「警察も暇じゃないからな。これ以上問題が起きなければ、あんな交通事故はすぐに忘れるさ」

「あんたって、けっこうハードボイルドなんだね」

「男はロマンチックにしか生きられない」

「ねえ、一昨日のあれ、本気だった？」

「一昨日の、あれ？」

「年齢制限がなければ、立候補すると言ったこと」

「ああ、あれ……か」

「わたし、受け付けてやってもいいよ。ハードボイルドをやってるおじさんって、意外に好みなの」

「そのうち君の芸術を鑑賞させてもらうさ。俺にはこのアパートも、じゅうぶん芸術だけどな」

「取り壊しが決まっているの。今年いっぱい頑張ると、補償金が出るの」

「芸術にも金がかかるか。とにかく今夜は戸締まりをして、早く寝ることだ」

小さく肩をすくめた山口麻希に会釈をし、ズボンのポケットに両手を突っ込んで、濃い植木の匂いに追われるように俺は庭を路地へ向かって歩き出した。山口麻希が立候補を受け付けてくれるというのに、返事ができなかったのは、柄にもなく疲れたせいだろう。他人事《ひとごと》ではあっても男と女のトラブルは、見ているだけで、気が滅入る。

塀の横を通ったとき、敷地の中でガラス戸の閉まる音が聞こえ、俺は立ち止まって煙草を足元に捨て、靴の底で強く踏みつぶした。空気は重くなっていて風も強くなっていたが、路地を照らす街灯にはもう夏の蛾が集まっていた。山口麻希の甘酸っぱい汗の匂いを思い出しながら俺は新しい煙草に火をつけ、桜台の駅へ向かってゆっくりと歩き出した。そのとき昔この町に住んでいた女の子の名前を、突然思い出したが、だからってそれで感傷的な気分にもならなかった。女の子とは二回デートし、キスもしたが、別れた理由も思い出さなかった。理由なんかあってもなくても、男と女はいつかは、別れるようにできている。

桜台の駅に着いたのは十二時二十分で、のぼりの最終電車がまだ一本だけ残っていた。俺は自動券売機で池袋までの切符を買い、しばらく迷ってから、公衆電話へ歩いて外村世伊子の自宅に電話を入れてみた。常識では明日にするべきだったが、事件のめどが立ったことだけは、今夜のうちに知らせておきたかった。もしベッドに入っていたら、そのときは謝って電話を切ればいい。

三回コール音が鳴って、受話器が外され、世伊子の他人行儀な声が予想外に気楽な調子で聞こえてきた。

「柚木です。夜中に申しわけありません。お休みでしたら明日かけ直します」

「十二時にベッドへ入っているほど、わたし、年寄りではありませんわ」

「正確には十二時二十二分です」

「そうでしたの。ではわたし、十二時二十二分にベッドへ入っているほど、年寄りではありませんわ」

「問題が解決したので報告をしようと思いました。明日正式に、店のほうへ伺います」

「今、問題が解決した、とおっしゃいました？」

「そう言ったつもりです」

「主人が見つかった、ではありませんの？」

「事情が込み入っていて、電話では一口に説明しかねます」

「柚木さん、今どちらにおいでですの？」

「桜台に、ちょっと」

「桜台？」

「昔この町に住んでいた女の子の名前を、思い出していたところです」

「桜台って池袋線の桜台ですわね」

「あれから二十年もたっている」

「はあ？」

「こっちの話です」

「柚木さん……」

「夜中にお邪魔をしました」

「柚木さん?」

「はい?」

「これからお目にかかれません?」

「しかし……」

「事情をお聞きしたいの」

「しかし、夜中の、十二時二十四分です」

「時間の問題ではないでしょう。どういうふうに解決したのか、それを想像しながらわたしに朝まで起きていろと言うの?」

「眠れるなら、もちろん、眠ったほうがいい」

「眠るには話を聞くしかありません。それともあなた、中途半端にわたしを放り出して、昨日の敵を討つおつもり?」

「かたき?」

「昨日、柚木さん、怒っていたじゃないの」

「あれは、そういうことでは、なかった」

「それなら今夜、どういう事情なのか、これから説明しに来ていただきたいわ。わたしは女子高校生ではないし、鯨ハウスだって明日はお休みです」

言われてみれば、たしかに世伊子は女子中学生の母親ぐらいの歳ではある。三年間空白だった亭主の消息を報告するのに、時間を言い訳にするのは見当違いかも知れない。それに俺にしても世伊子に会いたい衝動があったことは、恥ずかしながら、事実なのだ。

「鯨ハウスは、明日、お休みですか」

「定休日ですわ」

「電話をして正解だったようです。これから伺えば鯨を持って帰れる」

「鯨……」

「昨日予約をした、手作りの、あの大きいピンク色の鯨です。お店で待ってもらえますか。三十分で行けると思います」

世伊子の大きなため息を聞いてから、俺は電話を切り、改札口へは向かわず、駅前の道を環七の方向へ歩き始めた。電車を乗り継いだらどこかで終電も止まってしまうだろうし、池袋や渋谷からではタクシーも拾いにくい。自由が丘へ行かなかったところで、どうせ今夜は朝まで新宿に引っかかるのだ。明日鯨ハウスが定休日なら、俺も明日は人生を定休日にしてやればいい。

さっきまであれほど疲れていて、世伊子への説明に苦労することも分かっていて、それでも俺の足は環七の方向へ急いでいる。南の島で一人ぼんやり魚を釣っている自分の姿がふと目に浮かんだが、俺はそれを煙草の煙と一緒に、軽く道の端に吹き飛ばした。分かっていながら、ここまで女に懲りない体質をいったい俺は、誰に自慢したらいいのだろう。

創元推理文庫版あとがき

一般の方は思うでしょうね。そりゃいくら作家だって、五百枚の長編より百枚の短編を書くほうが楽だろうと。しかしこれが、なかなか、たんに労力の多少だけで片付く問題ではありません。もちろん実働時間だけを言えば、私だって長編より短編のほうが早く書けますが。

陸上競技に長距離向きと短距離向きの体質があるように、小説にもどうやら、長編向きと短編向きの体質があるようです。私が十六歳のとき「よーし、作家になってやろう」と決めてからデビューまでに二十年もかかった理由は、この『体質』にも一因があります。最近はミステリを含めて各種新人文学賞に長編部門も多々ありますが、私が文学青年だったころ、文芸誌の新人賞はほとんどが短編のみ。まして純文学部門はみな五十枚とか八十枚とか、長くてもせいぜい百枚、というのが限度でした。

かんたんに「デビューまでに二十年」と言いましたが、その間、毎年毎年あっちの新人賞こっちの新人賞と、そりゃもうダボハゼがごとき応募をくり返しました。結果として一次予選を通過したのが、たったの二度。二十年でたったの二度……ふつうなら才能に見切りをつけて、『小説』なんか諦めるんでしょうがね。でも私、見かけによらずしつこいというか、他にすることがなかったというか。

そうやってしつこく書きつづけて最後には青春ミステリの長編で、なんとかデビュー。デビューしてからつくづく悟ったことは、自分の体質が呆れるぐらい短編には向かないこと。なんとまあ、そんなことも気づかずに、二十年も短編の新人賞に応募しつづけたんですから、もう笑ってしまいます。

この短編が苦手な体質、デビューしてプロになったからって、かんたんには変わりません。そうかといって新人が「四、五十枚の短編を」という文芸誌からのリクエストを断るわけにもいかず、うーむ、うーむと唸りながら、なんとか体裁だけを整えてきた、というのが実際です。そんな私の短編が面白いはずはなく、この短編下手はいつしか業界中に周知されて、最近ではまず注文もありません。

と、前振りが長くなりましたが、この文庫に収められている三編、注文はどれも「百五十枚で」というものでした。百五十枚を短編というのか中編というのか、しかしいずれにしても私にとっては枚数不足。みな二百枚以上書いてしまって、まあ、編集者に怒られたこと。怒られただけでは済まされず、「樋口さん、雑誌というのは他の作家だって書いてるんだから、とにかく百五十枚までぶった切って」との命令。しかたなくまた、うーむ、うーむと唸りながらどうにか百五十枚にまで削り込み、やっと雑誌掲載にこぎつけた、という歴史のある作品集です。

今回、再文庫化にあたって読み直してみたところ、ほーう、どうしてどうして、自分で思っていたほどまずくはないか、という感想をもったのですが、さて読者諸兄のご意見は……

憂鬱な探偵の哀愁と強さ

宇田川拓也

あれはたしか、『初恋よ、さよならのキスをしよう』のハードカバー版が出たときだから、九二年かな。ようやく翻訳ミステリを読むことが自分でも背伸びと感じられなくなってきたころに評判を耳にして、シリーズ第一作『彼女はたぶん魔法を使う』を読んだのが、草平おじさんとの出会いだった。そのときは、事件そのものよりも、ハードボイルド口調のおじさんが美人のおねえさんたちに困らされているのがおもしろく、読んでいて気持ちのいいユーモアミステリとして楽しんだ。読み終わってすぐにシリーズ第二作『初恋よ、さよならのキスをしよう』を買いに行ったけど、なんだかタイトルを見てちょっと照れくさくなって、レジに向かったもののモジモジしてしまい……——という、そんな子供だった私も、気が付けばいつの間にか成人し、どうにか大学を出て、ミステリ好きが高じて書店員になり、いまや柚木草平とそれほど変わらない年齢になってしまった。もはや、彼《か》の探偵を「おじさん」と呼ぶなど無理な話で、下手をすれば、杯を傾けながらお互いの中年ぶりをぼやきあえるくらいである。

三十路《みそじ》を過ぎて、久しぶりに柚木シリーズを読み返してみたが、古きよき硬質な趣と瑞々《みずみず》しさが絶妙に溶け合い、そして時にそれぞれが際立ち、初めて読んだ当時に負けない心地よさを覚えた。ひとつのジャンルを突き詰めることで高みに到達する堅牢な作風がある一方、複数のジャンルを熟知したうえで、そのあわいから唯一無二の物語を紡ぐ作風がある。この物語の心地よさは、後者のタイプである、青春小説とハードボイルドを熟知した樋口有介ならではの白眉といえよう。

さて、『探偵は今夜も憂鬱』(一九九二年十月　講談社、九六年三月　講談社文庫)は、シリーズ第三弾にして、初の中編集である。前二作の長編は柚木自身の過去にも光を当てる側面を備えていたが、こちらは依頼された調査を遂行する探偵物語としての純度が増しており、中編ならではの引き締まった展開と筆致の冴えを堪能できる。

第一話「雨の憂鬱」(初出〈臨時増刊小説現代〉一九九一年十月号「恋をした日は雨が降る」改題)は、元上司である恋人の吉島冴子から、高校時代の先輩で、いまはエステ・クラブのオーナーである園岡えりの相談に乗って欲しいと頼まれるところから幕が開く。園岡えりの義妹・菜保子が悪い男に付きまとわれているというのだ。気が進まないながらも話を聞き、調査を始めた柚木だったが、その矢先に園岡えりが何者かに殺されてしまう。殺害現場の指紋から、五年前に殺人事件を起こして服役し、一年前に出所した菜保子の高校の同級生・野田が容疑者として挙げられるが……。

第二話「風の憂鬱」（初出〈臨時増刊小説現代〉一九九〇年十月号「彼女の別な場所」改題）は、クリスマスを目前に芸能プロダクション社長から突然依頼された、失踪した有名女優・沢井英美の行方を捜すストーリー。タレントになったほうが似合いそうなほどの美人マネージャーに振り回されながら調査を進める柚木は、女優の過去を辿るうちに、十三年前のある殺人事件に行き当たる。

第三話「光の憂鬱」（初出〈臨時増刊小説現代〉一九九二年四月号「別れない男」改題）は、「夜明けのコーヒーを一緒に飲もう」と柚木に迫る、シリーズのファンにはおなじみであるバー《クロコダイル》のマスター・武藤健太郎を通じての依頼。ハンドメイド・グッズ・ショップの美人オーナーからのそれは、三年前に山で死んだはずの夫から届いた手紙についての調査だった。

三編とも「憂鬱」という言葉が題名にある通り、どの依頼に対しても最初は気乗りせず、報酬の額や借りのためにしぶしぶ動き始める柚木だが、そんなヘソ曲がりを俄然調査に向かわせるのが、このシリーズに欠かせない美女たちである。三者三様、違った形で悩みを深めていく柚木探偵の憂鬱と活躍をお楽しみいただきたい。

ところで、私は先ほど、柚木シリーズを読み返した際の、かつてといまの共通の印象として

「心地よさ」を挙げたわけだが、もちろん当時と違う印象も覚えている。

子供の時分には「探偵」とは、古今の作品を問わず、すべからく恰好いい存在であった。どんなに風貌が冴えなかろうが、事件の謎を解き明かす際に見せる鋭さは、退屈さに倦《う》んでいた自分を大いに魅了し、心を震わせたものだ。ただそれゆえに、柚木草平の物語も表面的で偏った眼で読んでしまい、「青春私立探偵シリーズ」と冠されたりもする作品の本質を捉えきれぬまま（あるいはそもそも捉えようともせず）読み終えてしまった感があった。つまり、深刻な過去や美女に弱い面も、探偵の恰好よさを引き立てる材料程度にしか認めることができなかったわけだ。柚木草平を「ハードボイルド口調のおじさん」などといっていた子供なら、まあ当然といえる。

三十八歳の柚木より少しだけ若い現在、私はこの憂鬱な探偵に特異な哀愁を見出している。断っておくが、それは中年の哀愁などというものではない。あえて言葉にするなら、ゆるぎないがゆえの哀愁、あるいは、見てしまった、識《し》ってしまった者だけが秘めた哀愁だ。孤高に生きているような、どこか普通の暮らしから逸脱しているひとに出会ったとき、「ああ、このひとは常人が容易に見ることのできないなにかを見てしまったんだな」と感じることが私にはある。柚木草平にも、いまはそんな印象を抱いてしまうのだ。『探偵は今夜も憂鬱』収録の三編を例にすると、「依頼内容が自分の専門外で乗り気になれない→おまけに厄介な依頼であることが目に見えている→が、それでも美女が絡んでいるために引き受けてしまった結果→案の定厄介な展開となる→どうにか真相にたどり着く→相変わらずの懲りない自分に呆れてしまう」

――という図式を頭の片隅で予見していながら、それでも己を変えることができずに調査の依頼を受けてしまう。結局は、柚木草平がこの生き方でしかこの世界にいられないことへの、どうしようもない哀しみを感じるのだ。

だが、私は同時に、このゆるぎないがゆえの、あるいは見てしまった、識ってしまった者だけが秘めた強さがあるとも思っている。懲りない自分を思い知るのが分かっていながら、何度も依頼を受けるということは、哀愁や憂鬱に呑まれてしまう者にはできやしないだろうし、自分の生き方がこの世界で有利ではないと分かってしまい、それでもなお自分らしく生きることとて、また強さがなければ為し得ないだろう。

哀愁と強さを飄々《ひょうひょう》としながら内に秘める探偵の姿を認識したいま、私は柚木草平を「おじさん」と呼べないどころか、中年ぶりをぼやきあうことも、なんだか無理な気がしてきている。

本書は一九九二年、講談社より単行本刊行され、九六年講談社文庫に収録された。

著者紹介　1950年群馬県生まれ。國學院大學文学部中退後、劇団員、業界紙記者などの職業を経て、1988年『ぼくと、ぼくらの夏』でサントリーミステリー大賞読者賞を受賞しデビュー。1990年『風少女』が第103回直木賞候補となる。著作は他に『彼女はたぶん魔法を使う』『ピース』など多数。2021年没。

検印
廃止

探偵は今夜も憂鬱

2006年11月17日　初版
2024年 8 月23日　6版

著者　樋《ひ》口《ぐち》有《ゆう》介《すけ》

発行所　（株）東京創元社
代表者　渋谷健太郎

162-0814/東京都新宿区新小川町1-5
電話　03・3268・8231-営業部
03・3268・8204-編集部
URL　http://www.tsogen.co.jp
DTP　暁印刷
印刷・製本　大日本印刷

ISBN978-4-488-45903-1　C0193

《少年検閲官》連作第一の事件

THE BOY CENSOR◆Takekuni Kitayama

少年検閲官

北山猛邦

創元推理文庫

◆

何人《なんびと》も書物の類を所有してはならない。
もしもそれらを隠し持っていることが判明すれば、
隠し場所もろともすべてが灰にされる。
僕は書物がどんな形をしているのかさえ、
よく知らない——。
旅を続ける英国人少年のクリスは、
小さな町で奇怪な事件に遭遇する。
町じゅうの家に十字架のような印が残され、
首なし屍体の目撃情報がもたらされるなか、クリスは
ミステリを検閲するために育てられた少年
エノに出会うが……。
書物が駆逐されてゆく世界の中で繰り広げられる、
少年たちの探偵物語。

第10回ミステリーズ！新人賞受賞作収録

A SEARCHLIGHT AND A LIGHT TRAP◆Tomoya Sakurada

サーチライトと誘蛾灯

櫻田智也

創元推理文庫

◆

昆虫オタクのとぼけた青年・魞沢泉《えりさわせん》。
昆虫目当てに各地に現れる飄々《ひょうひょう》とした彼はなぜか、
昆虫だけでなく不可思議な事件に遭遇してしまう。
奇妙な来訪者があった夜の公園で起きた変死事件や、
〈ナナフシ〉というバーの常連客を襲った悲劇の謎を、
ブラウン神父や亜愛一郎《あああいいちろう》に続く、
令和の“とぼけた切れ者”名探偵が鮮やかに解き明かす。
第10回ミステリーズ！新人賞受賞作を収録した、
ミステリ連作集。

収録作品＝サーチライトと誘蛾灯、
ホバリング・バタフライ、ナナフシの夜、火事と標本、
アドベントの繭《まゆ》

第27回鮎川哲也賞受賞作

Murders At The House Of Death◆Masahiro Imamura

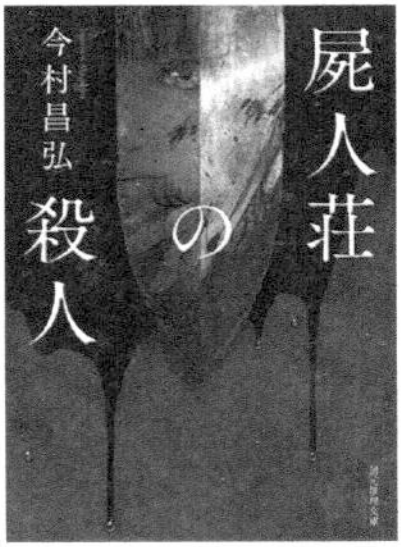

屍人荘の殺人

今村昌弘

創元推理文庫

◆

神紅大学ミステリ愛好会の葉村譲と会長の明智恭介は、
曰《いわ》くつきの映画研究部の夏合宿に参加するため、
同じ大学の探偵少女、剣崎比留子と共に紫湛荘を訪ねた。
初日の夜、彼らは想像だにしなかった事態に見舞われ、
一同は紫湛荘に立て籠もりを余儀なくされる。
緊張と混乱の夜が明け、全員死ぬか生きるかの
極限状況下で起きる密室殺人。
しかしそれは連続殺人の幕開けに過ぎなかった――。

＊第1位『このミステリーがすごい！ 2018年版』国内編
＊第1位〈週刊文春〉2017年ミステリーベスト10／国内部門
＊第1位『2018本格ミステリ・ベスト10』国内篇
＊第18回 本格ミステリ大賞〔小説部門〕受賞作